In Toronto wird Sophie Roberts auf offener Straße von ihrem Exmann, dem Gynäkologen und Chef einer Privatklinik für künstliche Befruchtungen Dr. Andrew Roberts, erschossen. Staranwalt David Jenning übernimmt seine Verteidigung. Die geheimnisvolle Sylvia Jenning, Shea-Fans aus dem Krimi ›Katzensprung‹ bekannt, ist ganz und gar nicht einverstanden mit den Bemühungen ihres Mannes David, einen Frauenmörder freizubekommen. Erneut muß sie erleben, daß David seinen Scharfsinn und seine Eloquenz dafür einsetzt, die Tat eines Mörders als von seinem (weiblichen) Opfer provoziert darzustellen und dadurch einen Freispruch zu erreichen. Empört über die Ungerechtigkeit des kanadischen Rechtssystems, das Frauen offenbar nicht zu schützen vermag, entschließt Sylvia sich zur Gegenwehr. Gemeinsam mit der Strafverteidigerin Harriet Croft und der Fernsehjournalistin Leslie Taylor, den Heldinnen aus Sheas erstem Kultkrimi ›Wenn die grauen Falter fliegen‹ (veröffentlicht unter dem Pseudonym Marion Foster), gründet sie eine Selbsthilfegruppe für verfolgte und mißhandelte Frauen. Während des Prozesses gegen Dr. Roberts werden immer mehr Fälle bekannt, in denen Männer Frauen über lange Zeit quälten. Die Mitglieder der Selbsthilfegruppe entwickeln raffinierte Strategien, um akut bedrohten Frauen zu helfen, und Sylvia gelingt es, dem zu Unrecht freigesprochenen Mörder eine Falle zu stellen …

Shirley Shea, geboren 1924 in Sudbury, Ontario, gestorben 1997, war Redakteurin bei verschiedenen Zeitungen und Rundfunksendern und hat in einer Werbeagentur gearbeitet. Unter dem Pseudonym Marion Foster veröffentlichte sie den Bestseller ›Wenn die grauen Falter fliegen‹ und den Nachfolgeband ›Wenn die Macht ihr Netz auswirft‹. Im Fischer Taschenbuch Verlag erschienen ihre Krimis ›Katzensprung‹ (Band 11021) und ›Jagdtrieb‹ (Band 12824).

Shirley Shea

Eine von uns wird sterben

Roman

Aus dem kanadischen Englisch
von Helga Bilitewski

Fischer
Taschenbuch
Verlag

Die Frau in der Gesellschaft
Herausgegeben von Ingeborg Mues

3. Auflage: Februar 1999

Veröffentlicht im Fischer Taschenbuch Verlag GmbH,
Frankfurt am Main, November 1998

Lizenzausgabe mit freundlicher Genehmigung des
Orlanda Frauenverlages GmbH, Berlin
Die Originalausgabe erschien unter dem Titel:
›One of Us Will Die‹

Gesamtherstellung: Clausen & Bosse, Leck
Printed in Germany
ISBN 3-596-13284-3

Ich danke den guten Seelen, die ihr Wissen mit mir geteilt haben: Joan Hull, Sally Carruthers und Andrew Armitage von der Owen Sound Public Library; Statistics Canada; The Body Shop; Marnie Smith, Rechtsanwältin und Mitglied von LEAF; Catherine (Freda) Wilbraham; Betty Burrowes und zu guter Letzt meiner »schreibenden« Katze Panda Monium, die bis zur letzten Seite mit mir durchgehalten hat.

Porträts der Frauen

1

Sylvia Jenning erfuhr es aus den Sechsuhrnachrichten. Sophie Roberts, die Exfrau von Andrew Roberts, war mit einem Schuß in die Brust getötet worden, als sie in der Nähe ihres Büros die Straße überquerte. Dr. Roberts, Gynäkologe und Chef einer Privatklinik für künstliche Befruchtungen, war ein begeisterter Jäger und Sportler. Zur Beseitigung seiner Frau hatte er seine Lieblingswaffe benutzt – eine leistungsstarke Armbrust für Stahlbolzen. Nach vollbrachter Tat hatte der Arzt seinen Anwalt aufgesucht und sich der Direktion 52 der Torontoer Polizei gestellt. Von der Selbstauslieferung an die Polizei berichtete Leslie Taylor, die kürzlich vom kanadischen Fernsehsender engagierte Reporterin vor Ort, die gelegentlich auch als Nachrichtensprecherin arbeitete. Es war offensichtlich, daß Ms Taylor vorab einen Tip bekommen hatte. Wie hätte sie sonst genau zur richtigen Zeit am richtigen Ort sein können?
Sylvia beobachtete, wie der Anwalt, ihr Ehemann David, seinen Mandanten abschirmte, während er den Fernsehzuschauern eine Reihe sorgfältig konstruierter Erklärungen lieferte. Seine Darstellung läßt alle Möglichkeiten offen, dachte Sylvia, und bildet die Grundlage für eine Vielfalt von Strategien. Sie kannte ihn so gut. In diesem Stadium war er hauptsächlich darauf bedacht, seine Optionen offenzuhalten. Dann, wenn der Fall Konturen bekam und er die beste Strategie herausgefunden hatte, würde er alles, was überflüssig war, aussondern und das, was wichtig war, kultivieren.
David hatte keine Ahnung von Landwirtschaft, aber er wußte ziemlich gut, wie man den Weizen von der Spreu trennte.
Sie schaltete das Gerät aus und saß einen Moment lang, von den unterschiedlichsten Gefühlen überwältigt, da. Zunächst einmal spürte sie Wut auf David, weil er etwas tat, was er versprochen hatte, nie wieder zu tun – einen Mandanten anzunehmen, der

zur Rechenschaft gezogen werden sollte, statt den vollen rechtlichen Schutz zu erhalten; zum anderen war sie fassungslos, daß er trotz aller Lippenbekenntnisse zur Unterstützung der Rechte von Frauen und Minderheiten wieder genau da war, wo er angefangen hatte; und schließlich empfand sie eine unendliche Traurigkeit darüber, daß sogar die Tragödien, die schon abzusehen waren und angekündigt wurden, anscheinend nicht verhindert werden konnten. Es war kein Geheimnis, daß der Arzt damit gedroht hatte, seine Frau umzubringen. Dies war nicht das erste Mal, daß das Paar in den Nachrichten war.

Das Telefon klingelte, und schon bevor sie den Hörer abnahm, wußte sie, daß es David war, der sie vertrösten wollte. Sie solle mit dem Essen nicht warten, er komme später. Lieber spät als nie, aber es wäre nett gewesen, wenn er früh genug angerufen hätte. Dann hätte sie sich nicht so beeilen müssen, um aus der Stadt nach Hause zu kommen.

Sie sagte nicht, daß sie ihn im Fernsehen gesehen hatte. Oder daß ein Braten im Ofen und der Tisch fertig gedeckt war. Sie hatte in dem Augenblick keine Lust, mit ihm zu reden. Lieber später, wenn ihr Zorn etwas verraucht war.

Eine kalte Nase stubste sie an, und automatisch streckte sie die Hand aus. Millie. Die Hündin war alt und fett und faul, aber noch immer hochsensibel für die Stimmungen dieser Frau, die der Mittelpunkt ihres Lebens war. »Mach dir keine Sorgen.« Sylvia schaute in die sanften braunen Augen, und ihre eigenen bekamen einen verwirrenden, rauchgrauen Schimmer. »Ich werde nichts Unüberlegtes tun.« Millie klopfte als Antwort mit dem Schwanz, und Sylvia rieb die Spitze ihres Ohres, diesen Punkt der Ruhe, und fühlte, wie ihre eigene Spannung nachließ.

Sophie Roberts war tot. Getötet von dem Mann, der geschworen hatte, sie zu lieben, zu ehren und für sie zu sorgen. Eine Tragödie, die sich auch in Zukunft ständig wiederholen würde, wenn Dutzende von Frauen im ganzen Land von ihren Partnern ermordet werden würden.

Sylvia kannte die Zahlen. Das Statistische Landesamt hatte eine Erhebung über Gewalt in der Ehe durchgeführt – nach Aussage

ihrer Freundin Anne Campbell die einzige Studie dieser Art auf der Welt –, und die Ergebnisse waren sogar noch schlimmer, als die Frauengruppen vermutet hatten. In diesem Land mit einer Bevölkerung von ungefähr neunundzwanzig Millionen Menschen wurden zweieinhalb Millionen Frauen von ihren Lebenspartnern körperlich und sexuell mißhandelt. Mehr als einhundert wurden jedes Jahr umgebracht.
Die Situation war schlimm und wurde immer schlimmer. Und einer der Gründe dafür war, daß die von Männern dominierten Machtapparate weder gewillt noch in der Lage waren, etwas daran zu ändern.
Irgend etwas mußte unternommen werden. Aber was? Und wie? Und vielleicht am wichtigsten von allem – wann?
Es wurde Zeit, den Kreislauf zu durchbrechen und der Gewalt ein Ende zu setzen. Es wurde Zeit, daß die Frauen sich weigerten, weiterhin Opfer zu sein.

Andrew Roberts ging es zum ersten Mal seit langer, langer Zeit wieder besser.
Die Zimtzicke war tot. Für immer aus den Augen.
Jetzt würde er nachts nicht mehr schweißgebadet aufwachen, wenn er daran dachte, wie sie mit anderen anbändelte. Ihr eigenes Leben lebte, als hätte er nie dazugehört. Deswegen war sie weggegangen und hatte sich scheiden lassen. Was Gott zusammengefügt hat, soll der Mensch nicht entzweien. So hieß es doch, oder? Seine Familie hatte recht gehabt. Entweder war man zum Glauben geboren oder nicht. Die Hure hatte in der Kirche nur ein Lippenbekenntnis abgelegt und die Lehre offensichtlich nie akzeptiert.
Es geschah ihr recht, daß sie dafür bezahlen mußte.
Dann sperrte man ihn eben ein. Na und? Es würde nicht lange dauern. Warum sich sorgen, wenn man sich einen Anwalt wie David Jenning leisten konnte? Doch um ehrlich zu sein, war das Gespräch mit Jenning nicht gerade vielversprechend gewesen.
Komisch. Er hatte den Mann nie für einen Angsthasen gehalten. Je größer die Herausforderung war, desto mehr Spaß hatte er an

der Sache. Oder so sagte man jedenfalls. (Man. Diese mystische, formlose Masse.) Warum hatte er also heute kalte Füße bekommen? »Suchen Sie sich einen anderen. Das habe ich Ihnen schon das letzte Mal gesagt – ich habe genug Mandanten.« Und dann widerwillig: »Ich werde Sie im Augenblick vertreten. Aber Sie müssen andere Vorkehrungen treffen.« Nun, das würden sie ja sehen. Ein Wort von seinem Vater, und ganz andere Männer als David Jenning hatten schon den Mund gehalten und sich gefügt.

Es war nicht das erste Mal, daß er Jenning wegen Angelegenheiten, die seine teure Verstorbene betrafen, in Anspruch genommen hatte. In den letzten Jahren hatte es eine Reihe von Vorfällen gegeben, bei denen Jenning zunehmend Widerstand gezeigt hatte. Besonders letztes Mal, als diese Ziege ihn tatsächlich aufgrund des neuen Gesetzes zum Schutz vor Belästigung verklagt hatte. Früher bekam man höchstens eine Geldstrafe, wenn man gegen eine einstweilige Verfügung auf Unterlassung verstieß. Na und! Aber das neue Gesetz sah eine Gefängnisstrafe von bis zu fünf Jahren vor. Wenn Jenning nicht die Einstellung des Verfahrens erreicht hätte, dann könnte seine Wenigkeit seinen Zorn jetzt in den Schornstein blasen, und Susy Q. wäre immer noch da draußen und würde sich auf seine Kosten amüsieren. Auch wenn er ihr kein leichtes Spiel mit den Alimenten gemacht hatte. Er hatte sie um jeden Penny kämpfen lassen.

Sie hatten ihn in eine Arrestzelle im Keller der Polizeistation gebracht. Er hoffte, das bedeutete, daß seine Kautionsverhandlung unmittelbar bevorstand, obwohl es ihm eigentlich nichts ausmachte, eingesperrt zu sein. Solange es nicht allzulange war. Wenn es aber länger als ein paar Tage dauerte, würde er durchdrehen. Denn wenn es sich wirklich hinzöge, wäre sie bestimmt an dieser gottverdammten Scheiße schuld.

Aber dann erinnerte er sich wieder. Sie war tot. Erledigt. Kaputt. Für immer aus dem Leben geschieden. Und er vermißte sie. Vermißte sie, wie man jede Besessenheit vermißt, die sich eines Lebens bemächtigt und ihm Bedeutung gibt. Einen Augenblick lang fühlte er sich leer. Dann kehrte die Euphorie zurück. Wenn etwas dein Auge beleidigt, vernichte es. Stand das nicht in der Bibel? Sie war selbst schuld an ihrem Unglück. Wäre sie eine andere Frau gewesen, hätte sein Leben auch einen anderen Verlauf genommen.

Die Hände hinter dem Kopf verschränkt und den Blick an die Decke gerichtet, durchlebte er noch einmal den letzten Augenblick der Wahrheit und die unmittelbar darauffolgende Zeit.

Er hatte beobachtet, wie sie am Morgen das Haus verließ. War dem Chevelle gefolgt – ein ziemlicher Abstieg nach dem Porsche, den sie mittlerweile gewohnt war – und hatte gewartet, bis sie die Tiefgarage des Hochhauses verließ, bevor er seinen Wagen auf einem Parkplatz ein paar Straßen weiter abstellte. Sie hatte einen Halbtagsjob in einem Büro an der Ecke Eglinton und Yonge Street. Das hatte er von einem gemeinsamen Freund erfahren. Sie aß jeden Tag zur selben Zeit und im selben Lokal zu Mittag. Das hatte er, ganz auf die gute, altmodische Art, durch regelmäßige Observierung festgestellt. Nebenan befand sich ein Sportstudio mit einem Flachdach und Zugang am Ende des Flurs. Er kannte sich hier bestens aus, denn er hatte die Gegend genau erkundet und war Mitglied des Sportstudios geworden.

Sie sollte vor den Augen so vieler Menschen wie nur möglich sterben. Es würde keinen Hinweis auf einen geplanten Mord geben, das notwendige Element für den Tatbestand der Schuld. Statt dessen wollte er auf vorübergehende Unzurechnungsfähigkeit plädieren, eine häufig benutzte, aber effektive Rechtfertigung. Man mußte ja verrückt sein, um so eine Nummer vor Dutzenden von Augenzeugen abzuziehen, oder? Er hatte geplant, daß es ungeplant aussehen sollte, und wäre verflucht, wenn es ihm nicht gelungen war.

Im Schutz eines Schuppens hatte er auf dem Dach gewartet, bis sie wieder rauskam. Er war wie im Rausch gewesen, richtig high vom Adrenalin, aber sein Atem ging gleichmäßig, und seine Hände waren ruhig. Die Zeit verging in zwei Geschwindigkeiten; die Stunden, seit er das Haus verlassen hatte, waren wie im Flug verstrichen, aber dann schleppten sich die Minuten dahin.

Und dann stand sie da. Eingerahmt von der Tür. Auf beiden Seiten gingen zwei Mitarbeiterinnen. Sie näherte sich dem Straßenrand. Wartete auf eine Lücke im Verkehr. Machte einen Schritt vorwärts. Er hatte ihr wieder und wieder gesagt, sie solle nicht gegen die Verkehrsregeln verstoßen. Geh bis an die Ecke und warte auf Grün. Aber nein, sie mußte immer ihren eigenen Willen durchsetzen. Sogar jetzt, im letzten Augenblick ihres Lebens, mußte sie sich ihm widersetzen.
Machte einen zweiten Schritt. Jetzt hatte er sie. Das starke Visier holte sie so dicht heran, als könnte er sie berühren. Die Zeit blieb stehen, als er die Macht genoß. Die vollkommene Kontrolle.
Er drückte auf den Abzug.
Der schwere Stahlbolzen traf sein Ziel.
Sie blieb erstarrt stehen.
Ihr Gesicht war deutlich zu erkennen. Für einen herrlichen, befriedigenden Augenblick sah er in ihren Augen, daß sie es wußte. O ja, sie wußte es.
Nichts bewegte sich. Dann geschah alles auf einmal. Sophie wurde rückwärts geschleudert, fiel auf den Fußweg und wurde von einer dichten Menschenmenge verdeckt. Es hatte kein Geräusch gegeben. Nur den schnellen, lautlosen, unsichtbaren Tod.
Er ließ die Waffe auf dem Dach fallen, lief die Treppe hinunter und erreichte ohne Zwischenfall die Straße. Es war, als sei er nicht vorhanden – alle konzentrierten sich auf Sophie, und zum ersten Mal war es genau das, was er wollte.
Nachdem er endlich Frieden hatte, war er direkt in David Jennings Büro gegangen. Es wäre ein Fehler gewesen, vorher um einen Termin zu bitten. Jenning hatte ihn bei seinen bisherigen Problemen mit dieser gottverdammten Ziege vertreten – hatte, brillant wie immer, das Beste für ihn herausgeholt –, aber mit immer weniger Begeisterung. Das letzte Mal hatte er den Rechtsanwalt nur auf Druck von Andy Roberts senior auf seiner Seite gehabt. Und das auch nur, weil Dad nicht nur sein Mandant, sondern auch sein langjähriger Freund war.
Jenning hatte ihn in dieser Angelegenheit, die über ein kleines

strafbares Vergehen hinausging – die Verletzung einer einstweiligen Verfügung –, nicht vertreten wollen. Und über das heutige Vergehen würde er auch nicht vor Freude jubeln. Also, statt anzurufen und eine Abfuhr zu riskieren, würde er bei ihm persönlich auftauchen und auf die Chance hoffen, daß der große Held im Büro war.

Der Weg bis zu Davids Büro würde fünfzehn, zwanzig Minuten dauern. Ein Spaziergang, der ihm Spaß machen würde, weil es lange her war, daß er sich so lebendig gefühlt hatte. Der körperliche Akt, einen Fuß vor den anderen zu setzen, tief einzuatmen und sich frei wie ein Vogel zu fühlen – ihm war fast so, als wäre er neu geboren. Dies war einer jener Tage, an denen nichts schiefgehen konnte.

David Jenning würde es schon schaffen. Immerhin sollte er demnächst mit einer besonderen goldenen Auszeichnung geehrt werden. Schließlich war ein Strafverteidiger doch auch dafür da, oder? Möglicherweise hatten sie beide auch mehr gemeinsam, als auf den ersten Eindruck ersichtlich war. Jenning war verheiratet, und wie viele verheiratete Männer waren schon wirklich glücklich? Sicher, die Frau dieses Mannes sah toll aus, aber wer wußte besser als er selbst, was für ein Fluch das sein konnte?

Da war ihm die schlichte Johanna, für die kleinste Aufmerksamkeit dankbar, lieber als eins von diesen Klasseweibern, die zuviel auf dem Kasten hatten. Diese glatten, superstarken Frauen, die nur machten, was sie wollten, und von allen auch noch Applaus erwarteten, konnten einem richtig auf den Sack gehen.

Gedankenverloren hatte er sich durch den Menschenstrom gekämpft. Jetzt wurde er unsanft in die Gegenwart zurückgeholt, als er sich vor dem Bürohochhaus befand, das er nach seiner Trennung von Sophie so gut kennengelernt hatte. Jenning saß im vierzehnten Stock. Na ja, eigentlich im dreizehnten Stock, aber der Aberglaube regelte das anders.

Der Fahrstuhl wartete, und er fuhr nach oben mit einem jungen Paar, das nur Augen füreinander hatte, und einem Mann mittleren Alters, der eine Aktentasche trug und vor sich hin starrte, als wäre er noch nicht ganz aufgewacht. Alles war so normal. Nichts

deutete darauf hin, daß dies der Beginn seiner neuen Zukunft war.
Andrew lächelte, als er das Büro betrat. Die Frau am Empfang blickte überrascht auf. Sie war neu. Er hatte sie noch nie gesehen. Sein Lächeln wurde breiter, und er sagte: »Dr. Roberts. Ich würde gern mit David sprechen.« David. Sollte sie nur wissen, daß sie sich beim Vornamen nannten. Daß er mehr als ein gewöhnlicher Mandant war. »Sagen Sie ihm, daß es wichtig ist.«
»Haben Sie einen Termin?« Sie starrte ihn an, als käme er von einem anderen Planeten.
»Nein, aber er wird mich empfangen.«
Sie hörte nicht auf, ihn anzustarren, als wäre sie festgenagelt, und ihm wurde bewußt, daß sie Angst hatte. Hier stand er nun, es ging ihm gut wie schon seit Monaten nicht mehr, und sie saß da und war nervös wie eine Jungfrau vor der Defloration. Wovor hatte sie Angst, verdammt noch mal?
Er blickte auf und sah hinter ihr einen Mann, der ihn funkelnd und eindringlich beobachtete. Er hatte stechend blaue Augen, und in das Gesicht, das glatt wie eine Maske war, hatte sich ein breites, offenmundiges Lächeln gekerbt. Die Erscheinung bewegte sich nicht, schien es aber zu tun – so als unterdrücke sie mit aller Kraft eine krampfartige Überaktivität und stünde kurz davor, die Kontrolle zu verlieren. Er trat einen Schritt vor. Der Fremde trat ebenfalls vor. Er bemerkte, daß sie die gleichen Windjacken und den gleichen Haarschnitt trugen, und es dämmerte ihm, daß die Wand hinter dem Tisch verspiegelt war und er sich selbst sah.
»Ich sehe mal nach, ob er Zeit hat«, sagte die Empfangssekretärin und erhob sich, aber er eilte an ihr vorbei und war schon halb im Zimmer, bevor sie ihren Schreibtisch verlassen hatte.
Ganz richtig, Jenning war da. Eine eindrucksvolle Gestalt, die hinter einem breiten Mahagonischreibtisch saß. Auf den ersten Blick sah es so aus, als führe er Selbstgespräche, doch dann entdeckte Andrew das kleine Diktiergerät in seiner Hand. Jenning blickte auf. Sagte: »Andrew.« Ohne einen Anflug von Freundlichkeit. Ohne ein Lächeln.

Er stand auf. Kam auf ihn zu. Andrew staunte jedesmal, daß dieser stämmige, kräftige Körper sich mit solcher Eleganz und Behendigkeit bewegte. Solchen Respekt einflößen konnte. Dieser Mann war in vielerlei Hinsicht ein Schwergewicht. »Was gibt's?«

Andrew Roberts war mindestens zehn Zentimeter größer als Jenning, doch er konnte sich des unangenehmen Gefühls nicht erwehren, daß sein Gegenüber auf ihn herabsah. Ach, Scheiß drauf! Immerhin bezahlte er ja wohl die Rechnung, oder? »Es geht um Sophie.«

»Was ist mit Sophie?«

»Sie ist am Ende.«

Die schwarzen Augen sahen ihn eindringlich an und durchschauten ihn. »Was ist geschehen?« Aber er wußte es. Andrew wußte, daß er es wußte. Aber er wußte auch, daß die meisten Strafverteidiger akzeptierten, was man ihnen erzählte, ohne zu detaillierte Fragen zu stellen.

»Ich weiß nicht.« Zögern. »Ich ... äh ... ich bin nicht sicher. Ich war zu Hause und zog mich an. Und als nächstes erinnere ich mich daran ... äh ... wie ich auf die Eglinton Street herunterschaue und die Leute herumrennen sehe und dann, daß da jemand liegt, und als ich genauer hinsehe, ist es Sophie, und sie rührt sich nicht, und da wußte ich, daß sie tot ist. Und ich muß es gewesen sein ... ich muß es getan haben ... aber ich kann mich nicht erinnern. Ich schwöre bei Gott. Da ist eine riesige schwarze Lücke.«

»Sie hätten nicht hierherkommen sollen.«

»Wo soll ich denn sonst hingehen? Sie sind mein Anwalt. Sie sollten bei mir sein, wenn ich zur Polizei gehe. Sie wissen, wie das dort läuft. Sie könnten mich schlagen. Mich veranlassen, Dinge zu sagen, die ich nicht sagen sollte.«

»Meinen Sie erzwungene Geständnisse? Das ist überholt. Ein Märchen.« Jenning hielt inne. Fuhr fort: »Ich bin nicht Ihr Anwalt, Andrew. Ich habe Ihnen schon das letzte Mal gesagt, daß Sie mich nicht wieder anrufen sollen. Die Stadt ist voll von Anwälten. Sie werden keine Schwierigkeiten haben, einen zu finden.«

»Ich möchte aber Sie.« Er gab sich freundlich. Zuversichtlich. »Vielleicht sollten Sie mit meinem Dad reden.« Sein Dad. Er hatte nicht nur einen Haufen Geld, sondern war auch ein Mann von großem Einfluß. Man mußte nur seinen Namen nennen, um etwas zu erreichen.

»Haben Sie mit ihm gesprochen? Nein? Das sollten Sie aber tun, bevor Ihnen jemand anderes zuvorkommt.«

Roberts ignorierte den Telefonhörer, den Jenning ihm hinhielt. »Ich bin Arzt.« Ein häßlicher Ton schlich sich in seine Stimme. »Wenn jemand bei mir Hilfe sucht, kann ich nicht sagen, nein, Sie sind nicht mein Typ, suchen Sie sich einen anderen. Wenn es Ihre Aufgabe ist zu helfen, dann macht man keine Unterschiede. So funktioniert das System ja nun wirklich nicht, oder?«

Mit einer eleganten Bewegung, die zu seiner kräftigen Gestalt gar nicht zu passen schien, legte David den Telefonhörer auf und ging zur Tür. »Wenn es sein muß, dann erledigen wir es besser gleich.«

Andrew Roberts folgte ihm mit einem Grinsen. So war es immer gewesen – er mußte nur seinen Vater erwähnen.

David Jenning war ohne Zweifel der beste Anwalt im Westen. Und in diesem Szenario hatte Andrew von Anfang an eine Rolle für ihn vorgesehen. Dies war ein schwieriger Akt. Keine normale Verteidigung. Aber ein brillanter Anwalt. Alles lief genauso wie geplant.

David Jenning schätzte Andrew Roberts senior. Andrew Roberts junior war eine andere Sache. Er mochte den jungen Mann so wenig, daß es schon an Verachtung grenzte.

Als einziger Sohn eines einzigen Sohnes war der junge Andy, wie sein Vater ihn nannte, der alleinige Erbe eines beträchtlichen Vermögens. Er war charmant zu den einen und anmaßend zu den anderen und hatte nie die Verantwortung für seine Streiche tragen müssen. So drückte sich der Vater aus. Ausrutscher. Gestohlene Autos. Erzwungener Sex. Schikanen und Einschüchterungen. All das betrachtete der alte Roberts als jugendlichen Leichtsinn. Nichts nahm er jemals ernst.

Aufgrund ihrer langen Freundschaft hatte David seine Antipathie unterdrückt und getan, was er konnte, damit der Junge nicht ins Gefängnis kam oder vorbestraft wurde. Und bisher war er erfolgreich gewesen, obwohl Andrews Verhalten immer unangenehmer wurde. Bei seinem letzten Vergehen, dem bisher schlimmsten, hatte er beschlossen, die Sache zu beenden.

Das neue Gesetz zum Schutz vor Belästigung war in Kraft getreten. In der Vergangenheit konnten die Frauen, die belästigt wurden, eine einstweilige Verfügung auf Unterlassung erwirken, deren Übertretung eine Geldstrafe von höchstens 2500 Dollar mit sich brachte. Diese Strafe stellte aber nichts weiter als eine Erlaubnis zum Weitermachen dar. Doch jetzt, nachdem Kanada sich einer Reihe von US-Staaten angeschlossen und das Strafgesetz erweitert hatte, war eine Geldstrafe von mindestens 2000 Dollar oder sogar eine Gefängnisstrafe von sechs Monaten bis zu fünf Jahren möglich.

Es gab da natürlich ein Schlupfloch. Es mußte eine ernste Gefahr für die eigene Sicherheit oder die der Familie oder Freunde bestehen. Und das war nicht leicht zu beweisen.

Als Andrew das letzte Mal zu ihm kam, hatte David keinen Zweifel, daß er seine Frau belästigte. Trotzdem war es ihm gelungen, den Richter zu überzeugen, daß sein Mandant ein berechtigtes Interesse daran hatte, sich in der Nähe von Sophies Wohnung (er hatte eine neue Freundin gefunden, die in derselben Gegend wohnte) und in der Nähe ihrer Arbeitsstelle (dort hatte er ein Konto bei der Bank an der Ecke) aufzuhalten. Deswegen, aber auch weil er keine Vorstrafen hatte (wiederum dank David), und aufgrund seines beruflichen Status war das Verfahren eingestellt worden. Und so hatte er die Freiheit bekommen, das Leben seiner Frau zu beenden. Als er ihn dort an der Tür stehen sah – mit funkelnden Augen, starrem Gesichtsausdruck und leerem Grinsen –, wußte David ohne jeden Zweifel, daß es nun passiert war.

Um den Mann zurück ins Vorzimmer zu befördern, hielt er das Tonband an und ging zur Tür. Er dachte dabei auch an Sylvia. Seine Frau machte ihm keine Vorschriften bezüglich seiner

Arbeit, aber er kannte ihre Einstellung, und er hörte auf ihre Meinung, wann immer es möglich war. Sie hatte erkannt, daß Andrew Roberts seine Frau mißhandelte, lange bevor die beiden sich trennten, und hatte deutlich gemacht, wie sehr sie den Arzt und alles, wofür er stand, verabscheute. Sylvia war sein Gewissen – sein Prüfstein für richtig oder falsch, gut oder böse. Die immer laxere Auslegung der Gesetze – die nicht verwechselt werden durfte mit einer einfachen Rechtsprechung – führte zu einer Verzerrung der eigenen Sichtweise. Sylvia hatte ihre sehr eigene Art, das Gleichgewicht dieses verdrehten Wertesystems wiederherzustellen.

»Andrew.« Es sollte eine Begrüßung sein, klang aber gewiß nicht freundlich.

Der Arzt trug eine Trainingshose, ein Polohemd und eine Windjacke aus Fallschirmseide. Keine Bekleidung für Visiten, aber auch nicht ungewöhnlich. Nichts an seiner Erscheinung wies auf einen inneren Aufruhr oder Streit hin. Aber irgendwie wußte David Jenning es.

»Es geht um Sophie.« Und als er fragte, was mit Sophie passiert sei, antwortete er nur: »Sie ist am Ende.« Als Anwalt hatte er sich gewohnheitsmäßig, fast mechanisch nach den genauen Umständen erkundigt, doch er bereute seine Frage noch im selben Moment. Er wollte es nicht wissen. Er wollte da nicht hineingezogen werden. Und er wäre verflucht, wenn er wegen der Einstellung des letzten Verfahrens, die diese Tat ermöglicht hatte, Schuldgefühle bekäme. Es war nicht seine Schuld, wenn das Strafrecht nicht genug hergab.

Noch im Stehen hörte er sich Roberts' Geschichte an. Sophie war tot. Und er war da gewesen. Und er konnte sich nicht erinnern, aber er mußte es getan haben. Es war wirklich seltsam. Ein Blackout. So wie man es beim Trinken bekommt, aber er hatte nichts getrunken und würde zum Beweis auch ins Röhrchen pusten.

Er hat es genau geplant, dachte David. Eine vorübergehende Unzurechnungsfähigkeit! Es war ein Wunder, daß er sich nicht für

den neuesten Verteidigungshit entschieden hatte – MPS. Auch wenn im allgemeinen eher Frauen vom Syndrom der multiplen Persönlichkeitsstörung betroffen waren, kam es bei männlichen Straftätern sehr in Mode. Immer mehr Männer sprangen auf diesen Zug, um einen Freispruch zu bekommen. Aber nicht Dr. Roberts. Die schlichte alte Unzurechnungsfähigkeit reichte ihm.
Doch egal worauf er plädieren wollte, Tatsache blieb, daß er sie getötet hatte. So wie Sylvia es vorausgesagt hatte. Und jetzt glaubte er, mit dem üblichen Klaps auf die Hand davonzukommen. Nun, er war an den falschen Mann geraten, wenn er auf diesen speziellen Rechtsanwalt zählte. »Sie hätten nicht hierherkommen sollen.«
Andrew bebte vor innerer Anspannung. Er erklärte, er wolle sich freiwillig stellen. Er wolle das nicht allein machen. Er wolle seinen Anwalt bei sich haben.
David zügelte sein Temperament nur mühsam, als er wiederholte, was er schon seit Monaten immer wieder gesagt hatte. »Ich bin nicht Ihr Anwalt. Suchen Sie sich einen anderen.«
Die kalten blauen Augen sahen ihn scharf an. Verengten sich. »Reden Sie mit meinem Dad.« Diese Drohung, die er schon benutzt hatte, als er noch in den Kindergarten ging, war unmißverständlich und schwebte wie ein Damoklesschwert in der Luft. Sie funktionierte bei jedem. Aber nicht bei David Jenning, auch wenn ihm das nicht bewußt war. David hatte aus Freundschaft und Respekt zu Andrews Vater und nicht aus Angst zu ihm gehalten.
»Da Sie gerade von Ihrem Vater reden, weiß er es schon?« fragte er. »Dann sollte er es besser erfahren, bevor andere es ihm sagen.« Er nahm den Hörer auf. Hielt ihn ihm hin. Wurde zunehmend zorniger, als er ihn nicht entgegennahm.
Andrews glattes, faltenloses Gesicht verzog sich zu einer häßlichen Grimasse. Leise, als spräche er mit einem geistig Behinderten, erinnerte er Jenning an das, was jeder Strafverteidiger wußte. Ein Angeklagter ist unschuldig, solange seine Schuld nicht bewiesen ist. Selbst wenn die Schuld offensichtlich ist und zugegeben wird. In diesem Sinne kam das adversarische System

voll zur Anwendung. Und in diesem Sinne oblag es seinem Berufsstand, die bestmögliche Verteidigung zu erbringen.

Er war an die standesrechtlichen Vorschriften gebunden, so wie Dr. Andrew Roberts an den hippokratischen Eid. Dieses Argument hatte David oft selbst benutzt, wenn ihm vorgeworfen wurde, den kriminellen Elementen in dieser Gesellschaft zu helfen und sie zu unterstützen.

Als sie auf den Fahrstuhl warteten, spürte er die selbstgefällige Zuversicht des Mannes neben ihm. Er wollte an diesem schmutzigen Theater nicht teilhaben. Er wollte nicht etwas verteidigen, was moralisch nicht zu vertreten war. Aber er wollte sich auch nicht von den Grundsätzen der britischen Justiz abwenden. Man war unschuldig, solange die Schuld nicht bewiesen war. Dieses Prinzip garantierte das Recht auf einen fairen Prozeß. In Kanada hatten die Rechte der Angeklagten Vorrang vor denen der Opfer.

Als Rechtsanwalt hatte David die Pflicht, dieses Recht nach allen Kräften zu schützen.

2

Die Augen bohrten zwei Löcher in ihren Rücken. Als Harriet Croft sich schließlich umdrehte, um zu erkennen, woher die Blicke kamen, entdeckte sie die Frau sofort. Sie saß in der dritten Reihe am Gang und sah nicht so aus wie die üblichen Prozeßbesucher. In ihrem zarten Gesicht und den kühlen grauen Augen lag eine aristokratische Eleganz, die sie von den anderen abhob.

Beruhigt, daß sie die Frau nicht kannte, drehte sie sich wieder zum Richter um, der im Fall Doerner gegen Kreer gerade eine weitere Vertagung verkündet hatte. Es war ein erneuter Verzug auf einer langen Liste von Verschleppungsmanövern. Ihre Mandanten, die Doerners, wurden einer gerichtlichen Version der chinesischen Wasserfolter ausgesetzt.

Die Doerners waren ein junges Paar aus der Stadt, das hart gearbeitet, Geld gespart und seine Traumfarm gekauft hatte, um dann festzustellen, daß in den sattgrünen Feldern ein tödliches Geheimnis verborgen lag. Ihr Land war von Giftmüll verseucht und eine tickende Zeitbombe. Sie hatten Angst um die Gesundheit ihrer Kinder. Um ihr Vieh. Und sogar um ihre Ernte.
Da sie das Land nicht verkaufen konnten, war das Paar mit der Hoffnung auf eine Lösung zu Harriet gekommen. Sie waren der Meinung, daß der frühere Eigentümer Aloysius Kreer es entweder zurücknehmen oder für die Entsorgung bezahlen sollte. Aber wenn schon nicht der Täter, der den Müll dort vergraben hatte, zahlte, dann wollten sie wenigstens Hilfe von dem Ministerium, das für die Nutzung des Landes zuständig war, oder von der Stadtverwaltung, die gewußt haben mußte, was dort seit Jahren vor sich ging, und nichts getan hatte, um es zu unterbinden. Dieser Prozeß war bedeutend, denn diese Frage drohte in den neunziger Jahren zum Rechtsproblem Nummer eins zu werden: Wer ist rückwirkend verantwortlich für die Verseuchung der Umwelt? Kreer hatte sein Land verseucht, bevor es verboten wurde. Konnte er schadensersatzpflichtig gemacht werden für etwas, das damals nicht gegen das Gesetz verstoßen hatte?
Harriet hatte den Fall angenommen, weil er die Möglichkeit bot, daraus einen Präzedenzfall zu machen. Allmählich wünschte sie sich, sie hätte es nicht getan. Die endlosen Vertagungen waren nervenaufreibend. Der heutige Aufschub war das jüngste Hindernis, das vom gegnerischen Anwalt aufgestellt worden war. Fast so als hofften Kreer und sein Team, daß die Doerners an den giftigen Verunreinigungen, die ihr Land verfaulen ließen und ihr Wasser verseuchten, stürben. Sie würden aber nicht aufgeben und weggehen. Harriet war nicht bereit zu kneifen und die Doerners auch nicht.
Da sie damit beschäftigt war, die Termine in ihrem Kalender hin und her zu jonglieren, vergaß sie die Frau, als sie die unbenutzten Notizen für diesen Morgen in die Aktentasche steckte und mit Bob Doerner hinausging. Er war enttäuscht, denn er wollte sein

Leben endlich wieder in ruhige Bahnen lenken. Sie konnte es ihm nicht verübeln. Sie blieb mit ihm auf dem vollen Flur stehen und machte das, was Donna, ihre Sekretärin, Händchenhalten nannte. Dieses taktvolle Verhalten hatte sie sich vor zwei Jahren bei dem Mordprozeß Regina gegen Taylor in Spruce Falls mit durchschlagendem Erfolg angeeignet. Der Freispruch von Leslie Taylor hatte nicht nur ihren Karrierewechsel vom Körperschaftsrecht zum Strafrecht zur Folge, sondern auch einen weitreichenden Einfluß auf ihr persönliches Leben. Während sie Leslie Taylor vor einer lebenslangen Gefängnisstrafe gerettet hatte, hatte Leslie sie vor einem einsamen Leben gerettet. Ein fairer Tausch.

Sie dachte an Leslie, als sie beobachtete, wie ihr Mandant den Flur hinunterging. Er war fast außer Sicht, als eine Stimme sie von hinten ansprach. »Mrs. Croft?«

»Ms Croft.« Sie wußte schon, bevor sie sich umdrehte, daß diese Stimme der aufmerksamen jungen Frau in dem glänzenden Seidenkleid gehörte. »Harriet Croft.«

»Natürlich. Es tut mir leid.« Leid? Warum? Daß sie vermutet hatte, sie sei verheiratet? Eine solche Vermutung war in manchen Kreisen nicht mehr politisch korrekt. Die grauen Augen, ruhig und abschätzend, blickten etwas wärmer. »Sylvia Jenning.«

Bei dem Namen klingelte es sofort bei ihr. Es gab keinen Anwalt in der Stadt, der sich nicht gern mit dem König der Anwälte dieses Landes auf die gleiche Stufe stellen würde. »Ist David Jenning ...«

»... mein Mann? Ja.« Ganz selbstverständlich. »Kann ich Sie zu einer Tasse Kaffee einladen?« Sie blickte auf ihre Uhr. »Oder besser zum Mittagessen?« Ein plötzliches Lächeln erhellte das ruhige Gesicht. »Ich nehme an, daß Sie sich da drinnen gerade etwas Zeit eingehandelt haben. Sie haben nicht damit gerechnet, daß Sie so hingehalten werden.«

»Nein, das habe ich nicht.« Der Scharfblick einer Frau, die mit dem Beruf verheiratet war. Der Gedanke machte sie nachdenklich. Warum kam diese Mrs. Jenning, die mit dem besten Strafverteidiger des Landes verheiratet war, zu jemandem, den sie nicht kannte? Erpressung? Ein tiefes, dunkles Geheimnis, das sie vor ihrem Mann verbergen wollte? Oder ...

Eine Scheidung? Wohl eher. Mit David Jenning verheiratet zu sein war bestimmt nicht witzig. Der Mann war brillant, aber er sprühte nicht gerade vor Charme. Neben ihm konnte sie sich eine demütige kleine Gattin vorstellen, aber nicht eine Frau, die so vital und selbstsicher war wie die, die vor ihr stand. Nun, wenn es um eine Scheidung ging, müßte sich Mrs. Jenning woanders umschauen. Die Schiedsrichterin bei einem zerstrittenen Yuppie-Pärchen zu spielen zählte nicht zu ihren Vorzügen. Sag es schon, sag es schon. »Wir können auch hier reden, wenn Sie wollen.« Wenn es um Familienstreitigkeiten geht, sag ihr am besten gleich, daß du kein Interesse hast.

»Hier?« Sie warf einen Blick auf die Menschen, die sich vorbeidrängten. »Was ich Ihnen sagen will, ist persönlich. Vertraulich.«

Spar dir die Zeit. Komm zum Punkt, Harriet. »Geht es um Ihren Mann?«

Mrs. Jenning wirkte überrascht und überlegte einen Moment. »Vermutlich könnte man es so sagen. In mancher Hinsicht. Aber nur am Rande.«

Eine merkwürdige Art, es auszudrücken. Scheidungen hatten etwas an sich, was die Menschen zu seltsamen und erstaunlichen Verhaltensweisen veranlaßte. Wenn du eine direkte Antwort haben willst, stell eine direkte Frage, Frau Anwältin. »Wenn Sie sich scheiden lassen wollen, bin ich die falsche Person.«

»Mich scheiden lassen?« Das anfängliche Erstaunen verwandelte sich in Belustigung. »Du meine Güte, eine Scheidung ist das letzte, was ich will. Oder was David will. Nein, ich will mich nicht scheiden lassen. Ich möchte mit Ihnen über den Fall Roberts sprechen. Den Arzt, der seine Frau letzte Woche getötet hat.«

Harriet kannte den Fall. Sie wußte auch, daß David Jenning dazu beigetragen hatte, daß das vorherige Verfahren wegen Belästigung vom Gericht eingestellt worden war. »Warum reden Sie nicht mit Ihrem Mann? Ich kann mir nicht vorstellen, daß sich jemand damit besser auskennt als er.«

»Es geht nicht um den Fall an sich.« Das zart geschnittene Gesicht bekam einen entschlossenen Ausdruck. »Der Tod von Sophie Roberts ist symptomatisch dafür, daß mit unserem Rechtssystem etwas nicht in Ordnung ist. Sie ist tot. Das ist tragisch, aber wir können nichts daran ändern. Ich interessiere mich für die Frauen, die noch da draußen sind. Die Frauen, die noch leben. Und die Männer, die sie am liebsten tot sähen.« Die emotionale Beteiligung, die sie vorhin noch gezeigt hatte, war verflogen. Ihr Stimme klang flach, und ihr Gesichtsausdruck war leer. »David und ich haben darüber gesprochen. Ganz generell. Wir sehen die Sache unterschiedlich. Ja, wir haben darüber geredet. Aber es wird Zeit, mehr zu tun, als nur zu reden.«

»Ich verstehe.« Harriet lief ein Schauer über die Haut. David Jennings Frau hatte etwas sehr Merkwürdiges an sich. Etwas Merkwürdiges und Faszinierendes. »Ich rufe mal eben meine Sekretärin an und sage ihr, daß ich nach dem Mittagessen zurückkomme.«

Es war vier Uhr, als sie Donna zum zweiten Mal anrief und ihr sagte, daß sie das Büro schließen und für heute nach Hause gehen könne. Es war das erste Mal, daß sie einen halben Tag freigenommen hatte, ohne zu erklären, warum. Das erste Mal – aber in der kommenden Zeit würde es nicht das letzte Mal sein.

3

Henny Clamp

Entsetzt verfolgte Henny Clamp die Sechsuhrnachrichten im Fernsehen, als die Sanitäter den Leichensack auf die Bahre hoben und zum Krankenwagen schoben. Wieder einmal, aber mit Gottes Hilfe …

Dem Gedanken folgte ein Gefühl von Schuldbewußtsein und dann wieder ein Schauer der Resignation. Früher oder später würde man ihre Leiche für die Fahrt ins Leichenhaus aufladen. George hatte es ihr angekündigt. Er hatte es sogar schon jedem erzählt, der es wissen wollte. Es schien ihn nicht zu kümmern, daß die halbe Stadt seine Drohungen kannte. Seinen Schwur, daß er »die alte Fotze ein für allemal abknallen« würde. Wahrscheinlich machte er sich keine Sorgen, weil er glaubte, daß es keinen Anlaß dazu gab. Den Gesichtsausdruck dieser blöden Kuh zu sehen, wenn sie wußte, daß ihre letzte Stunde geschlagen hatte, wäre allemal ein paar Jahre Knast wert.

Henny war zweiundfünfzig. George war sechzig. Sie waren fünfunddreißig Jahre verheiratet gewesen. Fast von Anfang an hatte er sie mißhandelt, und das ging so fort, bis sie vor einem Jahr zu ihrer Tochter gezogen war. Sie wohnte mit ihrem Mann, sechs Kindern und dann auch noch mit der Mutter in einem Dreizimmerhaus, das mit einer Hypothek belastet war. Es war nicht gerade das Paradies, aber nicht weit davon entfernt.

Ein paar Wochen lang war ihr Leben fast so normal verlaufen, wie sie es sich besser nicht vorstellen konnte. Kein Warten mehr darauf, daß die Kneipe schloß – wenn sie vor Angst gelähmt in der Dunkelheit saß und hörte, wie er die Treppe heraufkam und in die Küche taumelte, wo er erwartete, daß innerhalb weniger Minuten eine warme Mahlzeit auf dem Tisch stand. Kein Aufwachen mehr mitten in der Nacht, wenn er aufstand und auf die Toilette ging. Keine Hetze mehr aus dem Supermarkt nach Hause, wenn sie die erlaubte Zeit überzogen hatte.

Ja, ein paar Wochen lang war es zu schön gewesen, um wahr zu sein. Zu schön, um für immer zu währen. George Clamp war kein Mann, der einfach etwas loslassen konnte. Als die Probleme anfingen – Telefonanrufe um drei Uhr morgens, aufgeschlitzte Reifen am Wagen ihres Schwiegersohns, obszöne, auf die Haustür gesprayte Sprüche und Fäkalien im Briefkasten – und es offensichtlich war, daß die ganze Familie genauso terrorisiert wurde wie sie schon seit Jahren, suchte sie sich ein Zimmer über einem Restaurant in der Stadt und überredete den Besitzer, ihr einen Job als Kellnerin zu geben. Es war nicht viel, aber mehr, als sie jemals gehabt hatte: ein eigenes Zimmer, Essen nach ihrer Wahl in ihrem wenn auch alten, aber eigenen Kühlschrank, ein eigenes Bett, ihr eigener Lohn am Ende der Woche.

Henny schaltete das Fernsehgerät aus und stellte den Wasserkessel an. Eine kleine Unbequemlichkeit – man konnte entweder das eine oder das andere haben, aber nicht beides. Eine Lektion, die sie gelernt hatte, nachdem eine Reihe von Sicherungen durchgebrannt waren. Sie löffelte den Instantkaffee in einen Becher und fügte genug Wasser hinzu, um ihn schwarz trinken zu können. Dann setzte sie sich auf das ausziehbare Sofa, das tagsüber als Couch und nachts als Bett diente, und dachte über ihr Leben nach und wie alles einmal gewesen war.

»Henny Penny, Henny Penny, wo ist denn die Kleine?« Hennys Mutter war eine große, dickbusige Landfrau mit einer fröhlichen Stimme gewesen, die die Gabe hatte, große Schmerzen in kleine und kleine in ein Lächeln zu verwandeln. Sie hatte neun Kinder und liebte sie alle, aber ihr Lieblingskind war die Jüngste gewesen. Henny Penny. Sie hatte goldblondes Haar und braune Augen und war, nach den Worten ihres Vaters, süß wie Zucker.

»Hier bin ich, hier bin ich. Sieh mal – hier bin ich.« Wenn sie die Stimme ihrer Mutter hörte, rannte Henny von der Sandkiste zur Veranda und zupfte ihre Mutter am Rock.

»Ich kann die Kleine nirgendwo sehen. Mein Liebling ist einfach verschwunden.«

Henny zog dann an ihr und kicherte und rannte im Kreis um sie herum, damit sie nach unten statt in die Ferne schaute. Und dann, wenn ihre Mutter endlich herunterblickte, sie sah und auf den Arm nahm, fühlte Henny sich sicher und beschützt und unschätzbar glücklich, am Leben zu sein.

Es war lange, lange her, daß sie glücklich gewesen war, am Leben zu sein. Oder sich sicher gefühlt hatte. Oder beschützt.

Aus diesem glücklichen, freundlichen kleinen Mädchen war eine müde, verhärmte Frau geworden. Das Gesicht, das sie im Spiegel sah, gehörte einer Fremden – mit Ringen unter den Augen, von Falten durchzogen, eingerahmt von strohartigen, leblosen Haaren. Das kleine Mädchen, das sie einst gewesen war, war für immer fort, zusammen mit ihrer Mutter und ihrem Vater und zwei ihrer größeren Brüder.

Wie hatte das passieren können? Wo war die Zeit geblieben?

Manchmal kam es ihr erst wie gestern vor. Manchmal schien es so lange her zu sein, als hätte sie es in einem Buch gelesen.

Während sie in dem dunklen Zimmer saß und ihren Kaffee schlürfte, erinnerte sie sich, wie es angefangen hatte.

Sie war sechzehn gewesen. Ging noch zur Schule. Verdiente sich ein zusätzliches Taschengeld als Babysitter. Eines Abends tauchte der Bruder der Frau, auf deren Kind sie aufpaßte, an der Tür auf. Er hieß George und war vierundzwanzig, und schon bei seinem Anblick wurde Henny rot und ganz sprachlos. Als er sie eine Woche später anrief und fragte, ob sie mit ihm ausginge, sagte sie sofort ja. Sie wußte, daß ihre Mutter sagen würde, sie sei noch zu jung dafür. Darum fragte sie lieber nicht. Sie verabredeten sich bei seiner Schwester an der Ecke der Straße.

Er hatte ein Auto. Kein sehr gutes Auto, aber immerhin. Als sie neben ihm saß, warf sie ihm ständig verstohlene Seitenblicke zu. Seine Hände waren kräftig und derb mit einem schmalen Schmutzrand unter den Nägeln. Aber was konnte man von einem Mann, der als Mechaniker arbeitete, auch schon erwarten? Er hatte ein attraktives Profil, ohne weichlich zu wirken. Ein hübsches Kinn. Die Nase machte an der Spitze einen kleinen Bogen nach oben. Über der Stirn hatte er einen Wirbel. Und einen netten Mund mit vollen und ziemlich sanften Lippen. Nicht so einen Mund, der sich zu einer festen, drohenden Linie zusammenpressen konnte wie beim Schuldirektor.

Wenn sie jetzt darüber nachdachte, wie er damals war, konnte sie den Jungen nicht mit dem Mann in Verbindung bringen, der ihr das Leben zur Hölle gemacht hatte. Sie waren zwei unterschiedliche Menschen, genauso wie sie nicht dieselbe war wie die sorglose Henny Penny.

Es war alles so aufregend gewesen. Als er sie das erste Mal küßte, hielt sie den Atem an und sagte sich, daß es so sein mußte, wenn man erwachsen und verliebt war. Noch nie hatte jemand sie auf die Lippen geküßt, so sanft und so leicht, daß sie den Kuß kaum spürte. Erst später, als er sie gut genug kannte, um sich ihrer sicher zu sein, waren die Küsse in ihrer Gier nicht mehr sanft, sondern brutal.

Die Nacht, als er sie das erste Mal richtig küßte, veränderte ihr Leben für immer. Denn in dieser Nacht wurde sie schwanger. Und das Ergebnis dieser ungewollten Schwangerschaft war Georges ungewollte Hochzeit mit einer mittlerweile siebzehnjährigen Braut. Von Anfang an war diese Hochzeit offensichtlich ein Fehler.

In der Hochzeitsnacht schlug George sie das erste Mal. Nach dem Hochzeitsessen, das ihre Mutter zubereitet hatte, waren sie von ihrem Zuhause auf der Farm in Georges Junggesellenwohnung gezogen, wo sie bleiben wollten, bis sie sich etwas Besseres leisten konnten. Es war Winter, ihr war kalt und unwohl zumute, und sie war nicht in der Stimmung zu einem kleinen Fikki-Ficki, wie George es nannte. Als sie ihn wegschob, weil sie einfach nur ins Bett fallen und schlafen wollte, schlug er sie, bis sie nachgab. Als er fertig war, ging er in seine Stammkneipe und trank mit seinen Freunden bis nach Mitternacht. Es war fast Morgen, als er nach Hause kam, und sie wußte, daß er bei einer anderen Frau gewesen war, und fragte sich, ob es dieser Frau, wer immer sie war, besser gefiel als der neuen Mrs. George Clamp.

Die Nacht nach der Hochzeit wiederholte sich im Laufe der Jahre Hunderte Male. Mit Abweichungen. Aus den Klapsen wurden Schläge. Seine Affären wurden offensichtlicher. Die anderen Frauen wurden unverschämter. Das Leben wurde schlimmer und schlimmer bis unmöglich.

Die Kinder kamen in jährlichen Abständen zur Welt. Nach der Geburt des dritten Kindes verließ sie ihn das erste Mal. Alles Jungen. Sie war einundzwanzig, Mutter von drei Kindern und ohne Einkommen oder Mittel zum Leben. Da sie sich geschämt hatte zu erzählen, daß sie mißhandelt wurde, konnten ihre Freunde und Nachbarn nicht verstehen, warum sie ihren Mann verließ und ihren Eltern auf der Tasche lag. So bekam sie weder emotionale noch finanzielle Unterstützung, gab schließlich auf und kehrte zu George zurück. Aber nur, sagte sie sich, bis die Jungs alt genug waren, um für sich selbst zu sorgen, und sie das Haus verlassen und sich eine Arbeit suchen konnte.

Dieser Tag kam nie. Nach wenigen Monaten war sie wieder

schwanger – ein Vorgang, der sich in den nächsten neun Jahren neunmal wiederholte.
Henny liebte Kinder, aber es gab Grenzen. Sie konnten sich das, was George lachend »meine stolzen dreizehn und fast nur Jungen« nannte, nicht leisten. George war zwar kein praktizierender Katholik, aber tief religiös, wenn es um Geburtenkontrolle ging. Er wollte keine Kondome benutzen und schlug sie windelweich, als er entdeckte, daß sie die Pille nahm. Er ignorierte die Warnungen des Arztes, daß ihre Gesundheit gefährdet und ihr Leben bedroht sei. Die Rettung kam schließlich in Form einer Sterilisation.
Die Schwangerschaften hörten auf, aber der Sex ging weiter. Sie war dreißig Jahre alt und sah aus und fühlte sich wie sechzig.
Henny verließ George im Laufe der Jahre dreimal. Beim ersten Mal war sie freiwillig zurückgekehrt. Die nächsten beiden Male gab sie seinen Drohungen nach. Du wirst mich nie verlassen. Lieber bringe ich dich um. Wenn ich dich nicht haben kann, dann auch kein anderer. Als stünden sie vor der Tür Schlange. Als gäbe es an ihr noch etwas, das einen Mann interessieren könnte – selbst wenn sie es sich allen Zweifeln zum Trotz wünschte.
Sie war immer zurückgekehrt. Am Anfang, weil sie um sich selbst Angst hatte, und später, weil er seine Drohungen auch auf die Kinder und ihre Eltern und sogar entfernte Verwandte ausweitete. Aber jetzt war sie endlich von ihm fort, und sie würde um nichts auf der Welt zurückkehren.
Sie trank den Kaffee aus, spülte die Tasse ab und zog ihren alten Schaukelstuhl zum Fenster. Das einzige Möbelstück, das sie mitgebracht hatte. Der Stuhl hatte ihrer Mutter gehört. Er erinnerte sie an ihre Kindheit, die guten Zeiten, als ihre Mutter sie auf den Schoß nahm und ihr etwas vorsang, während sie vor und zurück schaukelte. Er war schon so oft geflickt und repariert worden, daß vom Original nur noch wenig übrig war. Da er eines der wenigen Dinge war, die ihr gehörten, diente er häufig als Zielscheibe, wenn George betrunken um sich schlug. Aber er bot ihr immer noch Trost, und als sie sich zurücklehnte und schaukelte – auf die Straße hinunterschaute und die Gedanken wandern

ließ, während ihre Augen die wenigen nachmittäglichen Passanten verfolgten –, genoß sie den Luxus, nach einem Leben ohne Privatsphäre ganz allein und ohne Angst dasitzen zu können. Müßig, wie man Bewegungen beobachtet, wenn man an nichts denkt, folgte ihr Blick einer jungen Frau, die einen Kinderwagen vor sich herschob. Sie verschwand aus dem Sichtfeld, und zwei Jugendliche kamen aus der entgegengesetzten Richtung. Ein Junge und ein Mädchen im Grunge-Look und im Gleichschritt, Arm in Arm und Hüfte an Hüfte. Ihr intimes Verhalten deutete darauf hin, daß die beiden schon miteinander schliefen oder es bald tun würden, und Henny war versucht, sie laut zu warnen. »Tut es nicht. Werde nicht schwanger. Beende dein Leben nicht, bevor es begonnen hat.« Dann verschwanden die beiden auch aus der Sicht, und sie tröstete sich mit dem Gedanken, daß die Situation sich verändert hatte und die jungen Mädchen heute mehr wußten als ihre Mütter damals und daß es, selbst wenn sie schwanger wurden, Möglichkeiten gab, die es in der Vergangenheit nicht gegeben hatte. Aber dann dachte sie an die Meldung in den Nachrichten – an diese arme Frau – und wußte, die Situation blieb bei allen Veränderungen dieselbe, und die Mädchen und Frauen würden dasselbe erleben wie sie, wenn keiner etwas dagegen unternahm.
Der Wecker, den sie gestellt hatte, um rechtzeitig zur Spätschicht zu kommen, klingelte, und sie ging über den Flur ins Badezimmer, wusch sich und zog ihre Uniform an. Das Restaurant war ein gewöhnliches Kleinstadtlokal, aber in der schwarzen Hose und roten Bluse hatte sie das Gefühl, etwas Besonderes zu sein. Die Hose war die erste, die sie jemals besessen hatte. Sie fühlte sich darin unabhängig. Und auf eine seltsame Art selbstbewußt.
Eine Treppe befand sich draußen an der Rückseite des Hauses, und eine weitere im Haus führte direkt nach vorn auf die Straße. Sie benutzte die Hintertreppe und ging über den Parkplatz ins Restaurant. Der Koch, der auch der Eigentümer und Manager war, grinste ihr durch eine Dampfwolke zu. Er war kinderloser Witwer und ein sehr großer Mann, der sein Personal wie eine

Familie behandelte. »Sie kommen jeden Tag früher, Henrietta. Haben Sie nichts Besseres zu tun?«
Sie errötete und blickte zu Boden. Obwohl sie den größten Teil ihres Lebens in Gesellschaft von Männern verbracht hatte – wobei ihre zehn Söhne plus George allerdings nicht gerade zu einer Atmosphäre der Gleichberechtigung beigetragen hatten –, war sie in Gegenwart von Männern, mit denen sie nicht verwandt war, verlegen. George hatte ihr das gut beigebracht. Er konnte ohne jeden Grund eifersüchtig werden und völlig ausflippen, wenn sie einen anderen Mann auch nur von der Seite anschaute.
Er wartete auf eine Antwort, und sie sagte schüchtern: »Ich bin nicht gern in Hektik. Ich meine ... ich sehe mich lieber erst mal um, wer alles da ist und was Sie gekocht haben, und mache meinen Kopf frei, bevor ich anfange.« Dann fügte sie befangen hinzu: »Ich kann nicht so gut denken, wenn alles auf einmal kommt.«
Der Mann verspürte einen Anflug von Zorn. Er wußte genug über die Clamps, um zu ahnen, was Henny hinter sich hatte. Das, was George Clamp seiner Frau angetan hatte, war ein Verbrechen. Es müßte ein Gesetz dagegen geben. Verdammt, es gab ein Gesetz, aber was nützte das schon? »Mit Ihrem Denkapparat ist alles in Ordnung.« Jetzt, wo er endlich funktioniert, dachte er für sich. »Sie sind genauso gut wie alle anderen, die hier arbeiten. Wenn Sie erst mal eine Weile dabei sind, werden Sie uns allen zeigen, wo es langgeht.«
Henny trat verlegen von einem Bein aufs andere. Da sie Freundlichkeit sowenig gewohnt war, wußte sie nicht, was sie antworten sollte. Sie wechselte das Thema, um ihre Unsicherheit zu verbergen, und fragte: »Was kochen Sie da? Das riecht richtig gut.«
»Irish Stew.« Er füllte einen Teller bis zum Rand. »Hier. Setzen Sie sich und tun Sie so, als wären Sie ein ganz normaler Gast. Sie sind eine halbe Stunde zu früh da. Es besteht kein Grund zur Hektik.«
Sie setzte sich in eine der hinteren Nischen und genoß das Stew

und das neuartige Erlebnis, ein Essen serviert zu bekommen, das jemand anderes gekocht hatte. Der größte Teil ihres Lebens hatte darin bestanden, Essen zu kochen, aufzutischen und anschließend aufzuräumen. Sie konnte sich nur schwer daran gewöhnen, daß jemand etwas für sie tat, was sie so oft für andere getan hatte.

Das Restaurant war in zwei Hälften geteilt. In der einen stand der Tresen gegenüber den Eßnischen. In der anderen Hälfte befand sich ein Speisesaal mit richtigen Blumen, Tischdecken und Armstühlen. Henny bediente an den Eßnischen, half aber, wenn notwendig, auf der anderen Seite aus. Heute war es notwendig. Eine Kellnerin vom Speisesaal hatte sich krank gemeldet, und Henny wurde gebeten einzuspringen.

Dort in diesem Speisesaal, der beinahe einer der feinsten in dieser Stadt war, passierte es.

An der Rezeption brach ein Tumult aus. Ein Mann stieß die Empfangsdame beiseite und bahnte sich einen Weg durch die Tische. Er trug schmutzige Arbeitskleidung, war betrunken und kampflustig und auf der Suche nach seiner ungehorsamen Frau.

Noch ehe er sich zu ihr umdrehte, wußte sie, daß es George war, der sie nach Hause holen wollte.

Er entdeckte sie. Klemmte sie in einer Ecke ein und sagte wütend: »Beweg deinen Arsch dorthin, wo er hingehört.« Seine Augen waren rot und traten hervor wie immer, wenn er sie schlug. Der junge Barmann, der kaum mehr als ein Junge war, eilte herbei, um ihr zu helfen. Dann kam der Besitzer, immer noch mit der Suppenkelle in der Hand. Die Kellnerinnen flohen in alle Richtungen, und die Gäste schauten mit offenen Mündern zu.

»Kommen Sie schon, George.« In dem Versuch, etwas zu schlichten, was nicht zu schlichten war, schob sich der Besitzer vor Henny und sagte: »Wir wollen hier keinen Ärger.«

»Sie wollen keinen Ärger, aber Sie nehmen einem anderen Mann die Frau weg. Ich habe was mit ihr zu besprechen. Mischen Sie sich nicht in Dinge ein, die Sie nichts angehen.«

»Wenn Sie nicht gehen, rufe ich die Polizei.«
Henny fing an zu zittern. Ihr Chef war größer als George. Und er hatte das Gesetz auf seiner Seite. Aber er wußte nicht, wozu ihr Mann in der Lage war. Wie diese dicken Fäuste zuschlagen und einen umhauen konnten, bevor man wußte, wie einem geschah. Er konnte diesen Raum und alles, was darin war, zerschmettern, ehe die Polizei auch nur in der Nähe wäre.
An diesem Punkt, wenn er außer sich vor Wut und nahe dran war zu explodieren, hatte Henny immer nachgegeben und getan, was er wollte. Aber diesmal nicht. Sie zitterte so heftig, daß ihre Zähne klapperten, aber ihre Entschlossenheit war genauso groß wie ihre Angst. Sie trat hinter ihrem Chef hervor, holte tief Luft und sagte: »Ich habe nichts mit dir zu besprechen.«
Er konnte es nicht fassen. Und sie konnte es nicht fassen. Zum ersten Mal überhaupt hatte sie tatsächlich widersprochen. Ihm getrotzt. Und sie hatte es in der Öffentlichkeit getan. Vor Fremden. Er würde sie dafür umbringen, wenn er es könnte.
Sie ging durch die Küche nach draußen, ließ den Lärm der Stimmen und das Handgemenge hinter sich und rannte die hintere Treppe hinauf, um ihre wenigen Sachen in eine Einkaufstüte zu packen. Eine Polizeistreife fuhr vor, und sie beobachtete, wie George mit Gewalt auf den Rücksitz verfrachtet wurde. Vielleicht würde er diesmal, weil er ein öffentliches Ärgernis verursacht hatte und es Zeugen gab, eingesperrt werden. Zumindest für eine Nacht.
Es klopfte an der Tür, und als sie öffnete, stand der Besitzer vor ihr. »Sie können wieder runterkommen. Er ist weg.«
»Er wird wiederkommen. Er wird mich nie in Ruhe lassen. Mir bleibt nur ein Ausweg: Ich muß irgendwo hingehen, wo er mich nicht findet.«
»Sie sind hier besser aufgehoben. Wo Sie eine Familie haben. Und wo die Leute Sie kennen.«
»Nein. Sie können mir nicht helfen. Niemand kann mir helfen. Wenn jemand Sie umbringen will, können Sie nichts tun, um ihn davon abzuhalten.«
Der große Mann sah sie an, als würde er gleich weinen. Er griff in

seine Hosentasche und zog ein Bündel Geldscheine hervor, das von einem Gummiband zusammengehalten wurde, so wie bei seinem Vater und dem Vater seines Vaters. »Hier. Ich habe noch genug in der Kasse. Aber ich kann Ihnen auch einen Scheck geben, wenn Sie wollen.«

Sie schüttelte den Kopf. »Ich komme schon zurecht. Ich kann mir auch etwas von Sandy holen, wenn ich es brauche.« Henny würde nicht im Traum daran denken, ihre Tochter um Geld zu bitten, aber das wußte er nicht.

Er zog ein paar Scheine heraus und schob sie ihr in die Hand. »Auf jeden Fall steht Ihnen das von Ihrem Lohn noch zu, und einer der Tische hat ein ziemlich gutes Trinkgeld hinterlassen.« Er trat von einem Fuß auf den anderen. »Wohin wollen Sie denn gehen? Das ist nicht so leicht, wenn man sein Leben lang an einem Ort gewohnt hat.«

Er war ein freundlicher Mann. Und er machte sich Gedanken darum, was aus ihr wurde. Er hatte ihr einen Job gegeben und auch in anderer Hinsicht versucht zu helfen. Sie war dankbar. Aber selbst wenn sie gewußt hätte, wohin sie gehen könnte, hätte sie es ihm nicht gesagt. Es war besser, viel besser, wenn niemand – nicht einmal ihre Familie – sie finden konnte. George war wie ein Spürhund. Schon beim kleinsten Hinweis würde er ihre Fährte aufnehmen, und dann würde sie nicht noch einmal davonkommen. Dafür würde er sorgen.

Der Busbahnhof befand sich am Ende der Straße. Sie würde den erstbesten Bus nehmen, egal wohin er fuhr. Und sie würde Sandy vom Bahnhof anrufen und ihr sagen, daß sie sich keine Sorgen machen solle und sie sich wieder melden würde, wenn sich die Dinge beruhigt hätten.

Owen Sound war nicht gerade ein Verkehrsknotenpunkt. Es lag in einem Winkel an der südlichen Küste vom Georgian Bai, von dem nur eine begrenzte Zahl von Orten angefahren wurde. Es bestand keine direkte Verbindung mit Orten im Norden, Osten oder Westen. Als sie zum Depot kam, wurde nur ein Bus beladen, der in Richtung Guelph und dann weiter nach London fuhr. Als sie die Fahrkarte kaufte, erkannte sie die Frau am Schalter.

Das machte ihr Sorgen. Sie hatte die Wahl, entweder bis nach London durchzufahren oder in Guelph umzusteigen. Guelph war zwar kleiner als London, bot aber bessere Umsteigemöglichkeiten.

Wie sich herausstellte, wurde ihr die Entscheidung abgenommen. Der Bus hielt in Guelph neben einem, der nach Toronto fuhr. Eine große Stadt. Die größte in Kanada. Eine, wo man sich mit etwas Glück für immer verlieren konnte.

Dies war die wichtigste Entscheidung, die sie jemals getroffen hatte, und sie entschloß sich ganz spontan.

Henny Clamp stieg von einem Bus in den anderen um, und nichts in ihrem Leben sollte jemals wieder so werden, wie es war.

4

»Ich habe heute eine interessante Frau kennengelernt.« Harriet Croft lag ausgestreckt auf einer Liege neben dem Swimmingpool, und auf ihrem Bauch balancierte ein Glas Brandy. Leslie Taylor, ihre Partnerin und beste Freundin, kam von drinnen, ein Tablett mit Espresso und einem Glas Irish Cream in der Hand. Duchess, Leslies einzigartiger Mischling, schlürfte Wasser aus dem Pool, während ihr neuer Freund, ein bissig aussehender Dobermann, auf dem Boden hockend zusah. Der Dobermann war gerade erst dabei, sich an Menschen zu gewöhnen, aber Duchess verehrte er. Beide waren in der Vergangenheit schlimm mißhandelt worden und hatten wahrscheinlich einiges gemeinsam.

»Sie hat frisches Wasser in der Küche«, murrte Leslie. »Warum sie das Poolwasser vorzieht, verstehe ich nicht. Diese Chemikalien werden ihre ganzen Innereien zerfressen.«

»Weil das ein Bergsee ist und sie ein Geschöpf der Wildnis. Hast du denn keine Phantasie?« Einem kleinen Schluck Kaffee folgte ein langsamer Schluck Cognac. »Hast du gehört, was ich gesagt habe?«

»Über Duchesses Ausflug in die Wildnis? Oder die neueste Frau in deinem Leben?« Die dunklen Augen schimmerten amüsiert. »Sollte ich eifersüchtig sein?«
»Ich sagte interessant, Liebling. Nicht toll, talentiert, klug, aufregend ...«
»Es reicht schon.« Lachend beugte sich Leslie vor und drückte einen leichten Kuß auf Harriets Stirn. »Du hast eine interessante Frau kennengelernt. Sie ging dir während des ganzen Essens durch den Kopf. Jetzt bist du bereit, darüber zu reden. Also sprich.«
»Manchmal weiß ich nicht, ob du mit mir redest oder mit Duchess. Sprich. Führt man so Gespräche?«
»So bin ich nun mal. Das ist Berufsrisiko, meine Liebe.« Leslie war Moderatorin in den Sechsuhrhauptnachrichten und arbeitete nebenbei als freie Journalistin. Sie war gut. Gut genug, um ein Angebot für eine Morgensendung bei einem New Yorker Sender zu bekommen, das sie ablehnte, und gut genug für ein Nachrichtenmagazin bei einem kanadischen Konkurrenzunternehmen, das sie ebenfalls ablehnte. Auf den sattgrünen Caledon-Hügeln außerhalb von Toronto mit der großen Liebe ihres Lebens zu wohnen war alles, was sie sich jemals gewünscht hatte. »Also, was ist mit dieser Frau? Interessant in welcher Hinsicht?«
»Zunächst einmal ist sie mit David Jenning verheiratet.«
»Diesem berühmten Anwalt? Du machst Witze!«
»Genauso habe ich auch reagiert. Wenn sie einen Anwalt brauchte, dann hatte sie doch schon den besten in ihrer eigenen Familie. Warum kam sie also zu mir?«
»Bescheidenheit steht dir nicht, Frau Anwältin.« Leslies Meinung nach war niemand besser als Harriet. »David Jenning kennt sich vielleicht in den Gesetzen aus, aber ich wette, daß er zu sehr am Status quo festhält, um dir das Wasser zu reichen. Soviel ich weiß, beruft er sich oft auf Präzedenzfälle, während du darauf aus bist, Präzedenzfälle zu schaffen. Wenn ich einen Anwalt brauche, würde ich immer dich nehmen.«
»Das hast du ja auch«, neckte Harriet sie. Damit meinte sie den

Fall, der sie in der kleinen Bergarbeiterstadt Spruce Falls zusammengebracht hatte: Leslie war wegen des Mordes an ihrer Ex-Geliebten angeklagt gewesen, und als Harriet sie verteidigte, mußte sie sie zunächst aus dem Versteck, das den größten Teil ihres Lebens eine andere Art von Gefängnis gewesen war, herausholen. Aus Angst vor einem Coming-out als Lesbe während des Verhörs hatte sich Leslie schuldig bekannt. Um dieses Problem zu lösen, war zuerst das andere zu bewältigen. Indem sie Leslie half, ihr Lesbischsein anzunehmen, machte Harriet die überraschende Entdeckung ihrer eigenen Sexualität.

»Falsch.« Leslie setzte sich ans Ende der Liege. »Du scheinst zu vergessen, daß du es warst, die mich aufgelesen hat. Erinnerst du dich?«

Ja, Harriet erinnerte sich. Das würde sie bestimmt nicht vergessen. Diesen ersten Blick, als Leslie in Handschellen und von zwei Wärtern begleitet in den Gerichtssaal geführt wurde. Den Moment, als ihre Blicke sich trafen und sie nicht mehr wegschauen konnte. Die erste Begegnung im Gefängnis der Stadt. Leslie hatte ihren selbstsüchtigen Anwalt, der zu einem Deal bereit war, bei dem sie für immer und ewig in Vergessenheit geraten wäre, gerade gefeuert. Ihre Familie hatte ihn angeheuert. So war die Situation gewesen. Die Luft vor Feindseligkeit zum Schneiden dick.

»Ich konnte mir nicht helfen«, neckte Harriet sie. »Du warst so ein armes, verschrecktes kleines Wesen.« Natürlich scherzte sie nur. Leslie hatte zwar Angst gehabt, hatte es aber gut verborgen, indem sie sich schlecht gelaunt und verstockt zeigte und von niemandem etwas wissen wollte – schon gar nicht von der superschlanken Anwältin aus der Großstadt mit ihrer eleganten Kleidung und kühlen Arroganz.

»Du warst ein sehr energisches Weib.« Die Erinnerung an damals war ebenso lebendig wie die Ereignisse des heutigen Tages. »Also, was wollte Mrs. Jenning? Sie denkt doch nicht etwa an eine Scheidung?«

»Große Denkerinnen haben dieselben Gedanken.« Harriet schwang die Beine von der Liege, so daß sie nebeneinandersaßen, Schulter an Schulter. »Das habe ich zuerst auch gedacht.

Aber die Scheidung ist das letzte, was sie im Sinn hat. Sie sind vielleicht ein merkwürdiges Paar, aber ich glaube, sie mag ihren Typ wirklich.«

»Sie war bei ihm an dem Tag, als wir die Ausschußsitzung über das neue Jugendstrafgesetz filmten. Er fiel mir auf als ein dicker kleiner Mann mit einem Superego. Während sie – ja, sie ist wirklich schön, nicht wahr?«

»Darauf habe ich nicht geachtet.« Duchess kam vom Pool herüber, streckte den Kopf zwischen sie und blieb stehen. Harriet streichelte sie und spielte mit den weichen Locken hinter ihren Ohren.

»Harriet Croft. Wie kannst du nicht darauf geachtet haben? Das ganze Publikum kam ihretwegen ins Stolpern.«

Harriets Augen schimmerten leuchtend grün. »Zum einen, mein Liebling, hat sie kein dunkles Haar, das blauschwarz und lockig an den Enden wird, wenn es naß ist. Oder so eine Haut, die im Sommer goldbraun wird. Oder nachtschwarze Augen. Für jemanden, die das Licht gesehen hat, ist sie einfach etwas zu blaß.«

»Vergessen wir diesen ganzen Unsinn.« Leslie stand auf und zog Harriet mit sich. »Ich weiß, daß du darüber nachgedacht hast, seit du zu Hause bist. Komm und erzähl es mir, während ich den Geschirrspüler lade.«

»Ich habe auch darüber nachgedacht, wie schön es ist, wenn ich nach einem harten Tag im Büro nach Hause komme und meinen Lieblingsstar aus Film und Fernsehen am heißen Herd schuften sehe.« Keine von beiden kochte gern, darum wechselten sie sich ab. Jetzt räumten sie die Küche auf, und Harriet spülte die Teller vor, während Leslie die Maschine lud. Harriet überlegte einen Augenblick, dann sagte sie: »Eigentlich wollte sie über eine Frau reden.«

»Das ist ein guter Anfang«, bemerkte Leslie und hob fragend die Augenbraue. »Über jemand Bestimmtes oder Frauen im allgemeinen?«

»Beides. Es sieht so aus, als wenn David den Fall Roberts übernehmen wird.«

»Und das stört sie? Sie sollte sich mittlerweile daran gewöhnt haben, womit er den Lebensunterhalt verdient.« Die dunklen Augen funkelten. Leslie war die erste gewesen, die diese Nachricht bekanntgegeben hatte, und obwohl sie zu professionell war, um während der Sendung ihre Wut zu zeigen, war sie schon seit Tagen gereizt und erregt. »Wenn man dich bei einem Verkehrsdelikt erwischt, bist du jedenfalls nicht so teuer angezogen wie sie.«
»Ich glaube nicht, daß sie so sehr an Geld interessiert ist. Ich hatte den Eindruck, daß sie mit weniger Geld und mehr sozialem Engagement genauso glücklich wäre.« Sie füllte das Spülbecken mit Seifenwasser und stellte die Pfannen zum Einweichen hinein. »Sie kannten die Roberts, beziehungsweise die Eltern, seit Jahren. So hat sie Sophie kennengelernt. Sie waren zur Hochzeit eingeladen, die offensichtlich schön war. Wie ein Märchen.« Mit dem Topfkratzer bearbeitete sie die Pfanne. »Einen Teil dieses Videos hast du für die Hintergrundgeschichte benutzt, nicht wahr?«
»Ja. Es gehörte ihren Eltern. Sie waren so stolz auf sie. Olga und Peter Stachowski. Polen, glaube ich. Sie kamen wegen Sophie nach Kanada. Ihre kleine Prinzessin nannten sie sie. Sie war noch ein Baby, und sie wollten, daß sie in Freiheit aufwuchs und ein besseres Leben hatte als sie selbst. Was für eine Ironie!« Mit erregter Stimme fuhr Leslie fort: »Sie war ihr einziges Kind. Sie arbeiteten damals beide, um ihr das Studium zu ermöglichen. Er war Hausmeister und Mann für alles. Olga putzte nachts Bürohäuser. Sie knauserten und sparten und lebten für Sophie. Sie war schön. Erhielt an der Universität Auszeichnungen. War bei allen beliebt. War süß und sanft und freundlich. Sie brachte einen gewissen Zauber in zwei monotone Leben, und jetzt ist sie tot.«
»Du hast die Eltern interviewt. Wie sind sie?«
»Sie sind zwei wandelnde Leichen. Andrew konnten sie nie leiden. Genausowenig wie seine Familie. Sie finden, daß sie wie arme Verwandte behandelt wurden. Ich glaube sogar, daß es wirklich so war. Sie wohnen in Cabbagetown. Um die Hochzeitsfeier zu bezahlen, hatten sie eine Hypothek aufgenommen,

aber selbst damit konnten sie nur einen Teil der Kosten decken. Die Roberts bezahlten den Rest.«

»Wenn du dir das Band ansiehst, bekommst du das Gefühl, daß sie wie Aussätzige behandelt wurden, obwohl Sophie alles versuchte, um sie einzubeziehen. Aber sie hatte auch nicht viel zu sagen. Eine Hochzeit ist normalerweise der Tag der Braut, aber dieser gehörte dem Bräutigam. Er stand im Mittelpunkt des Interesses. Ein gutaussehender, reicher Junge. Total verzogen. Und es war deutlich zu sehen, daß sie absolut verrückt nach ihm war.«

Leslie schaltete den Geschirrspüler an, dann rief sie die Hunde herein und schloß die Verandatüren ab. Schließlich sagte sie mit leiser, trauriger Stimme: »Sie zahlen immer noch für die Hochzeit, und jetzt kommt die Beerdigung. Kannst du dir vorstellen, für beides gleichzeitig zu bezahlen? Wie du dich dabei fühlen mußt? Es zerbricht einem das Herz.«

Harriet nickte zustimmend. »Sylvia Jenning sagte fast dasselbe.«

»Ich hatte gedacht, daß sie auf seiner Seite stehen würde. Schon allein aus ehelicher Loyalität. Was wollte sie denn eigentlich?«

»Komm, laß uns eine Pause machen, dann erzähle ich dir, wer Silvia ist. Du mußt sie erst verstehen, bevor du ihre Motive verstehen kannst. Sie ist nicht die typische Dame aus besseren Kreisen.«

Das Wohnzimmer erstreckte sich über die ganze Breite des Hauses. Die Vorderseite war verglast, und die beiden Außenwände waren in dunklem Tannengrün tapeziert. Ein steinerner Kamin, der vom Boden bis zur Decke reichte und sowohl das Zimmer als auch das kleine Büro dahinter beheizte, beherrschte die eine Wand. Es war ein warmes, gemütliches Zimmer, das tagsüber von der Sonne und nach Einbruch der Dunkelheit von dem sanften Licht der Lampen und des Feuers erhellt wurde. Sie nahmen in der naturfarbenen Sitzecke voller farbiger Kissen Platz, und Harriet erzählte von der Frau, die sie an diesem Tag getroffen hatte.

»Zunächst einmal«, sagte sie, »ist sie überhaupt nicht so, wie du sie dir vorstellst. Wenn man sie sieht, hat man den Eindruck, als lebe sie in ihrer eigenen kleinen Welt. Nur mit sich selbst beschäftigt. Die Art von Frau, die ihre Identität über ihre Ehe definiert und nicht an dem Ast sägt, auf dem sie sitzt.«

»Und deren erfolgreicher Mann das einzige ist, was sie erreicht hat.«

»So ähnlich. Aber nichts könnte weiter von der Wahrheit entfernt sein. Es ist so, als sähest du eine so schöne Blüte, daß du keinen Duft mehr erwartest. Doch wenn du erst mit ihr redest, stellst du fest, daß sie eine sehr kluge, bedachte und aufgeklärte Frau ist. Mit einer eigenen Persönlichkeit.«

»Aber du hast mir immer noch nicht erklärt, warum sie dich braucht, obwohl sie ihn hat. Und was das alles mit Sophie Roberts zu tun hat.«

»David Jenning übernimmt die Verteidigung. Sie glaubt, daß Roberts mit großer Wahrscheinlichkeit freigesprochen wird.«

»Ach, Harriet. Manche Geschworene sind vielleicht merkwürdig, aber es gibt auch Grenzen.«

»Wenn es überhaupt zu einem Prozeß kommt. Und er könnte sich natürlich auch für einen Richter statt für ein Geschworenengericht entscheiden.«

»Warum soll es nicht zum Prozeß kommen? Er will doch nicht etwa mit einem Schuldbekenntnis einen Handel eingehen?« Leslie war keine Anwältin, aber das Leben mit Harriet Croft färbte allmählich ab. »Was gewinnt man dadurch?«

»Die Kosten der Steuerzahler. Du hättest es auch getan, wenn ich damals nicht gekommen wäre.«

»Aber das war etwas anderes.« Hätte sie sich schuldig bekannt, wäre ihren Eltern die Schande erspart geblieben, eine lesbische Tochter zu haben und es vor Gericht zum ersten Mal zu hören. Es wäre eine Gelegenheit gewesen, ihnen Schmerzen zu ersparen, aber ihr war es nicht darum gegangen, einen möglichst günstigen Deal für sich selbst zu erreichen. »Sagte sie, daß er das vorhabe?«

»Nein. Abgesehen vom allgemein Bekannten hat sie überhaupt nicht über den Fall gesprochen. Ich hätte es auch nicht zugelassen, aber sie kennt die Regeln. Ich hatte den Eindruck, daß sie eine ethische Motivation, aber sehr eigene Vorstellungen von Ethik hat.«

»Das hört sich an, als wäre es eine Frage der Einstellung.«

»Richtig. Es geht um die Einstellung einer Gruppe. Weißt du, was im Lexikon unter Ethik steht? Ich zitiere: ›Anerkannte Verhaltensregeln in bezug auf ein bestimmtes menschliches Handeln oder auf eine bestimmte Gruppe, Kultur etc.‹ – Zitatende. Die Ethik und ihr Für und Wider wird in der Zukunft überhaupt eine entscheidende Rolle spielen. In Krankenhäusern, Universitäten und großen Firmen werden jetzt immer öfter Ethikkommissionen eingerichtet, um bei der Entscheidungsfindung zu helfen. Das war vor ein paar Jahren noch völlig unbekannt.«

»Willst du damit sagen, daß das, was zu einer bestimmten Zeit an einem bestimmten Ort als ethisch gilt, zu einer anderen Zeit nicht unbedingt als ethisch betrachtet wird? Das nehme ich dir nicht ab. Was richtig ist, ist richtig, und was falsch ist, ist falsch ...«

»Und so soll es immer sein.« Harriet streckte sich genüßlich. »Ich bin deiner Meinung, Liebling. Das Problem ist nur, daß es immer schwieriger wird, den Unterschied festzustellen. Ich erwähne das nur deshalb, weil Sylvia Jenning bezüglich der Frauen unzufrieden mit der Welt ist. Mit der Welt ist in diesem Fall das juristische System gemeint: die Polizei, Anwälte, Richter und so weiter. Die sind ihrer Meinung nach dafür verantwortlich, was Sophie Roberts passiert ist.«

»Und ihr eigener Mann ist nicht nur Teil dieses Systems – er sitzt sogar an entscheidender Position.«

»Richtig. Jetzt beginnst du allmählich zu verstehen, warum sie zu mir kam.«

»Du irrst dich. Ich habe nicht die geringste Vorstellung. Bloß weil man die Männerseilschaften mal aufrüttelt, indem man ihre uralten Regeln in Frage stellt, erreicht man über Nacht keine neue Ordnung. Was erwartet sie von dir?«

»Nun, zunächst einmal kennt sie die unsichtbaren Grenzen, vor denen Anwältinnen stehen.« Die grünen Augen funkelten jetzt, und stecknadelkopfgroße Lichter schimmerten darin. »Die

Frauen gehen in große Firmen, arbeiten sich auf der Firmenleiter hinauf und stellen nach Jahren überrascht fest, daß sie kein Stück weiterkommen, obwohl sie kurz vor ihrem Ziel sind.«

»Du hattest aber doch Erfolg.« Leslie betrachtete ihre Freundin mit einer Mischung aus tiefer Zuneigung und Respekt.

»Weil ich allein bin. Niemand kann mir Grenzen setzen.« Einen Augenblick lang schwieg sie gedankenverloren. Dann redete sie weiter wie mit sich selbst. »Die Männer haben eine Diskriminierung immer bestritten, aber der Bericht über die berufliche Benachteiligung von Frauen ist gerade veröffentlicht worden und bestätigt, was Frauen seit Jahren sagen. Es gibt eine beträchtliche Diskriminierung – nicht nur unter den Anwälten selbst, sondern auch durch die Richter in den Gerichten und beim Jurastudium.«

Die Arbeitsgruppe, die den Bericht erstellt hatte, wurde von einer der angesehensten Juristinnen Kanadas geleitet, von der ehrenwerten Bertha Wilson, die bis vor kurzem am Obersten Gerichtshof von Kanada tätig gewesen war. Der Bericht war umfangreich und konnte nicht so einfach ignoriert werden.

»Wir werden irgendwann in den nächsten Wochen eine Sondersendung über den Bericht machen. Soviel ich weiß, ist er schokkierend. Besonders die Richter machen mich ganz betroffen. Manche führen sich auf wie Neandertaler.«

»Wie der küssende Richter mit dem penisförmigen Lichtschalter? Zumindest werden einige zur Rede gestellt. Und es wird jetzt sehr viel über geschlechtsspezifisches Sensibilitätstraining geredet. Sowohl für Richter als auch für die Polizei.«

»Was wir wirklich brauchen, ist eine Rechenschaftspflicht. Zu große Macht verführt zwangsläufig zu Mißbrauch in irgendeiner Form. Ich werde immer noch sauer, wenn ich an den Richter denke, der gesagt hat – wie hieß es noch? –, ›daß das Spektrum der Gewalt geringer sei‹, wenn jemand seine Frau aus der Nähe erschieße, weil sie dabei sofort sterbe und nicht so leide. Der Ehemann bekam deshalb nur die Mindeststrafe. Und denk mal an den Typen, der neunzig Tage bekam, nachdem er seiner Frau mit einem Baseballschläger den Schädel eingeschlagen hatte –

er wurde nicht einmal eingesperrt und konnte seine Strafe am Wochenende ableisten. Und dieser Bastard, der mit seiner Behauptung, auf einen Sack Kartoffeln eingeschlagen zu haben, vom Totschlag freigesprochen wurde. Irgend etwas muß gegen diese Schweine unternommen werden. Nicht nur gegen die mordenden Bastarde, sondern auch gegen die Richter, die das durchgehen lassen.«

»Deine Worte gehen den Hunden sehr nahe, junge Frau, und sie sind nicht gerade begeistert.« Harriet deutete auf Duchess, die sich zu Leslies Füßen niedergelassen hatte. »Du machst ihnen angst mit dieser verbalen Gewalt.« Sie stand auf und wartete darauf, daß Leslie ihr folgte.

»Das machst du immer.« Sie blieb wie festgeklebt auf der Couch sitzen und weigerte sich aufzustehen. »Erst versetzt du mich in Aufregung, und dann läßt du mich einfach hängen. Was wollte sie?«

»Wer?«

»Harriet.« Ihre Stimme klang scharf vor Ungeduld.

»Du hast recht. Es tut mir leid. Was sie von mir wollte? Um ehrlich zu sein, ich weiß es nicht genau. Sie ist nicht zufrieden mit den Dingen, wie sie sind. Sie sagt, als erstes müssen die Frauen aufhören, sich selbst als Opfer zu betrachten.«

»O Gott. Sie meint doch nicht etwa diesen Camille-Paglia-Mist.« Paglia war eine streitsüchtige Akademikerin, der es sehr gutging und die der Meinung war, daß alle Frauen das erreichen müßten. »Ich frage mich, was sie wohl sagen würde, wenn sie hinter eine Holzhütte gezerrt und von einer Gruppe durchgebumst werden würde.«

»Deine Sprache geht wirklich den Bach hinunter, meine Liebe«, tadelte Harriet in einem gespielt entsetzten Ton.

»Solange das nicht in der Öffentlichkeit passiert.« Leslie achtete normalerweise darauf, was sie sagte, damit ihr auf Sendung kein Ausrutscher passierte. Sprachgewohnheiten, insbesondere schlechte, gewöhnte man sich schwer ab. »Sie meint also, es gäbe einen Spielraum für Verbesserungen. Was will sie unternehmen?«

»Das, mein Liebling, wirst du direkt von der Quelle erfahren. Ich habe sie zum Essen eingeladen.«

»O nein. O Harriet, wie konntest du nur? Ich hoffe, sie mag Bohnen auf Toast.«

»Ich sagte ihr, daß du bestimmt eines deiner Feinschmeckergerichte herbeizaubern wirst, und sie sagte, sie könne es kaum erwarten.«

»Wir könnten ins Terra Cotta gehen.« Dieses Landgasthaus, das kaum eine Meile entfernt war, gehörte zu ihren Lieblingsrestaurants. Die altenglische Atmosphäre wurde durch ein Holzgestell vor dem Haus verstärkt, wo die Reiter aus der Umgebung ihre Pferde anbanden, während sie drinnen den Fünfuhrtee genossen. Die Küche bot britisch-kanadische Speisen, und das Essen war nahrhaft und gut.

»Ich habe auch vorgeschlagen, irgendwo in der Stadt essen zu gehen, aber sie wollte ein privateres Treffen. Ich sagte, daß wir auf den Caledon Hills wohnen, und lud sie ein, da ergriff sie die Gelegenheit beim Schopfe. Wahrscheinlich ist sie sowieso ständig auf Diät. Sie ist sehr groß, aber sie trägt bestimmt nicht mehr als Größe achtunddreißig.«

»Genauso wie noch eine, die ich kenne und die zufällig wie ein Scheunendrescher ißt. Ich werde mir wie eine dicke Frau in einem Diätclub vorkommen.«

»Du bist genau richtig. Nicht alle wollen so dünn wie ein Streichholz sein.«

Am nächsten Tag rief Leslie in Ottawa an und bestellte eine Kopie der staatlichen Untersuchung über Gewalt gegen Frauen, Bertha Wilsons Bericht über die berufliche Diskriminierung von Frauen und das Strafrechtsergänzungsgesetz zum Schutz vor Belästigung. Nachdem sie das erledigt hatte, schlug sie die Gelben Seiten auf und suchte einen zuverlässigen Catering Service.

Außerdem wurde es Zeit, daß sie sich ernsthaft Gedanken über eine Haushälterin machten, die auch kochen und den Swimmingpool betreuen konnte. Weder sie noch Harriet hatten genug Zeit, um sich zu Hause um alles zu kümmern – und eine Stimme sagte ihr, daß ihr Leben bald noch hektischer werden würde.

5
Kim Foley

Kim Foley hatte Angst. Jedesmal, wenn Bud sie schlug, fiel er anschließend auf die Knie und versprach, es nie wieder zu tun. Manchmal weinte er. Jedesmal tat er etwas Besonderes, um es wiedergutzumachen.

Am Anfang hatte sie ihm geglaubt. Er war einer der beliebtesten Schüler in der Schule, ein Spitzensportler, der jedes Mädchen hätte haben können. Gleichwie ... die Tatsache, daß er sie wollte, die mausgraue Kim Foley, hatte ihr den Verstand geraubt.

Doch als sie ihn näher kennenlernte, entdeckte sie, daß der selbstbewußte, alle übertreffende Sportsheld in Wirklichkeit ein unsicherer, ängstlicher kleiner Junge war. Als Produkt eines kaputten Elternhauses beneidete er Kim anfangs um die enge Beziehung zu ihrer Familie, und dann verübelte er sie ihr. In letzter Zeit hatte er versucht, sich zwischen sie zu stellen, wie bei ihren Freunden auch.

Er wurde zusehends besitzergreifender. Sie wurde zusehends verkrampfter. Sie waren noch zu jung für die Art von Beziehung, die er sich wünschte, und sie schämte sich so sehr wegen der Verletzungen, die er ihr zufügte, daß sie ihren Eltern nichts erzählte. Es stand unentschieden. Aber jetzt, als sie das Titelfoto von der armen Frau sah, die in einem Leichensack auf der Straße lag – daneben auf dem Hochzeitsfoto lächelnd an der Seite ihres Mannes –, ging ihr das so nahe, daß sie mit jemandem darüber reden mußte. Mit ihrem Vertrauenslehrer? Nein, das war zu riskant. Bud würde das bestimmt herausfinden, und man wußte nie, was er dann machen würde. Lieber mit ihren Eltern, die sie beschützen und entscheiden würden, was am besten zu tun wäre.

Sie wartete bis zum Abendessen. Die einzige Zeit des Tages, zu der sich alle vier trafen – ihre ältere Schwester lebte noch zu Hause. »Das ist schrecklich«, sagte sie in einer Gesprächspause, »was dieser Arzt mit seiner Frau gemacht hat.« Ein vorsichtiger Anfang.

»Sie hätte es nicht so weit kommen lassen dürfen.« Ihr Vater gabelte ein Stück Steak auf und wedelte damit, um seine Worte zu unterstreichen.

»Dad«, wandte Kims Schwester Ginny ein, die durch ihre neugefundene Unabhängigkeit in ihrem ersten Job streitbar geworden war. »Sie ging zur Polizei. Mehrmals. Was sollte sie denn tun?«

»Es gibt für jedes Problem eine Lösung. Man muß sie nur suchen.«

Kim starrte auf ihren Teller. Dachte – mein Vater, der Buchhalter. Eine vernünftige Stimme in einer unvernünftigen Welt. Aber immerhin ließ er einen Hoffnungsschimmer erkennen. »Was hätte sie denn tun sollen, Daddy?« Sag es mir, und ich versuche es vielleicht.

»Na ja ...«, diese intellektuelle Diskussion bedurfte einer sorgfältigen Überlegung, »da ich nicht alle Fakten kenne, ist das schwer zu sagen. Aber es gibt etwas, das jeder in solch einer Situation tun kann ...«

Der Satz blieb in der Luft hängen. Kim beugte sich vor, wartete darauf, daß er fortfuhr. Da sie auf einen seiner spontanen Einfälle hoffte, drängte sie ihren Vater schließlich: »Was? Was kann man denn tun ... wenn ... wenn dir jemand etwas antun will?«

»Wegziehen.« Er gabelte ein weiteres Stück Steak auf. Kaute selbstgefällig. Schluckte. Resümierte: »Man packt einfach seine Sachen und verläßt die Stadt. Wenn sie das getan hätte, wäre sie noch am Leben.«

Kim schluckte ihre Enttäuschung hinunter. Es würde noch Jahre dauern, bis sie wegziehen könnte. Und sie machte sich nicht Sorgen um die Zukunft, sondern um die Gegenwart. Hier und jetzt. Genau diesen Augenblick.

Sie blickte über den Tisch zu ihrer Mutter. Mary Foley war eine freundliche Frau, die keiner bezahlten Arbeit mehr nachging, seit ihr ältester Sohn geboren worden war, aber zwei Tage in der Woche ehrenamtlich im Lebensmittellager der Gemeinde tätig war. Das sei ihr Weg, um in Kontakt zu bleiben, sagte sie. Da sie sich zwischen den Fronten Töchter (seit der Frauenbewegung)

und Mann (vor der Frauenbewegung) befand, mußte Mary häufig die Kluft zwischen den Geschlechtern überbrücken. Auch wenn Dan Foley nicht gerade ein männlich chauvinistisches Ungeheuer war. Zwar auch nicht der bewegteste Mann der Welt, wie sie ihren Freundinnen gern erzählte, aber wohl der mit den weitaus wenigsten Vorurteilen aus ihrer Bekanntschaft, und das war eine Menge wert. Als sie jetzt das Unbehagen ihrer jüngeren und den zunehmenden Unmut ihrer älteren Tochter bemerkte, sagte sie: »So einfach ist das nicht, Daniel. Und es funktioniert sowieso nicht immer. Manche Frauen sind weggegangen, und es hat nichts genützt. Sie werden verfolgt, wohin sie auch gehen.«
»Und warum sollen sie wegziehen?« Ginnys Gesicht war erhitzt, und ihre Augen funkelten. »Warum sollen die Frauen immer weglaufen und sich verstecken? Warum geben wir immer dem Opfer die Schuld? Wann wachen wir endlich auf und tun etwas gegen den Täter und lassen die Betroffenen in Ruhe?«
Erstaunt über die Reaktion der Frauen seiner Familie auf das, was er als eine theoretische Diskussion betrachtet hatte, versuchte Dan Foley, seine Position zu erklären. »Es tut mir leid, was da passiert ist. Das ist schrecklich. Aber ich meinte es ganz allgemein. Eine persönliche Betrachtung ist nutzlos. Bei zu großer emotionaler Beteiligung verliert man das wahre Thema aus den Augen.«
»Das wahre Thema?« Ginny war jetzt richtig wütend und hatte sich nur mühsam unter Kontrolle. »Noch wahrer kann es gar nicht werden, als auf einer öffentlichen Straße von dem Mann niedergeknallt zu werden, der einen angeblich lieben, ehren und beschützen soll.« Sie war so zornig, daß sie den Tränen nahe war.
Alarmiert griff Mary ein: »Dein Vater ist genauso besorgt darüber wie du, Liebes. Aber wenn man älter ist, sieht man die Dinge in einem größeren Zusammenhang. Nicht ganz so eng.«
»Aber die Situation ist eng.« Kim sah ihren Vater eindringlich an, denn sie wollte, daß er sie nicht nur hörte, sondern auch verstand. Daß er verstand und begriff.
Wie immer bekam Mary Foley, die aus der Bemerkung mehr heraushörte, als oberflächlich erkennbar war, auch die Zwi-

schentöne mit. »Was ist los, Kimmie? Macht dir denn irgend etwas Sorgen?«
»Nein. Äh ... ja. Ich meine ... wenn ... so wichtig ist das auch nicht.« Sie hatte sich ihnen anvertrauen wollen. Warum schwieg sie jetzt? Aus Verlegenheit? Aus Angst, daß sie glauben könnten, sie würde irgendeinem Kinderkram zuviel Bedeutung beimessen? Vielleicht aus Furcht, was ihr Vater tun würde?
Ginny sprach es für sie aus. »Es geht um diesen Kerl, mit dem du zusammen bist, nicht wahr?«
»Meinst du Bud?« Mary, die Stimmungen normalerweise schnell aufgriff, sah sie verwirrt an. Sie mochte Bud Gauthier. Billigte ihn als Freund ihrer Tochter, obwohl sie Kim zu jung für einen festen Freund fand.
»Ja, ich meine Bud.« Ginny wandte sich von Mary an Kim. »Er hat dich geschlagen, nicht wahr?«
»Ginny.« Mary sah ihre Erstgeborene erstaunt an. »Warum sagst du so etwas?«
»Weil es wahr ist! Es ist doch wahr, Schwesterlein, oder? Du hast alle Kontakte abgebrochen. Du hast nicht einmal mehr Freundinnen. Wenn er dabei ist, gibst du keinen Pieps mehr von dir. Und was ist mit den blauen Flecken, die bei dir überall sprießen? Es scheint so, als wärst du plötzlich sehr tolpatschig geworden.«
Dan war genauso überrascht wie Mary. »Ich bin derselben Meinung wie deine Mutter. Kim hat in dem jungen Mann einen guten Freund gefunden.«
»Hah! Der hat mehr im Sinn als eine Freundschaft. Habe ich recht, Schwesterlein? Gib's zu! Wenn er auch diese alte Leier drauf hat, ›daß es doch jeder macht‹, dann solltest du ihn besser bald loswerden.«
Kim holte tief Luft und sagte verlegen: »Das kann ich nicht.«
»Was soll das heißen, du kannst es nicht?« Dan Foley schob seinen Teller beiseite und stemmte die Ellenbogen auf den Tisch. »Wenn du ihn nicht mehr sehen willst, dann sag es ihm.«
»Das habe ich getan. Aber ... ich meine ... ich hab's ihm schon gesagt. Er wurde furchtbar wütend. Er meinte, wir seien feste Freunde und da sollte sich besser niemand einmischen.«

»Also, wenn du mich fragst, wird es Zeit, daß du ihm sagst, er soll abtreten.« Ginny hatte ihre Lippen zu einem schmalen Strich zusammengekniffen. »Genauso fangen solche Dinge immer an.«

»Welche Dinge? Du meinst doch nicht etwa die arme Frau in den Nachrichten?« Mary sah ihre Tochter an, als würde sie den Verstand verlieren. »Das ist doch lächerlich. Sie sind doch noch Kinder. Sag ihr, daß das nicht stimmt, Kimmy.«

»Nein, Mom. Es stimmt. Er schlägt mich. Sehr oft. Ich weiß, daß es meine Schuld ist, wenn er so wütend wird, aber es macht mir trotzdem angst. Ich will, daß er mich in Ruhe läßt.«

»Ich werde mit ihm reden.«

»Nein, Dad. Dadurch würde es nur noch schlimmer. Er sagt, er will nicht, daß irgendwelche fremden Leute ihre Nase in unsere Angelegenheiten stecken.«

»Eure Angelegenheiten? Fremde Leute. Ich bin dein Vater. Wir sind deine Familie.« Er war kurz davor zu explodieren.

»Kim hat recht, Dad. Er scheint ein richtig hinterhältiges Schwein zu sein. Typisch! In der Öffentlichkeit würde er nie den Mund aufmachen. Aber er wird es an ihr auslassen, wenn sie allein sind.«

»Und woher weißt du so gut darüber Bescheid, Fräulein?«

»Weil ich es auch erlebt habe.« Ginny wandte sich von den Eltern zu ihrer Schwester. »Ich weiß, wie es ist, wenn man ständig Angst hat. Nicht nur um sich selbst, sondern auch um die anderen. Er sagte, er würde unser Haus anzünden. Irgendwann, wenn wir alle schliefen. Und das Haus abbrennen und alles, was darin ist. Ich bin fast verrückt geworden. Es war die schlimmste Zeit meines Lebens.«

Ihre Eltern waren sprachlos; Kim hörte aufmerksam zu. »Und was hast du gemacht? Wie bist du ihn losgeworden?«

»Gar nicht. Er ist mich losgeworden.« Sie wünschte, sie hätte etwas Besseres anzubieten. Eine Zauberformel, die Kim über den Berg helfen würde. »Seine Eltern sind an die Küste gezogen, und das war's. Ich denke manchmal an ihn und frage mich, wem er es jetzt antut.«

»Meinst du den Sohn von den Crimmins? Aber er machte so einen netten Eindruck.«
»O Mom, genau darum geht es doch. Sie sind immer so nett. Wer würde schon mit ihnen gehen, wenn sie es nicht wären? Auf die Art kriegen sie einen doch überhaupt erst. Und sie bleiben auch weiterhin nett. Im Umgang mit allen anderen. Es passiert, wenn man allein ist.«
»Das ist lächerlich.« Dan Foley hatte genug gehört. »Ich werde sofort mit diesem kleinen Hundesohn reden.« Polternd schob er seinen Stuhl zurück und ging zum Telefon in der Küche.
»Nein, Dad. Bitte.« Erschrocken rannte Kim hinter ihm her. Sie wollte auf gar keinen Fall einen Streit verursachen. »Du machst es nur noch schlimmer.«
»Wir leben in den neunziger Jahren, verdammt noch mal. Niemand muß sich mit so einem Unsinn abfinden.«
»Erzähl das Sophie Roberts.« Ginnys Stimme klang verbittert. »Ich halte es für keine gute Idee, so unvorbereitet zu handeln. Wir sollten es erst besprechen, Dad. Fang nicht etwas an, was Kim dann ausbaden muß.«
»Mach dir keine Sorgen um Kim. Ich kümmere mich um sie.«
»Wie denn? Wenn du bei der Arbeit bist und sie in der Schule? Wenn sie auf dem Weg dorthin und wieder zurück ist? Wenn sie mit ihrer Band übt? Wie willst du jede Minute auf sie aufpassen, Dad? Und was ist, wenn er die Familie bedroht so wie Freddie damals?«
»Das macht er ja. Das hat er schon.« Tränen rollten über Kims Gesicht. »Er hat dieses Gewehr, das sein Vater ihm zum Geburtstag geschenkt hat. Er sagte, er würde Amber erschießen. Nur so zum Auftakt, sagte er.«
Amber. Die goldbraune Jagdhündin, die vor zehn Jahren bei einem Schneesturm an ihrer Hintertür aufgetaucht und nie wieder fortgegangen war. Amber war ein Haushund geworden, und Kim war ihr Liebling.
»Willst du, daß ich tatenlos zusehe? Wie er meine Kleine weiterhin drangsaliert, während ich in die andere Richtung schaue?«
»Nein, ich will nur, daß wir nicht irgend etwas unternehmen,

was die Sache noch schlimmer für Kim macht. Dad, verstehst du denn nicht, daß das nichts Ungewöhnliches ist? Daß die Frauen auf der ganzen Welt bedroht werden – wie Tiere verfolgt, geschlagen und umgebracht werden –, und niemand, aber auch niemand scheint etwas davon zu wissen? Wir haben ein Komitee nach dem anderen organisiert, um nach Handlungsmöglichkeiten zu suchen, aber nichts scheint zu helfen.«

»Noch ein Grund mehr, diese Angelegenheit im Keim zu erstikken.«

»Durch direkte Konfrontation wird sie eher im geheimen stattfinden. Außer Sichtweite. Und Kim wird darunter leiden müssen. Es muß doch eine andere Lösung geben, Dad. Für alle Frauen. So daß eines Tages keine Frau so enden wird wie Sophie Roberts.«

Die Polizei hatte es versucht. Komitees gegen Gewalt hatten es versucht. Die Frauen selbst hatten es versucht – indem sie die Polizei um Schutz gebeten, sich versteckt, Bodyguards engagiert oder die Gerichte angerufen und einstweilige Verfügungen auf Unterlassung erwirkt hatten. Nichts hatte geholfen.

Ginny Foley sah ihren Vater an, dessen Gesicht vor Zorn und Frustration gerötet war. Und ihre Schwester, die ängstlich und eingeschüchtert aussah. Und sie dachte an den traurigen alten Spruch – nichts ist so schlimm wie eine verletzte Frau.

Nichts ist so schlimm! Das hatte ein Mann gesagt. Schon aus Gewohnheit hatte es einen Klang von Wahrheit. Aber es stimmte nicht. Denn auf jede Lorena Bobbit, die Frau, die weltweites Aufsehen erregt hatte, als sie ihrem Mann den Penis abschnitt, kamen Tausende von Frauen, denen genauso Entsetzliches zugefügt wurde. Oder war der Verlust des Penis schlimmer als die Entfernung der Klitoris? Doch während der Fall Bobbit einen Aufschrei des Protestes verursacht hatte, munkelte man, daß Klitorisbeschneidungen sogar hier in Kanada heimlich durchgeführt wurden.

Wenn nichts so schlimm war wie eine verletzte Frau, welchen Vergleich gab es dann für Andrew Roberts und all die Männer, die im Namen der Liebe töteten?

6

Das Haus sah nicht so aus, wie Sylvia Jenning erwartet hatte. Es stand nahe der Baumreihe am Ende einer langen Auffahrt und paßte sich so gut in die Landschaft ein, als hätte die Natur es dort hingesetzt. Sie hatte angenommen, daß die flotte, intellektuelle Anwältin in einem High-Tech-Würfel aus Stahl wohnte, der mit Robotern ausgestattet war und per Computer betrieben wurde. Statt dessen fand sie ein zweigeschossiges Haus aus Stein und Zedernholz mit gläsernen Balkontüren im zweiten Stock und einigen Schuppen an der Seite vor.

Als sie neben dem Stall stehenblieb – schließlich hielt man in dieser Gegend Pferde –, schoß hinter dem Haus ein schwarzer Schatten hervor. Der Hund, ein schlanker schwarzer Dobermann, wirkte wegen seiner Lautlosigkeit um so bedrohlicher. Mit gefletschten Zähnen und funkelnden Augen sprang das Tier auf den Wagen zu. Ein Mischlingshund kam unbeeindruckt von den Sprüngen seines Kameraden gemächlich hinterher.

»Dobe, Platz.« Die Stimme, die der Person vorauseilte, beruhigte den gertenschlanken Hund und brachte ihn sofort zum Stehen. »Duchess, bleib hier.« Der zweite Hund hielt auch an und wedelte freundlich mit dem Schwanz. Die junge Frau, die wenige Sekunden später auftauchte, trug eine Jeanshose und ein Jeanshemd mit aufgerollten Ärmeln und aufgeknöpftem Kragen. Sie war weder so groß noch so schlank wie Harriet Croft und hatte im Gegensatz zu Harriets blondem Schopf ganz dunkles Haar, aber sie kam ihr irgendwie bekannt vor.

Sylvia versuchte, sie einzuordnen. Schaffte es aber nicht. Sie war etwas verstimmt darüber, daß Harriet diese unbekannte Frau eingeladen hatte, obwohl sie doch ausdrücklich um ein Gespräch unter vier Augen gebeten hatte.

»Sylvia Jenning?« Die junge Frau öffnete die Wagentür und trat einen Schritt zurück, wobei sie die Hand auf dem Kopf des Dobermanns ließ. »Machen Sie sich keine Sorgen um unser wildes Biest. Sein Geknurre ist schlimmer als sein Biß.«

Ihr selbstsicheres Auftreten sprach Bände. Wer immer sie war, diese junge Frau wohnte hier. Sylvia hatte Harriets Vergangenheit überprüft. Wußte, daß sie geschieden war. Und kinderlos. Aber sie hatte angenommen, daß sie allein lebte. Welche Position auch immer diese Brünette hatte – ob Haushälterin, Freundin, Aushilfe –, es war offensichtlich, daß sie auch hier wohnte.
Als könnte sie Sylvias Gedanken lesen, sagte die junge Frau: »Ich bin Leslie Taylor, Harriets ...«, eine kaum merkliche Pause, »... Freundin.«
Plötzlich erinnerte sie sich. Leslie Taylor war die Nachrichtensprecherin, die sie manchmal im Fernsehen sah. Diejenige, die an dem Tag im Außendienst war, als David Andrew Roberts zur Polizei begleitete. Hinter der Kamera und aus dem Zusammenhang gerissen wirkte sie ganz anders als die selbstsichere Fernsehmoderatorin, die die Nachrichten verlas. Ob sie wirklich hier wohnte? Und wenn ja, warum hatte Harriet sie nicht erwähnt? Sie mußte doch wissen, daß es noch viel zu früh war, um einen Pressebericht zu riskieren. Wenn er publik würde, bevor sie einen Plan hätten oder sich über den weiteren Verlauf einig wären, sah sie die Schlagzeilen über »Wilde Amazonen auf der Hexenjagd« schon vor sich.
»Das ist Duchess«, sagte Leslie. »Sie ist die Boshafte.« Auf den fröhlich wedelnden Schwanz folgte ein gutmütiges Bellen. »Harriet ist etwas spät dran. Sie kommt in einer Minute herunter. Möchten Sie lieber draußen oder drinnen sitzen? Die Mücken sind eine ziemliche Plage. Kann ich Ihnen etwas zu trinken bringen? War es schwierig, den Weg zu uns zu finden? Harriets Wegbeschreibungen sind manchmal etwas unzuverlässig.«
Redete sie immer soviel? Stellte Fragen, für die man keine Zeit zum Antworten bekam? Und was sollte das heißen, den Weg zu uns? Das war ein weiterer Beweis dafür, daß sie nicht extra eingeladen worden war, sondern tatsächlich hier wohnte. Beruhigend. Denn es war ziemlich unwahrscheinlich, daß sie ihre Tätigkeit auch zu Hause ausübte.
Auf der Rückseite des Hauses befanden sich eine Steinterrasse und ein großer Swimmingpool. Ein Sonnenzelt, Liegestühle, ein

Getränkewagen und Gartenmöbel mit einem bunten Sonnenschirm säumten das Becken, und Blumen quollen über die Ränder der Wege, die zu den Bäumen führten.

Leslie drehte sich mit fragenden Augen zu ihr um, und Sylvia scheuchte eine Mücke beiseite und sagte: »Drinnen, wenn Sie nichts dagegen haben«, erleichtert, daß es den Hunden und insbesondere dem hungrigen Dobermann nichts ausmachte, draußen zu bleiben.

Die Sonne ging gerade hinter den Bäumen unter, und der Raum war in eine Mischung aus verblassendem Licht und tiefen Schatten getaucht. Der Lichtschalter klickte, und sofort verschwand die Düsternis im strahlenden Lampenlicht. Das Zimmer war warm, gemütlich und gastfreundlich – die Art von Zimmer, in dem man Lust hatte, sich zu entspannen und für eine Weile zu bleiben.

»Das Essen dauert noch ein paar Minuten. Ich trinke solange eine Schorle. Wollen Sie auch eine, oder möchten Sie lieber etwas anderes?«

»Eine Schorle wäre gut. Aber ohne Wein, bitte.«

O Gott, dachte Leslie. Eine von denen. Eine Abstinenzlerin. Wahrscheinlich so eine Gesundheitsfanatikerin. Bohnen und Reis mit ein paar Nüssen dazu. Darum sieht sie aus wie eine Bohnenstange. Und wir servieren Dover Seezunge in Weißweinsauce und Russischen Pudding mit frischen Früchten. Das wird ja ein toller Abend werden. Soviel zum Catering Service, der das Menü vorgeschlagen und vorher zum Aufwärmen vorbeigebracht hatte.

»Alkohol bekommt mir nicht«, sagte Sylvia, als könnte sie Leslies Gedanken lesen. Und um das Gespräch fortzusetzen: »Ich habe Sie im Fernsehen gesehen. Sie sind sehr gut.«

Leslie wollte gerade etwas sagen, als Harriet erschien und den Raum mit ihrer Präsenz füllte. Ihr sonnengebleichtes Haar war an den Spitzen noch feucht vom Duschen, und ihre Haut, die von der Sonne einen hellen Bronzeton hatte, frisch geschrubbt und frei von Make-up. Sie trug eine Leinenhose und ein elfenbeinfarbenes Seidenhemd und stand eingefaßt vom Türrahmen da, als posierte sie für eine Titelgeschichte über berühmte Frauen in den neunziger Jahren. »Sie haben uns also gefunden.« Sie hob ihren Cognacschwenker und sagte: »Auf diesen Abend. Möge er der Anfang von etwas Bedeutendem sein.«

Sie trat einen Schritt vor. Blickte von Leslie zu Sylvia und sagte: »Leslie hat ein paar ausgezeichnete Berichte über mißhandelte Frauen veröffentlicht. Ich habe sie gebeten, dabeizusein. Ich hoffe, das stört Sie nicht.«

Sylvia blickte von einer zur anderen und war unsicher, wie sie reagieren sollte. Sie hatte sich Harriet Croft aus einem bestimmten Grund ausgesucht. Die Frau machte sich gerade einen Namen als Verteidigerin der Rechte der Frauen – sie war eine brillante Strafverteidigerin, die für ihren kreativen Umgang mit dem Gesetz bekannt war. Sylvia kannte sie, ohne allzuviel von ihr zu wissen. Würde sie sich für das, was sie ihr zu sagen hatte, aufgeschlossen zeigen? Wäre ihr Interesse wirklich so groß, daß sie sich an einem profitlosen Unternehmen beteiligte? Doch wo, wie und warum würde diese Journalistin da hineinpassen?

Bei ihrem ersten Treffen hatten sie sich nur ganz allgemein unterhalten: über Gerichtsverfahren, die schiefgelaufen waren, über junge Straftäter, die sich über die Behörden lustig machten, über das Scheitern der Gerichte und der Gesetzgebung, die gesetzestreuen Bürger vor kriminellen Elementen zu schützen. Sie hatten darüber gesprochen, wie die Lage zur Zeit war. Heute hatte sie gehofft, darüber zu reden, wie die Situation sein könnte. Über Mittel und Wege zu diskutieren, um eine Veränderung zu erreichen. Wie würde sich eine dritte, unbekannte Person in diesen Plan einfügen?

Als würde sie Sylvias Unsicherheit fühlen, entschuldigte sich die jüngere Frau unter dem Vorwand, daß sie sich um das Essen kümmern müsse. Als sie allein waren, bemerkte Harriet beiläufig: »Sie brauchen sich keine Sorgen um Leslie zu machen. Sie hat sich schon immer für Frauenthemen interessiert.« Nach einem kurzen, rätselhaften Lächeln fügte sie hinzu: »Wir werden die Medien brauchen, und ein direkter Draht zu einem Sender könnte von unschätzbarem Wert sein.«

»Das könnte aber auch ein Problem werden. Wie gut kennen Sie sie?«
»Intim.« Harriet gebrauchte dieses Wort absichtlich. Sie hatte nicht vor, mit dieser Frau, die sie kaum kannte, über ihr Privatleben zu diskutieren, aber sie wollte auch nichts vertuschen. »Wir leben zusammen. Sie weiß genausoviel über meine Angelegenheiten wie ich. Glauben Sie mir, es gibt keinen Grund zur Sorge.« Die grünen Augen schauten ihr direkt ins Gesicht. »Vertrauen Sie mir.« Ihr Lächeln war jetzt offen und aufrichtig, und ihr schmales Gesicht wurde sanft und verlor den ablehnenden Ausdruck.
Leslie kam zurück und erklärte, daß das Essen fertig sei. Die meisten Abende aßen sie und Harriet in der Küche oder draußen auf der Terrasse. Doch heute hatte sie im Eßzimmer einen Tisch mit Kristallgläsern, Blumen und Silberbesteck gedeckt. »Ich hoffe, Sie mögen Fisch.« Diese besorgte Frage hatte Sylvia der Schorle zu verdanken.
»Ich liebe Fisch, aber David mag keinen, darum esse ich ihn selten.«
Leslie verspürte ein Gefühl der Abneigung, wenn sie hörte, daß eine Frau ihre Wünsche hinter die der Männer in der Familie stellte. Ehemänner, Väter, Söhne – wie von Gottes Gnaden erhielten Männer ständig eine Vorzugsbehandlung. Aber tat sie andererseits nicht dasselbe für Harriet? Und umgekehrt? Reiß dich zusammen, schimpfte sie mit sich. Sei nicht so pingelig, nur weil dich ein Instinkt warnt, vorsichtig bei dieser Frau zu sein.
Zunächst tauschten sie nur belanglose Höflichkeiten aus, und sie waren bereits mitten im Menü, als sie endlich auf den eigentlichen Grund ihrer Verabredung zu sprechen kamen. Es war Harriet und nicht Sylvia, die das Thema anschnitt. »Als wir uns letzte Woche unterhielten, sagten Sie, daß Sie sich für mißhandelte Frauen einsetzen wollten, aber Sie seien sich noch nicht sicher, was man tun könnte. Oder wie man anfangen sollte. Ist Ihnen etwas eingefallen?«
»Nein. Ich dachte, wir könnten es gemeinsam überlegen. Heute abend. Zumindest wie man anfangen könnte.«

Leslie, die sich wie das fünfte Rad am Wagen vorkam, schwieg. Was immer Sylvia Jenning sich erhoffte, es war offensichtlich, daß sie Harriet nicht für eine Nebenrolle vorgesehen hatte.
»Sie könnten mit einer Petition anfangen. Das machen anscheinend die meisten Leute, wenn sie von der Regierung Taten erwarten.«
»Eine Petition?« Nichts lag ihr ferner als das. »Sie meinen eine Unterschriftensammlung für den zuständigen Abgeordneten? Daß ich in Lebensmittelgeschäften und Einkaufsstraßen Unterschriftenlisten auslege, damit die Leute unterschreiben?«
Irritiert von der verächtlichen Kritik an Harriets Vorschlag, fand Leslie ihre Stimme wieder. »Petitionen können sehr wirkungsvoll sein. Und sie sind immerhin ein Anfang.«
»Das stimmt. Eventuell könnte man damit etwas erreichen«, erwiderte Sylvia, um die Gemüter zu beruhigen. »Aber ich habe eher an eine Art Selbsthilfegruppe gedacht. An eine Gruppe, die sich ganz aktiv für ihre Mitglieder einsetzt. Daran, Frauen zusammenzubringen und nicht nur dazusitzen und darüber zu reden, was sie alle durchgemacht haben, und Händchen zu halten, sondern auch tatsächlich rauszugehen und Männer wie Andrew Roberts aufzuhalten, bevor noch mehr Frauen sterben.«
Die grauen Augen sahen Leslie eindringlich an, und in ihren rauchigen Tiefen lag ein stählerner Schimmer, der sie frösteln ließ. In dem Augenblick wußte sie, daß diese Frau keine Petitionen im Sinn hatte. Plötzlich machte sie sich Sorgen um Harriet, die das Gesetz wie eine Speerspitze aufrecht hielt und es gleichzeitig zu ändern suchte. »Wenn ein Mensch entschlossen ist, einen anderen zu töten, wie kann man das denn verhindern?«
»Es besteht immer die Möglichkeit, zuerst zuzuschlagen, wie der Militarist sagen würde.« Ihr Ton und ihre Miene ließen darauf schließen, daß sie diese Bemerkung nicht ernst gemeint hatte. Aber das lockere Lächeln reichte nicht bis in die kühlen grauen Augen.
»Meinen Sie damit, dem anderen etwas anzutun, bevor er die Gelegenheit bei uns hat?« Leslie holte tief Luft. »Wie weit sind Sie bereit zu gehen?«

»Soweit wie nötig«, antwortete sie mit leichtem Ton.
»Würden Sie auch töten?«
»Leslie!« Harriet schüttelte warnend den Kopf und sagte zu Sylvia: »Meine Freundin neigt manchmal zur Melodramatik. Das gehört zum Beruf. Wie macht man Nachrichten aus dem täglichen Einerlei?« Dann fragte sie, locker zum Thema überleitend, was auch ihren Stil vor Gericht auszeichnete: »Was meinen Sie mit ›soweit wie nötig‹?«
»Ich meine, es muß endlich Schluß damit gemacht werden, daß nur ein kleiner Klaps auf die Hand ausgeteilt wird. Man muß sich etwas Wirksameres ausdenken. Das Gesetz zum Schutz vor Belästigung ist eine Hilfe, aber keine Lösung. Einstweilige Verfügungen auf Unterlassung sind ein Witz. Sie sind kaum, manchmal gar nicht durchzusetzen. Was im Augenblick geschieht, reicht einfach nicht. Ein kluger Anwalt kann das System auf den Kopf stellen.«
Ein kluger Anwalt. Was sie meinte, war ein Anwalt wie ihr Mann, aber nichts in Gesichtsausdruck oder Stimme ließ auf eine Verbindung schließen. Eine merkwürdige Frau, dachte Leslie, und ganz anders, als sie scheint.
Während Harriet und Sylvia sich unterhielten, räumte Leslie den Tisch ab, um den Luxusnachtisch zu servieren. Duchess und Dobe warteten an der Küchentür, und sie ließ sie herein, bevor sie die Teller abspülte und in den Geschirrspüler stellte. Es war ein schöner Abend. Der Himmel war klar und mit Sternen übersät, und die blaßgoldene Sichel des Mondes schimmerte durch die Bäume. Eine perfekte Nacht, um vor dem Schlafengehen nackt in den Pool zu springen.
Nackt schwimmen. Das würde der damenhaften Mrs. Jenning wahrscheinlich nicht einmal privat und in der Dunkelheit der Nacht einfallen. Andererseits war es durchaus möglich, daß sie sich überhaupt keine Gedanken darüber machen würde, wenn jemand mitten am Tag an der Ecke der Yonge und der Queen Street nackt auf dem Kopf stehen würde. Diese Frau hatte so etwas Verschlossenes an sich, man konnte sich kaum vorstellen, daß sie sich überhaupt um die Meinung anderer Leute scherte.

Sie war verblüffend. Aber ohne genau zu wissen, warum, fühlte Leslie, daß sie auf eine verborgene und ungewöhnliche Art auch gefährlich war.

Tief versunken in ihr Gespräch, achteten die Frauen nicht darauf, daß Leslie mit Nachtisch und Kaffee zurückkam. Sie hörte, daß Harriet ihren Namen erwähnte und Sylvia zur Vorsicht riet, um keine leichtsinnigen und schwatzhaften Leute auf sich zu lenken, ging hinaus und bekam einen weiteren Gesprächsfetzen mit, als sie mit Cognac und Likör zurückkehrte – diesmal darüber, wo und wann und wie sie eine Versammlung einberufen und die Sache in Gang bringen würden.

»Wir haben dir gerade die Verantwortung für die Öffentlichkeitsarbeit übergeben«, erklärte Harriet, als sie den Kaffee einschenkte und Sylvia eine Tasse reichte.

»Die Öffentlichkeitsarbeit für was?« Sie erinnerte sich daran, was ihre Mutter im Zusammenhang mit einem ihrer Vereine gesagt hatte. Du darfst niemals den Raum verlassen, sonst wirst du für eine Aufgabe ausgesucht, die niemand übernehmen will.

»Für die Organisation.« Harriets Lächeln war das typische Croft-Lächeln, mit dem sie Freunde gewann und Geschworene beeinflußte.

»Ich verlasse für zwei Minuten das Zimmer, und plötzlich gibt es eine Organisation?«

»Zumindest ist das der Anfang«, sagte Sylvia.

»Von euch beiden? Eine Organisation?«

»Von uns dreien«, korrigierte Harriet. »Zusammen mit denen, die du zu unserer ersten Versammlung zusammentrommelst.«

»O nein. Das hat nichts mit mir zu tun.« Doch schon während sie sprach, wußte Leslie, daß die Entscheidung im Grunde längst gefallen war. Wenn Harriet beteiligt war, war sie es auch – egal, was am Ende dabei herauskommen würde.

Das nächste Mal begegneten sich Leslie und Sylvia im Bankettsaal eines Motels mit Restaurantbetrieb, das im Westend der Stadt lag.

Neben Leslie, Harriet und Sylvia Jenning waren acht weitere

Frauen gekommen. Eine bunte Mischung, die eines gemeinsam hatte: Sie alle waren Opfer von Verfolgungen. In den kommenden Monaten würde sich ihr Leben verändern.

7
Dodie Potts

Dodie Potts öffnete die Augen, griff nach einer Zigarette und betrachtete den Wasserfleck an der Decke. Sie war fünfundvierzig, und sie war müde. Des Lebens müde. Dieser Stadt müde mit ihren Obdachlosen und der zunehmenden Kriminalität. Lebensmüde. Und gelebt hatte Dodie Potts jede Menge.

Soweit sie sich zurückerinnern konnte, hatte Dodie sich selbst und alles um sich herum gehaßt. Zuerst war es die Hütte am Rande von Timmins gewesen, einer Gemeinde, die vom Erzbergbau und der Holzverarbeitung lebte. Als Älteste einer Familie mit fünf Kindern – drei Brüder und eine Schwester – wurde von ihr erwartet, daß sie die Mutter für die Geschwister und die Bettpartnerin für ihren Vater spielte.

Bean Potts – sein richtiger Name war Harvey, aber er wurde schon seit der Grundschule Bean genannt – war ein viriler, trunksüchtiger Raufbold, der eine Frau geheiratet hatte, die genauso gewalttätig und alkoholabhängig war wie er. Sie tat nichts, um ihre Kinder vor seinen gewalttätigen Fäusten zu beschützen, sondern neigte genauso wie ihr Mann dazu, sie zu schlagen. Als sie sie nach der Geburt von Dodies Schwester verließ, gab es eher Freude als Tränen. Selbst Dodie war froh, daß sie ging. Sie hatte sich schon immer um das Haus und die Kinder kümmern müssen, und der Abschied ihrer Mutter bedeutete für sie nur, daß es einen Erwachsenen weniger gab, der auf sie einschlug.

Die Potts lebten von der Wohlfahrt. Manchmal ging Bean Potts irgendwelchen Schwarzarbeiten nach, aber er gab jeden Cent einschließlich der Sozialhilfe für Schnaps aus. Dodie blieb nichts anderes übrig, als zu betteln, Geld zu borgen und alles zusammenzukratzen, was sie bekommen konnte, indem sie Besorgungen erledigte, als Babysitter arbeitete und Rasen mähte. Doch egal, wie sehr sie sich bemühte, es reichte nie.

Ihr Vater hatte sie mißbraucht, seit sie ein Baby war. Ihre früheste Erinnerung war, daß er sie grob und schmerzhaft befingert hatte. Als sie älter war, wurde aus dem Petting richtiger Geschlechtsverkehr. Mit ihrem Vater. Mit ihren Brüdern, als sie alt genug dafür wurden. Und schließlich mit einem Freund ihres Vaters, der sie in dem Schlafzimmer, das sie sich mit dem Rest der Familie teilte, fickte, während ihr Vater am Küchentisch saß, Bier trank und den Geräuschen lauschte, die nur wenige Schritte von ihm entfernt laut wurden. Nach diesem Vorfall entschied sie, daß sie das, was man ihr sowieso umsonst wegnahm, auch genausogut verkaufen konnte. Sie verließ die Schule, ging auf die Straße und nahm sich ein billiges Zimmer in einer billigen Pension. Einmal die Woche, wenn sie sicher war, daß ihr Vater sich im Lokal volllaufen ließ, ging sie nach Hause, um nach ihrer Schwester zu sehen. Mona sagte nie etwas, aber Dodie konnte die Zeichen lesen wie ein Fährtensucher seine Spur. Die männlichen Potts hatten ihre Aufmerksamkeit jetzt der Elfjährigen zugewandt.

Dodie hatte es versucht. Gott wußte, wie sehr sie es versucht hatte. Anfangs versuchte sie, Mona zu überreden, darüber zu sprechen. Als sie sich weigerte – und Dodie kannte dieses Schweigen des Opfers aus eigener Erfahrung sehr gut –, ging sie selbst zu Monas Lehrerin und schließlich sogar zur Polizei. Doch sie könnten nichts dagegen tun, sagten alle. Nichts, solange Mona sich störrisch weigerte zuzugeben, was vor sich ging. Selbst die medizinische Untersuchung wurde nicht als positiver Beweis betrachtet. An den Wunden und Entzündungen im Genitalbereich sei niemand schuld, behauptete das Kind. Sie habe oft Verletzungen und Flecken am Körper, sagte sie, wobei sie auf eine offene Wunde am Arm zeigte. Schlechte Ernährung, sagte der Arzt, und unhygienische Lebensbedingungen. Doch er wußte es. Dodie sah es ihm an. Aber was sollte sie ohne Monas Unterstützung tun?

Mona sprach nie darüber. Drei Tage vor ihrem dreizehnten Geburtstag wurde Mona Potts von einem Güterzug überfahren, der hinter der Hütte der Potts' vorbeifuhr. Ein tragischer Unfall, sagten alle, und ihr Vater drohte damit, die gottverdammte Eisenbahngesellschaft wegen des Verlustes seiner geliebten jüngsten Tochter auf Schmerzensgeld zu verklagen. Dodie wußte es besser. Wie oft hatte sie, wenn sie wie erstarrt dagelegen hatte, während ihr Vater auf ihr stöhnte und grunzte, den Frachtzügen gelauscht, die auf ihrem Weg zur Küste vorbeirollten, und darüber nachgedacht, wohin sie wohl fuhren und wie schön es wäre, auf einen hinaufzuklettern und mitzufahren. Und bei anderen Gelegenheiten – in Zeiten, in denen sie wußte, daß aus ihrem Leben nie etwas werden würde – hatte sie mit dem Gedanken gespielt, sich davorzuwerfen und alles ein für allemal hinter sich zu bringen. Sie war sicher, daß es Mona so ergangen war. Warum sonst sollte ein dreizehnjähriges Mädchen sich nach Mitternacht auf einem einsamen Eisenbahngleis herumtreiben?

Ihr Tod hatte etwas in Dodie zerbrochen. Schon zu Hause hatte sie angefangen zu trinken. Doch als sie auf der Straße arbeitete, war sie kaum noch nüchtern. Nach Monas Tod zog sie nach Toronto und tat etwas, was sie nie zu tun geschworen hatte. Sie fing an, Drogen zu nehmen. Am Anfang Aufputschmittel, dann Koks und schließlich die ganz große Droge. Heroin. Damit erzielte man die maximale Wirkung. Erst wenn sie high war, konnte sie vergessen, und das auch nur für kurze Zeit.

Die Drogen halfen ihr, den Schmerz, die Schuldgefühle und die tiefe, chronische Verzweiflung zu vergessen. Aber sie führten sie auch auf einen finsteren und immer gefährlicheren Pfad. Als sie am Anfang in die Stadt kam, wurde sie von Zuhältern bedrängt – süßholzraspelnden Blutsaugern auf der Suche nach Frischfleisch. Je mehr Schnaps und Drogen von ihr Besitz ergriffen, desto mehr verlor sie das Interesse an allem außer dem nächsten Schuß und verwandelte sich in eine grimmige Strichfigur, die mit Wunden und Nadelstichen übersät war, so daß die hübschen Jungs zur neuen Ware weiterzogen. Und Dodie, die ihre letzte Verbindung zur Familie verloren hatte und in Kanadas größter und lebendigster Stadt allein war, begab sich bei einem heruntergekommenen Säufer in feste Hände. Sechs Monate lang teilten sie sich ein Zimmer in einer Pension in Parkdale. Im siebten Monat stellte Dodie in einem der wenigen klaren Augenblicke fest, daß sich in ihrem Leben nichts geändert hatte. Sie lebte immer noch von der Hand in den Mund in einem stinkenden Dreckloch. Sie wurde immer noch von einem betrunkenen Abbild ihres Vaters begrapscht und herumgestoßen. Sie fickte immer noch Billigfreier, um das Geld für den nächsten Schuß zu bekommen. Nur mußte jetzt das, was sie verdiente, für zwei statt für eine Person reichen.

In diesem Moment schrecklicher Klarheit wußte sie, daß sie sterben würde, wenn sie so weitermachte. An Nierenversagen. An Lebererkrankung. Oder Aids. Oder daß sie von einem Fixer oder Freier, der die Kontrolle verlor, in einer Seitenstraße ermordet werden würde. Dodie Potts zog Bilanz und ging fort.

Das war vor mehr als zwanzig Jahren gewesen. Wo war die Zeit geblieben? Im Klo heruntergespült. In Rauch aufgelöst. Zwanzig Jahre hatte sie damit verbracht, die Sucht loszuwerden. Clean zu werden. Rückfällig zu werden. Ein Schritt vorwärts, zwei Schritte zurück. Das einzig Gute, was sie geschafft hatte, war, daß sie einen kirchlichen Alphabetisierungskurs besucht hatte. Jetzt konnte sie wenigstens auf einem Niveau, das über die Sesamstraße hinausging, lesen und schreiben. Und sie hatte endlich auch einen Job gefunden. Oh – natürlich keinen echten Job mit regelmäßiger Bezahlung, aber immerhin einen, bei dem sie anderen half, während sie sich selbst ein Maß an Disziplin in ihrem ansonsten ziellosen Leben auferlegte. Drei Tage pro Woche arbeitete sie morgens in einem Lebensmittellager, wo sie die Regale einräumte und Kisten verpackte. Als Gegenleistung erhielt sie eine Ration Grundnahrungsmittel, so daß sie mit ihrer Sozialhilfe länger zurechtkam.

Der Wasserfleck über ihr verschwamm, verformte sich und nahm die Gestalt eines Kindergesichts an. Sie erstarrte. Dachte, Mutter Gottes, nicht schon wieder. Diese Geistesverwirrung oder Halluzination, nenne es, wie du willst, verfolgte sie immer häufiger. Früher wurde sie so was mit billigem Fusel oder schwarz gebrann-

tem Schnaps los, und als das allein nicht mehr reichte, setzte sie sich einen Schuß. Aber seit sie clean war, geschah es wieder mit erschreckender Regelmäßigkeit. Sie wußte, daß es eine optische Täuschung war. Aber was nützte ihr das? Wenn eine Halluzination so deutlich und zum Greifen nah über einem schwebte, wer konnte da schon sagen, ob sie nicht auch wirklich war? Und Dodie wußte, daß diese Sinnestäuschung immerhin so real gewesen war, daß sie ihr ganzes bisheriges Leben dominiert hatte.
Das Phantomgesicht, an das sie sich jetzt nur noch zum Teil erinnerte, gehörte ihrer kleinen Schwester, die vor so vielen Jahren gestorben war. Das kleine Mädchen, dem Dodie nicht hatte helfen können. Das Mädchen, dessen einziger Trost in einer einsamen Nacht der heulende Güterzug gewesen war.
Vor zehn Jahren hatte Dodie versucht, das Gespenst zur Ruhe zu bringen – nicht vorübergehend mit Schnaps und Drogen, sondern für immer durch eine Form von Do-it-yourself-Exorzismus. Sie hatte genug Erfahrungen auf der Straße gesammelt, um zu wissen, daß man einen Affen auf dem Rücken nur loswurde, wenn man ihm direkt in die Augen schaute. Und der Affe auf Dodie Potts' Rücken war Bean Potts und seine Höllenbrut.
Damals hatte sie gerade eine Haftstrafe wegen Körperverletzung hinter sich. Zwei Jahre minus einen Tag, weil sie einem gewalttätigen Freier eine Flasche über den Kopf gezogen hatte. Nach fünfzehn Monaten war sie wegen guter Führung wieder draußen und total clean. Sie hatte nichts mehr getrunken, keinen Schuß mehr gehabt, hatte zugenommen und bei der Entlassung genug Geld in der Hand, um die Rückfahrkarte für den Bus zu bezahlen.
Da sie noch nie von Thomas Wolfe gehört hatte, wußte sie auch nicht von seiner sprichwörtlichen Devise, daß kein Weg zurückführt. Sie faßte den Entschluß, holte die Fahrkarte und kehrte an den Ort zurück, an dem sie damals ihren Körper verkauft hatte, weil sie um jeden Preis fortwollte. In mancher Hinsicht war das, was sie vorfand, weniger, als sie in Erinnerung hatte, so wie es einem oft ergeht, wenn man an den Ort seiner Kindheit zurückkehrt. In mancher Hinsicht aber war es mehr.

Es war Nachmittag, als der Bus ankam. Ein Zeitpunkt, zu dem man Bean Potts und seine Brut logischerweise in ihrer Stammkneipe vorfand. Die Hotelbar war zum Glück nicht weit von der Busstation entfernt. Als sie die Straße entlangging, die in ihrer Jugend eine so wichtige Rolle gespielt hatte, war das Déjà-vu-Erlebnis überwältigend. Nichts hatte sich verändert, und doch schien nichts mehr so zu sein wie damals. Die Geschäfte waren kleiner. Die Straße war kürzer. Das Hotel war schmutzig und überbelegt und roch nach Tabakqualm und biergetränkten Teppichen. Es war kleiner und mittelmäßiger, und es war nicht mehr der angsteinflößende Ort ihrer Kindheit. Sie hatte mittlerweile zu viele Zimmer gesehen, die genauso aussahen – hatte zu viele harte Nächte in ähnlicher Umgebung durchlebt –, um sich davon wie die kleine Dodie damals einschüchtern zu lassen.

Dann sah sie ihn, und einen schrecklichen Augenblick lang war sie wieder die kleine Dodie Potts und er das riesige Monster, das in der Dunkelheit zu ihr kam und ihrem kleinen Verstand und Körper unaussprechliche Dinge antat. Die Angst überflutete sie und verging, und sie sah ihn an: ein alter Mann, älter aussehend, als er war, der von der Sozialhilfe direkt zur Rente übergegangen war. Und er gab diese Rente aus, wie er sein Geld immer ausgegeben hatte – für Bier vom Faß und billigen Wein und sogar noch billigere Flittchen.

Er saß an dem großen Tisch im hinteren Teil des Raumes. Neben ihm saß eine Frau, die verbraucht aussah. Hellrosa Kopfhaut schimmerte an manchen Stellen durch ihr gekräuseltes rotes Haar, und am Rand der Rougeflecken auf ihren Wangen war ein gelblich werdender blauer Fleck zu erkennen. Es saßen noch drei andere Männer und zwei Frauen am Tisch. Einer der Männer war der Freund ihres Vaters, der sie vergewaltigt hatte, während ihr Vater in der Küche saß und zuhörte. Ein anderer war ihr Bruder, der älteste der drei, der fast schon genauso wie Bean Potts aussah. Der dritte war ein Fremder, der einen so leeren Gesichtsausdruck hatte, als hätte er nicht alle Tassen im Schrank.

Sie ging direkt auf den Tisch zu, packte einen in der Nähe stehenden Stuhl, setzte sich, legte einen Arm über die Rückenlehne, schlug die Beine übereinander und sah ihn voller Wut im Bauch an. »Was ist los, Paps? Hast du keine Familie mehr, daß du jetzt fremde Frauen ficken mußt?«

In dem Augenblick, als sie es sagte, kam sie sich gemein wie ein Hund vor. Angesichts der durchgescheuerten Kleidernähte war diese Frau neben ihm genauso ein Opfer wie Dodie oder Mona oder Tausende andere Frauen, die sich über die Männer definierten. Mutter, Schwester, Tochter, Frau, Fotze ... Wörter, die Frauen zu »Dingen«, Besitztümern machten statt zu Menschen mit eigenen Rechten.

»Es tut mir leid«, sagte sie, direkt an die Frau gewandt. »Mein Alter ist ein richtiges Arschloch. Je jünger, desto besser. Meine Schwester hat er damit umgebracht, nicht wahr, Daddy?«

Die Reaktion ließ nicht auf sich warten. Plötzlich ging alles drunter und drüber. Ihr Vater sprang auf. Ihr Bruder schüttete ihr Bier ins Gesicht. Der Kellner verwandelte sich in einen Rausschmeißer und warf sie mit einem Handgriff auf die Straße. Wütendes Gebrüll folgte ihr nach draußen. Niemand hatte schuld an Monas Tod ... welches Recht hast du, hierherzukommen und den Namen der Familie in den Dreck zu ziehen ... du bist nichts als eine nutzlose Schlampe ... wenn du wüßtest, was gut für dich wäre, dann würdest du in das Loch zurückkriechen, wo du hergekommen bist.

Dodie stand auf dem rissigen Fußweg, von Bier durchtränkt und ohne ihre Mission beendet zu haben, und überlegte, was sie als nächstes tun sollte. Sie konnte in die Hotelbar zurückkehren und beenden, womit sie angefangen hatte, aber was sollte sie noch sagen? Außerdem würde man sie sofort wieder hinauswerfen. Oder sie würde womöglich hinter Gittern enden, ohne jemanden zu haben, der die Kaution bezahlte. Sie konnte den nächsten Bus zurück nach Toronto nehmen und alles vergessen. Oder soviel anrichten wie nur möglich, um wenigstens etwas von der Reise zu haben, wenn sie schon einmal hier war.

Nach einer kurzen Fahrt mit dem Taxi stand sie vor der Hütte, die einmal ihr Zuhause gewesen war. Sie war um zehn Jahre schäbiger, um zehn Jahre heruntergekommener und zehn Jahre entfernt von der Hütte ihrer Alpträume. Als Kind war sie mit schleppendem Schritt und schweißnaß vor Angst hierhergekommen. Selbst jetzt spürte sie etwas von dieser Angst. Vielleicht würde sie sie nie verlieren. Aber zumindest sah sie die Hütte jetzt, wie sie wirklich war, und nicht so wie in ihrer Phantasie. Den verrosteten, zusammengefallenen Zaun. Den Platz davor aus kahler Erde mit ein paar Büscheln vergilbten Grases. Eine elende Holzhütte aus verwitterten Brettern, deren Fenster an den Stellen, wo das Glas zerbrochen war, mit Plastik zugeklebt waren.

Hier war sie aufgewachsen. Hier hatte sie unter den Sünden ihres Vaters gelitten, der sich an dem Körper eines Kindes vergangen hatte.

Das Schloß an der Tür war immer noch kaputt. Die Tür schwenkte bei ihrer Berührung auf, und sie betrat das Wohnzimmer, das wie immer nach alten Socken und schmutziger Unterwäsche roch. Es sah genauso aus wie damals. Ein verblichenes Sofa. Ein Polstersessel, der fast kein Polster mehr besaß. Ein Couchtisch, übersät mit Brandlöchern von Zigaretten und mit Ringen von nassen Gläsern bedeckt. Sie ging nach hinten in die Küche und dachte an die vielen Male, die sie sie geputzt und geschrubbt hatte, um wenigstens diesen Raum einigermaßen sauberzuhalten. Jetzt türmte sich auf dem Spülbecken schmutziges Geschirr. Teller mit angetrocknetem Ei standen auf dem Tisch. Eine Dose Tomatensaft und eine leere Bierflasche lagen auf dem Abtropfgestell. Bier und Tomatensaft. Calgary Roggenwhisky. Roggenwhisky war für Bean Potts, was für andere Orangensaft und Kaffee war. Der ideale Drink, um den Tag zu beginnen.

Da sie wußte, daß sie diesen Ort nicht verlassen konnte, ohne auch den letzten Raum besucht zu haben, holte sie tief Luft und trat ins Schlafzimmer. In diesem Raum, der nicht viel größer als ein Schrank war, keine Fenster und nur eine schmale Tür besaß, hatte sie den ärgsten Schmerz, den größten Mißbrauch und die nächtliche Angst erlitten, die ihr das Leben zur Hölle gemacht hatten.

Es war dunkel hier und die Luft abgestanden und schwer. Sie

schaltete das Licht an und sah das zerwühlte Bett in der Ecke, einen Haufen Decken auf der Erde, einen Stapel schmutziger Wäsche. Für einen atemberaubenden Augenblick überkam sie wieder das Entsetzen von damals, als sie hier hilflos und zitternd gelegen hatte. Ihre Schmerzen. Monas Schmerzen. Und dann war es vorbei. Bean Potts würde ihr nie wieder weh tun. Dieses stinkende Loch würde sie nie wieder einholen und ihre Träume vergiften. Sie hatte überlebt. Sie würde es nie wieder nötig haben, hierher zurückzukehren.

Das war vor zehn Jahren gewesen. Sie war nach Toronto zurückgefahren und hatte sich irgendwie durchgeschlagen. Die meiste Zeit gelang es ihr, die Vergangenheit zu vergessen, und wenn sie ab und zu daran dachte, gelang es ihr, sie wieder in die kleine geheime Ecke ihres Hirns zurückzudrängen.

Da sie entschlossen war, ihr Leben wieder in den Griff zu bekommen, ging sie zur Beratung in ein Drop-in-Zentrum, hörte mit den Drogen auf und reduzierte langsam ihren Alkoholkonsum. Die Dinge standen nach langer, langer Zeit besser. Verdammt viel besser. Aber ...

Ihr Dasein war weit davon entfernt, perfekt zu sein. Und als sie heute morgen im Bett lag und Bilanz über ihr bisheriges Leben zog, wußte sie, daß sie, obwohl sie schon weit gekommen war, noch nicht annähernd ihr Ziel erreicht hatte. Sie war zu weit hinter den anderen gestartet, und sie würde nicht einmal mehr die Nachzügler einholen.

Trotzdem gab es eine Menge, wofür sie dankbar sein konnte. Wenn man nur mal an Hilda dachte. Hilda war eine der ehrenamtlichen Helferinnen, die bei Brot und Rosen, dem Lebensmittellager, arbeitete. Wenn jemand einen Grund hatte, sich zu beklagen, dann Hilda, die viel zu jung geheiratet hatte und viel zu oft geschlagen worden war. Sie war nur deshalb frei, weil der Mann, mit dem sie verheiratet war, im Knast saß. Er war rasend vor Eifersucht und ließ sie über entlassene Mitgefangene beobachten. Nun stand seine eigene Freilassung in nur wenigen Monaten bevor, und Hilda war völlig fertig mit den Nerven. Nach ihrem letzten Umzug hatte dieses Arschloch sie sogar an-

rufen lassen, um sie daran zu erinnern, daß sie zwar weglaufen, sich aber nicht verstecken könne. Selbst eine geheime Telefonnummer hatte nichts genützt.
Wenn jemand Grund zum Verzweifeln hatte, dann war es Hilda.
Dodie drückte ihre Zigarette aus und faßte erneut den Entschluß, mit dem Rauchen aufzuhören. Morgen. Kochte sich eine Tasse Instantkaffee und bereitete sich auf den Tag vor, einen weiteren in der endlosen Reihe von Tagen, die einer wie der andere aussahen.

8

Das Restaurant gehörte nicht zu der Sorte, die Sylvia ihren Freundinnen empfohlen hätte. So wie es aussah, würde keiner ihrer Bekannten hier verkehren. Und darum war es ein perfekter Treffpunkt. Darum und weil es vom Stadtzentrum entfernt war und an der U-Bahn-Linie lag, wodurch es für Frauen, die von öffentlichen Verkehrsmitteln abhängig waren, leicht erreichbar war.
Sie ging allerdings nicht davon aus, daß sich die Frauen, die von ihren Partnern bedroht wurden, alle am unteren Ende der gesellschaftlichen Rangordnung befanden. Sophie Roberts war ein Beispiel dafür. Aber diejenigen, die sich befreit hatten und sich nun allein durchs Leben schlugen, badeten bestimmt nicht gerade in Geld, selbst wenn ihre Männer betucht waren. Und diese Frauen hoffte Sylvia zu erreichen. Die einsamen, verängstigten, entrechteten Frauen, die sich an niemanden wenden konnten.
Der Pit Stop. Ein Allerweltsname für ein Allerweltslokal. Sylvia fuhr auf den Parkplatz hinter dem Gebäude und achtete darauf, alle Türen abzuschließen. Sie konnte sich vorstellen, wie es sein mußte, wenn jemand am Steuer saß und plötzlich ein Gesicht im Rückspiegel auftauchte. Das wollte sie nicht am eigenen Leib erleben.

Sie hatte den Ort und das Zimmer ausgesucht. Leslie hatte die Aufgabe gehabt, für die Teilnehmerinnen zu sorgen. Ihr Erfolg – oder Mißerfolg – würde sich in der nächsten Stunde zeigen. Harriet hatte vorgeschlagen, statt Anzeigen in der Tageszeitung aufzugeben, die Lage mit einem Interview über Belästigung in Leslies Fernsehsendung zu sondieren und im Anschluß daran eine Nummer für diejenigen Frauen bekanntzugeben, die Hilfe suchten.

Leslie machte eine Sendung mit Sophies Eltern, und Harriet erklärte sich bereit, die Anrufe zu beantworten. Nicht alle, mit denen sie sprach, wurden zur Versammlung eingeladen.

Die Hexe hat bekommen, was sie verdient hat. Dieser Kommentar kam sowohl von Frauen als auch von Männern. Das überraschte keine von den dreien. Sie kannten das Syndrom, das die Opfer zu Tätern machte und den vergewaltigten Frauen vorwarf, »es herausgefordert«, und den geschlagenen Frauen, den Angriff »provoziert« zu haben. Er hatte eine unglückliche Kindheit. Auch dieses Argument kam von einer Reihe von Anrufern, die den Täter verteidigten und die Tat herunterspielten. Was ist mit den Männern, die von ihren Frauen geschlagen werden? Das war der Rettungsanker, der von einer zunehmenden Zahl von Männerselbsthilfegruppen zum Gegenangriff benutzt wurde.

Die Anrufe deckten die ganze Bandbreite von Meinungen ab, von sonderbaren Käuzen bis zu total aufrichtigen Menschen. Harriet wählte sieben Frauen aus. Diese hatte sie zu der heutigen Versammlung eingeladen. Sylvia wußte nicht, wie viele teilnehmen würden, und hatte mit keiner der Anruferinnen gesprochen. Darum hatte sie auch keine Ahnung, womit sie rechnen mußte.

Grand Prix. So hieß der kleine Saal, den sie für den Abend gemietet hatten. Dieser Name war offensichtlich durch das Image des Restaurants inspiriert worden. Der Raum, ein Fernfahrer-Treff, der heute abend ausdrücklich nicht als Imbiß zur Verfügung stand, roch nach Kartoffelchips und abgestandenem Bier. Er besaß wenig Komfort und war mit furnierten Tischplatten auf

Böcken, Klappstühlen und einer Kommode als Abstellfläche für den Zimmerservice ausgestattet.
Da sie eine halbe Stunde früher gekommen war, hatte sie genug Zeit, um den Raum vorzubereiten. Der Wirt kam und fragte, ob sie am Eingang ein Hinweisschild haben wolle. Nein, das wollte sie nicht – je weniger Aufmerksamkeit, um so besser –, aber sie wollte gern Kaffee, Obstsaft und Karaffen mit Eiswasser, und Notizblöcke und Stifte sollten zur Verfügung stehen. Verwirrt ging er zur Tür hinaus, als Harriet und Leslie ankamen.
»Das ist ja nicht gerade die vom Michelin empfohlene Vier-Sterne-Spielwiese der Reichen und Berühmten«, nörgelte Leslie. »Ich hoffe, auf dem Weg hierher wird niemand in einer der Seitenstraßen überfallen.«
»Es ist nur ein einmaliger Treffpunkt«, erklärte Sylvia. »Nach dem heutigen Abend wissen wir besser, wie viele wir sind und welches Programm wir uns vornehmen.«
»Das klingt nach einem Theaterclub.« Harriet, die direkt aus dem Büro gekommen war und einen Maßanzug und Goldschmuck trug, sah sich in dem Raum um und verzog das Gesicht. »Können wir ein paar Fenster öffnen? Die Luft hier drin ist einmal zu oft wiederverwertet worden.«
»Tut mir leid. Ich habe das schon überprüft. Es gibt nur die Klimaanlage oder gar nichts.« Mit einem Blick auf die Tische sagte Sylvia: »Das sieht eher nach einem Klassenzimmer aus. Sollen wir sie nicht ohne ein Podium im Kreis aufstellen? So daß alle die gleiche Position haben?«
»Was halten Sie davon«, machte Harriet den Gegenvorschlag, »sie zwar im Kreis aufzustellen, so daß wir uns alle ansehen können, aber Sylvia Jenning übernimmt den Vorsitz. Wir brauchen einen Vorsitzenden ...«
»Eine Vorsitzende«, wurde sie von Leslie unterbrochen. »Laß uns wenigstens politisch korrekt sein. Aber Harriet hat recht. Das ist Ihr Kind, Sylvia. Sie müssen zumindest für eine Weile ganz vorn und im Mittelpunkt stehen.«
Die erste Teilnehmerin erschien, als sie gerade die Tische umstellten. Eine ältere Frau mit toupierten Haaren und dem rampo-

nierten Gesicht eines irischen Boxers: einer leicht aus der Mitte verrückten Stupsnase, die so aussah, als wäre sie gebrochen worden, tiefen Falten um den Mund und Ringen unter den Augen. Wortlos begann sie, Stühle zu tragen und sie um die Tische zu stellen, wie Leslie es auf der anderen Seite tat.

Dann kamen der Kaffee und noch mehr Frauen, und als Sylvia soweit war, die Versammlung zu eröffnen, waren neben den drei Organisatorinnen acht Frauen da. Sylvia war zufrieden. Sie hatte abwechselnd befürchtet, daß niemand käme oder aber eine unlenkbare Horde. Wie Harriet vorgeschlagen hatte, übernahm sie die Leitung und sagte: »Bedienen Sie sich bitte selbst mit Kaffee und nehmen Sie Platz, damit wir uns kennenlernen können.«

Als sich die Frauen um die Kaffeemaschine versammelten, hatte Sylvia Gelegenheit, sie als Gruppe zu studieren. In ihr waren jede Schicht und Altersgruppe vertreten, von einem jungen Mädchen, das älter aussah, bis zu einer Frau um die Sechzig. Von jung bis alt. Von oberer Mittelklasse bis zur Armutsgrenze. Von schlampig aussehend bis pompös. Die Individuen in diesem Raum entsprachen dem Bevölkerungsdurchschnitt der Gesamtgesellschaft. Wie die Statistiken über Mißbrauch und Belästigung zeigten, waren Frauen aus jeder Position und Schicht potentielle Opfer.

Als alle saßen, eröffnete Sylvia mit folgenden Worten die Sitzung: »Sie alle kennen Leslie Taylor. Ihretwegen sind Sie hier. Die dritte Frau auf der anderen Seite des Tisches ist Harriet Croft, eine Anwältin und Mitglied von LEAF, dem Rechtshilfefonds für Frauen. Mein Name ist Sylvia Jenning, und ich bin für heute zur Tagungsleiterin ernannt worden.«

Die Köpfe drehten sich mit erwartungsvollen Gesichtern zu ihr um. Sie hielt inne und überlegte, was sie als nächstes sagen sollte. Wie sollte sie das Ziel dieser Versammlung erklären, die noch kein Ziel hatte, sondern nur die noch undeutliche Absicht verfolgte, die Welt für Frauen besser und sicherer zu machen.

»Wir drei – Harriet, Leslie und ich – wissen, warum wir hier sind«, fuhr sie fort. »Vielleicht fangen wir am besten damit an, daß Sie sich vorstellen und uns sagen, warum Sie hier sind. Und

was Sie sich von dieser Versammlung erhoffen.« Sie deutete auf die Frau zu ihrer Rechten, die als erste gekommen war.
Nervös schlang die Frau ihre Hände ineinander und sagte: »Ich bin Rosemary Jones. Ich war dreimal verheiratet. Mein jetziger Mann ist Henry Jones, und ich habe Angst vor ihm.« Ihre Finger bewegten sich hektisch und zerrupften ein Papiertaschentuch in kleine Stücke. »Ich bin vor ihm weggelaufen. Habe mich versteckt. Aber er findet mich immer wieder. Ich weiß, daß er mich umbringen wird. Er sagt es jedenfalls, und er tut, was er sagt. Ich kam hierher, um mich zu erkundigen, ob Sie mir irgendwie helfen können.«
Es folgte ein Moment des Schweigens, als die anderen Teilnehmerinnen am Tisch, bestürzt über die Geschichte, den Blick senkten, während sie gleichzeitig fühlten, wie ähnlich es ihnen ging.
Die nächste in der Reihe gab ihren Namen mit Eili Pakkonen an. Sie war hier wegen eines Mannes, den sie nicht kannte. Ein Fremder, der an den unwahrscheinlichsten Orten und zu den unwahrscheinlichsten Zeiten auftauchte. Sie hatte keine Ahnung, wer er war oder was er wollte, aber was immer es war, er machte ihr schreckliche Angst.
Eili Pakkonen sah nicht nach einer Frau aus, die das Interesse eines Belästigers erregen würde. Sie war auch nicht berühmt oder in irgendeinen umstrittenen Fall verstrickt.
Eili hatte blondes Haar und eine helle Haut, war etwas über eins achtzig groß, trug flache Schuhe und ging leicht gebeugt, um ihre Größe zu verbergen. Durch ihre Brille bekam ihr rundes kindliches Gesicht einen eulenartigen Ausdruck. Sie war erst vor kurzem von der Farm ihrer Familie in die Stadt gezogen, und wenn man sie ansah, fühlte man sich in eine Zeit zurückversetzt, als man Kinder zwar sah, aber nicht hörte und das Leben noch einfach und unkompliziert war.
»Hat dieser Mann Sie jemals angesprochen?« fragte Leslie. »Haben Sie ihn vielleicht kurz kennengelernt und es dann vergessen?«
Eili schüttelte den Kopf. Das erste Mal hatte sie ihn in dem La-

den, in dem sie arbeitete, gesehen. Er sagte nichts. Kam nicht in ihre Nähe. Stand einfach nur hinter einem Regal und starrte sie an. Etwas an diesem Blick machte sie nervös. Er hatte komische Augen. Sie waren flach. So als wäre nichts dahinter. Sie waren irgendwie glasig. Und der tote Gesichtsausdruck. Seine Augen schauten daraus hervor, als starrten sie durch irgendwelche Löcher in einem Zaun. Trotzdem, sagte sie, hätte sie ihn vergessen, wenn er nicht plötzlich an allen möglichen Orten aufgetaucht wäre.

»Und er hat sich Ihnen niemals genähert?«

»Sie meinen richtig dicht dran? Nein. Aber er weiß alles über mich. Er weiß, wo ich wohne. Wann ich zur Arbeit gehe. Wann ich nach Hause komme. Er weiß einfach alles. Jetzt bekomme ich ständig Anrufe, und wenn ich den Hörer abnehme, antwortet niemand, und ich weiß, daß er es ist. Deshalb bin ich hergekommen, um herauszufinden, ob es eine Möglichkeit gibt, ihn daran zu hindern.«

»Wenn ich die Wahl hätte, würde ich mich, glaube ich, lieber für einen Fremden entscheiden. Mein Problem ist mein Mann.« Alle Blicke wandten sich der Frau zu, die neben Harriet saß. Sie war Mitte Dreißig, hatte naturgelocktes dunkles Haar und lebhafte blaue Augen und gab ihrer knabenhaften Figur mit einem wadenlangen Blümchenkleid und hochhackigen Sandalen ein sanfteres Aussehen. Ihr Name war Britt Curtis. Sie war seit fünfzehn Jahren verheiratet. Sie lebte noch in dieser Ehe und wohnte zu Hause, wünschte sich aber verzweifelt, dort auszubrechen. Und dann fügte sie mit antrainierter Ruhe, die ihre tiefe Angst verbarg, hinzu: »Ich möchte meinen Mann wegen einer Frau verlassen. Er hat damit gedroht, uns beide umzubringen.«

Betroffen beugte Harriet sich vor, während sie zwischen ihren Fingern mit dem smaragdgrünen Ring, der ihre strahlend grünen Augen reflektierte, hektisch einen Stift drehte. »Hat er das selbst herausgefunden? Oder haben Sie es ihm gesagt?«

»Ich habe es ihm gesagt. Ich war dumm genug zu denken, daß es leichter für ihn wäre, als wenn er einen anderen Mann im Spiel wüßte. Ich habe mich getäuscht.«

»Ist er fähig zur Gewaltanwendung?«
»Ja. Es gab Zeiten, in denen ich das nicht geglaubt hätte, aber diese Metamorphose, als ich es ihm gesagt habe ...« Sie schauderte. »Es war wie bei diesen schrecklichen Spezialeffekten in Horrorfilmen. Wie eine Transformation. Er ist nicht nur fähig dazu. Er wird es sogar jederzeit tun.«
»Wäre es dann nicht besser, wenn Sie ausziehen würden?« Leslie teilte Harriets Besorgnis. »Weiß diese Frau, daß sie vielleicht in Gefahr ist?«
»Natürlich. Ich habe es ihr noch am selben Abend gesagt. Und ich habe sie seitdem nicht gesehen. Solange ich weiterhin zu Hause wohne und nichts mit ihr zu tun habe, ist sie sicher. Aber wenn ich die Wahl hätte und es nur um mich ginge, würde ich morgen ausziehen.«
»Damit schüchtern sie dich ein, und sie machen einen zur Geisel für die Menschen, die man mag, diese Schweinehunde.« Die Sprecherin, die einen Rock und eine gemusterte Bluse trug und deren schmales Gesicht von schulterlangen, braunen Haaren eingerahmt war, legte ihren Arm schützend um den Teenager neben sich. »Ich bin Ginny Foley, und das ist meine Schwester Kim. Sie hat jetzt dieselben Probleme wie ich vor ein paar Jahren. Ein Schulfreund, mit dem sie seit einiger Zeit geht, hat beschlossen, daß sie sein Eigentum ist, und er ist sehr häßlich geworden.«
»Wie häßlich?« Sylvia richtete die Frage eher an Kim als an ihre ältere Schwester. »Hat er Sie geschlagen?«
»Ja«, antwortete sie mit leiser Stimme. Kaum hörbar. »Wenn ich nicht tue, was er sagt ... zum Beispiel ... wenn er sieht, daß ich mit einem anderen Jungen rede oder auch mit einem Mädchen, dann schlägt er mich, wenn wir allein sind. Einmal hat er mir sogar ein blaues Auge geschlagen, und ich mußte deswegen alle anlügen, verstehen Sie?«
»Er sagt, wenn sie sich von ihm trennt, zündet er das Haus an. Mitten in der Nacht, wenn wir alle schlafen. Ich würde es ihm zutrauen. Kimmie wollte heute abend nicht kommen, aber ich habe sie überredet. Wir müssen dieses Mistvieh irgendwie loswerden. Darum sind wir hier.«

»Sie sollten seinen Bluff auf die Probe stellen. Ich kenne diese Schweine. Zu Hause habe ich eine ganze Horde davon. Nichts als Angeber.« Die Whiskystimme gehörte einer älteren Frau mit einer gedrungenen, muskulösen Figur und krausem, graugesträhntem Haar. Das vom Leben gezeichnete Gesicht war faltig und verhärmt, aber in den glänzenden Knopfaugen lag ein Schimmer von Humor. Ihr Körper, der in alte Sally-Anne-Modelle gekleidet war, hatte viel durchgemacht, doch die Augen gehörten einer Überlebenskünstlerin.

»Seinen Bluff auf die Probe stellen, wie Sophie Roberts es getan hat?« Britt Curtis erhielt auf ihre Bemerkung ein zustimmendes Nicken von Sylvia. Interaktion war notwendig, wenn sie eine Gruppe werden wollten.

»Gut, das war dumm. Vermutlich muß man erst einmal die Risiken abwägen. Wie groß ist die Gefahr, verletzt zu werden? Wenn die Chancen zu Ihren Gunsten stehen, sagen Sie ihm, daß er abhauen soll.«

»Und wenn das nicht der Fall ist?« fragte Sylvia, um die Diskussion anzufeuern.

»Dann muß man ein Angebot machen, das er nicht ablehnen kann.«

»Zum Beispiel?«

»Zum Beispiel Maßnahmen, wie sie in Singapur üblich sind. Wie eine kräftige Tracht Prügel auf den Hintern.« Die Frau, die das sagte, kritzelte geistesabwesend ein Strichmännchen auf den Block vor sich, dann sah sie sich mit einem Grinsen um und erklärte: »Ich heiße Dodie Potts, und niemand ist hinter mir her, aber ich beobachte, was mit manchen Schwestern passiert, und das gefällt mir überhaupt nicht. Jemand muß endlich aufstehen und sagen, das reicht, Schluß damit, diese Scheiße muß endlich aufhören. Und niemand wird dem ein Ende setzen außer wir selbst. Wenn Sie mich fragen, wissen die Cops nicht, wo unten und oben ist.«

Alarmiert von dem anarchistischen Ton, den Dodie Potts anschlug, verteidigte Harriet die Männer und Frauen, die sie im privaten Kreis schon so oft kritisiert hatte. Die Polizei sei an das

Gesetz gebunden. Sie könne Einzelpersonen keinen Schutz rund um die Uhr bieten. Sie arbeite reaktiv, nicht präventiv und sei machtlos, solange es nicht etwas gab, wogegen sie etwas tun könne. Ihr Handlungsspielraum sei also ziemlich gering.

»Und das ist das Problem«, warf Dodie Potts ein. »Sie kann nichts tun, bis man tot ist. Und manchmal nicht einmal dann. Was glauben Sie, was Roberts, diesem Clown, passieren wird?«

»Nicht viel.« Diese Bemerkung kam von Britt Curtis. »Er hat sich den besten Anwalt besorgt ...« Schockiert hielt sie inne, als ihr die Erkenntnis kam. »Sylvia Jenning? Sind Sie etwa ... ?«

»Ja. David Jenning ist mein Mann. Aber das hat nichts mit uns zu tun. Mit dieser Versammlung. Dieser Gruppe.«

Es folgte ein beklommenes Schweigen, das von Harriet unterbrochen wurde. »Als Strafverteidiger ist auch David Jenning verpflichtet, einen Mandanten nach seinem besten Wissen zu verteidigen. Unser Rechtssystem geht davon aus, daß jemand unschuldig ist, solange ihm keine Schuld nachgewiesen wird. Strafverteidiger sind ein fester Bestandteil des Strafverfahrens. Ohne sie könnten unsere Gerichte nicht arbeiten.«

Als Leslie ihr zuhörte, wußte sie, Harriet wollte die Rechtsprechung in ihrer jetzigen Form nicht verteidigen, sondern vor jedem Versuch warnen, sie zu unterwandern. Es gab Gesetze, die Harriet gern ändern wollte. Aber es gab keine, die sie übertreten sehen wollte.

»Das ist nicht gerecht.« Dodie Potts war nicht überzeugt. »Man muß kein Einstein sein, um zu sehen, daß das ungerecht ist. Jemand begeht ein Verbrechen. Jeder weiß, daß er es getan hat, wie zum Beispiel bei Roberts. Er sollte dafür bezahlen. Wie kann es angehen, daß das Gericht dann sagen kann, er sei es nicht gewesen, wenn man doch weiß, daß er es war.«

»Wenn man nicht für schuldig befunden wird, heißt das nicht, daß man etwas nicht getan hat«, erklärte Britt Curtis Dodie. »Aber Sie haben natürlich recht.« Dann wandte sie sich an Harriet: »Ist es nicht so, daß in manchen Ländern die Prozeßverfahren dazu dienen, die Wahrheit herauszufinden?«

Harriet nickte. »So wird es in manchen europäischen Ländern praktiziert. Nicht adversarisch wie bei uns. Auf diesem Kontinent interessieren wir uns mehr für die Form als für den Inhalt.«

»So müßte es überall sein. Bei uns läuft es ab, als ginge es um ein Spiel. Die Leute setzen sogar Wetten darauf, wer gewinnen wird. Das ist doch krank.« Alle Augen richteten sich auf die beeindruckende Rothaarige, die am Ende des Tisches saß und eine Reisetasche auf dem Schoß hielt. Die große, schlanke und junge Frau, die eine Seidenhose und ein ärmelloses Hemd trug, strahlte eine merkwürdige Mischung aus kindlicher Naivität und Weltverdrossenheit aus.

»Entschuldigen Sie. Ich sollte mich erst mal vorstellen.« Die hellbraunen Augen mit den dichten dunklen Wimpern sahen arglos wie die eines Kindes aus. »Mein Agent nennt mich Sable. Sable Smythe mit Y. Er sagt, das klinge besser als Lily Prete, aber ich finde, es hört sich unecht an, meinen Sie nicht?« Das rote Haar fiel in einem herrlichen Wirrwarr nach vorn, und sie strich es mit einer schnellen, ungeduldigen Geste zurück.

Die Tasche auf ihrem Schoß bewegte sich, man hörte ein leises Kratzen, und als der Reißverschluß sich öffnete, kam eine haarige Pfote heraus. »Entschuldigen Sie. Ich mußte sie mitbringen.« Sable griff hinein und zog ein struppiges Fellbündel heraus. Der Terrier mit dem langen wurstförmigen Körper, den gebogenen Beinen und einem aufrecht stehenden und einem herunterhängenden Ohr sah wie eine ganz spezielle Züchtung aus.

»Ich habe Angst, sie allein zu lassen«, erklärte Sable. »Angst, daß er ihr etwas antut. Sie vielleicht tötet. Er haßt sie. Er sagt, wenn ich einen Hund will, soll ich mir einen richtigen anschaffen. Einen, auf den ich stolz sein kann. Nicht so eine Promenadenmischung vom Müllplatz.« Sie setzte das Tier auf den Boden, und es legte sich, alle viere von sich gestreckt, neben sie hin. »Sie liegt immer so da. Wie ein Frosch. Darum nenne ich sie Pollywog. Sie ist wie eine Kaulquappe, aber so wollte ich sie nicht nennen, darum entschied ich mich für Pollywog. Sie sehen also, warum ich sie mitbringen mußte.«

Es hörte sich komisch an, diese junge, graziöse, weltgewandte Frau mit ihrem teuren Parfüm und der eleganten Aufmachung mit dieser atemlosen Kinderstimme reden zu hören. Alles an ihr paßte irgendwie nicht zusammen, genausowenig wie der kleine, struppige Hund zu ihren Füßen.

»Wer will ihr denn etwas antun?« Voller Mitgefühl dachte Sylvia an ihren eigenen Mischling, die alternde, gutmütige Millie. Sie hatte nie verstanden, wie jemand ein hilfloses Tier angreifen konnte.

»Julian. Julian Sebastian. Mein Agent. Er ist Fotograf. Er macht Aufnahmen für Firmen und Modehäuser. Er hat mich von der Straße geholt und mir gezeigt, wie man sich anzieht und so weiter.« Als sie den wissenden Blick mancher Frauen sah, hielt sie verwirrt inne. »Ich meine nicht, daß ich auf der Straße war. Ich meine – ich war auf der Straße, aber ich ging nicht mit Männern mit.« Sie hielt wieder inne, als befürchtete sie, daß eine ihrer Zuhörerinnen vielleicht »angeschafft« hatte, und dann grub sie die eigene Grube noch tiefer. »Es interessiert mich nicht, was die Leute tun. Solange sie niemandem weh tun. Einige meiner besten Freundinnen waren Prostituierte. Sie sind es immer noch – meine Freundinnen, meine ich. Und sie haben mir geholfen, wenn ich jemanden brauchte.«

»Schläfst du mit diesem Julian?« Dodie Potts redete nie lange um den heißen Brei herum.

»O nein. Du liebe Güte, niemals.« Sable war ehrlich schockiert. »So war das nie zwischen uns. Er ist nur wütend, weil ich nicht mehr weitermachen will. Ich habe genug Geld, um das zu tun, was ich schon immer wollte. Mir einen Ort suchen, wo ich mich um Tiere kümmern kann. Heimatlose Tiere wie Pollywog. So wie Brigitte Bardot es macht. Aber Julian sagt, wir hätten einen Vertrag, und ich könne nicht einfach aufhören. Eher würde er mich umbringen. Ich weiß, daß er das ernst meint. Und seine Zahlungsmoral wird immer schlechter. Er hält das Geld zurück, und wenn ich ihn danach frage, sagt er, daß er es für mich aufhebe, weil ich es sonst alles auf einmal ausgeben würde.«

»Vielleicht sollten Sie es so machen wie ich. Irgendwo hinziehen und hoffen, daß er Sie nicht findet.« Die letzte, die sich zu Wort meldete, war eine mütterlich aussehende Frau mittleren Alters mit sich lichtendem braunem Haar und einem gehetzten Blick. Ihr Hosenanzug aus Polyester hatte zu kurze Beine und war am Hintern ausgebeult. »Ich kam aus Owen Sound hierher. Um vor meinem Mann George zu fliehen. Ich bin Henny. Henny Clamp. Ich hätte flüchten sollen, als ich noch so jung war wie Sie. Ich hätte einfach aufstehen und gehen sollen. Aber ich hatte zu viel Angst, und so blieb ich. In der Hoffnung, daß es besser werden würde, aber es wurde nicht besser. Es wurde nur noch schlimmer. So war das. Es fängt langsam an. Aber es wird immer schlimmer. Sie sollten lieber ganz schnell etwas tun.«

»Darum sind wir hier«, sagte Sylvia, um ein Gefühl von Ordnung zu schaffen. »Sie brauchen alle Hilfe. Manche dringender als andere. Wer von Ihnen war schon bei der Polizei?«

Nur wenige Hände hoben sich, und die Reaktion spiegelte ganz deutlich die Angst der Frauen wider, daß die Maßnahmen der Polizei nicht ausreichen würden, um sie zu schützen. Britt Curtis sprach aus, was die anderen dachten: »Sophie Roberts war bei der Polizei.«

»Wer von Ihnen kennt den Menschen, vor dem Sie Angst haben?« fuhr Sylvia fort.

Alle kannten ihn, außer Eili Pakkonen, die Verkäuferin, die von einem Fremden verfolgt wurde.

»Und wer von Ihnen versteckt sich gerade? Und versucht, sich ein neues Leben aufzubauen?«

Drei Hände erhoben sich: Henny Clamp, Rosemary Jones und Dodie Potts waren zu Hause ausgezogen. Dodie räumte ein, ihre Familie interessiere sich wahrscheinlich viel zuwenig für sie, als daß man nach ihr suchen würde. Bisher habe es niemand versucht, was natürlich keine Garantie für die Zukunft sei, aber Angst habe sie nicht. Sie war gekommen, weil sie das Gefühl hatte, es ihrer toten Schwester zu schulden. Es war eine Wiedergutmachung an den Toten, wenn schon nicht an den Lebenden.

»Und wer von Ihnen«, fragte Sylvia, »lebt noch in einer gewalttätigen Beziehung?«

Kim Foley, die Schülerin mit dem eifersüchtigen Freund. Sable Smythe (mit Y), das Model mit dem rabiaten Agenten. Und Britt Curtis, die wohlhabende verheiratete Frau, die ihren Mann nach fünfzehn Jahren wegen einer anderen Frau verlassen wollte.
Sylvia notierte die letzten drei Namen, dann sagte sie: »Sie alle brauchen Unterstützung. Manche von Ihnen haben schon in der Vergangenheit um Hilfe gebeten, ohne sie zu bekommen. Ehrlich gesagt, weiß ich nicht, ob es irgendwelche Hilfe gibt, außer wenn wir es schaffen, uns gegenseitig zu helfen. Die Belästigung ist ein Problem, das immer schlimmer wird. Eine Menge Leute reden darüber, aber bisher war noch niemand in der Lage, sie zu verhindern.«
Harriet fuhr fort, wo Sylvia aufhörte. »Der Grund, warum bisher nichts richtig funktioniert hat, liegt wahrscheinlich darin, daß wir das Problem den Experten überlassen haben. Das heißt den Leuten, die wir Experten nennen. Wenn sich etwas ändern soll, dann kann das nur von der Basis aus erreicht werden. Durch Leute, die wie Sie die wahren Experten sind. Wir – Sylvia, Leslie und ich – sind der Meinung, daß nur die, die selbst betroffen sind, wissen, wie es wirklich ist. Niemand weiß, was man dagegen tun kann. Es gibt keine Richtlinien. Keine Bücher oder Lehrgänge. Es gibt nur uns. Es ist ein Pilotprojekt, wenn Sie so wollen. Und wenn uns eine wirksame Maßnahme einfällt, dann wird sie vielleicht anderen als Vorbild dienen.«
»In der Zwischenzeit«, faßte Sylvia zusammen, »möchten wir, daß Sie nach Hause gehen und über das, was Sie heute abend gehört haben, nachdenken und ein paar Vorschläge aufschreiben: Wie können wir uns wehren? Welche Maßnahmen können wir ergreifen? Wenn wir jetzt nichts unternehmen, bekommen wir die Sache vielleicht nie in den Griff.«
»Was wir brauchen, sind ein paar gute, praktische Ideen. Keine Arbeitsgruppen oder Papiere. In Kanada wird so viel Zeit mit Untersuchungen darüber verbracht, was man tun könnte, daß nie etwas getan wird.«
»Ich würde gern vorschlagen ...«, meldete Harriet sich wieder, »... daß wir uns nächstes Wochenende bei uns in Caledon treffen.

Vielleicht am Sonntagnachmittag? Dann werden wir uns näher kennenlernen. Unsere Notizen vergleichen. Mit denen, die etwas bleiben können, grillen. Wir können es die erste Versammlung der Elf vom Pit Stop nennen. Schreiben Sie Ihre Namen und Telefonnummern auf, damit wir in Verbindung bleiben können.«
»Aber bevor wir aufbrechen, sollten wir unsere erste Aufgabe festlegen.« Sylvia sah sich mit ihren kühlen grauen Augen um. »Wir sollten uns entscheiden, wer von Ihnen als erste drankommt. Wer braucht am dringendsten Hilfe?«
Kim Foley sah Pollywog an und sagte: »Sable.«
»Mrs. Curtis«, sagte Rosemary Jones, die aus eigener schrecklicher Erfahrung wußte, wie es ist, mit einer Zeitbombe zu leben.
Britt Curtis schüttelte den Kopf. »Mir passiert nichts, solange ich stillhalte. Ich denke, wir sollten uns um Kim kümmern. Sie läuft jeden Tag, wenn sie zur Schule geht, Gefahr, geschlagen zu werden. Wenn ihr oder ihrer Familie etwas passiert, was wir hätten verhindern können, werden wir uns das nie verzeihen.«
Die Entscheidung fiel einstimmig. Vielleicht weil sie die Jüngste war – vielleicht weil ihre Sorge um die Eltern und die Schwester etwas Rührendes an sich hatte –, alle waren einer Meinung.
Sylvia nickte zustimmend. Als sie zum Aufbruch bereit waren, bat sie um zwei Freiwillige, die am nächsten Tag mittags Zeit hätten, sich um Kim und ihren unerwünschten Verfolger zu kümmern.
»Ich weiß, was ich mit diesem kleinen Idioten gern machen würde.« Dodie Potts drückte den Daumen auf den Tisch und drehte ihn um. »Verlassen Sie sich auf mich. Ich habe jede Menge Zeit.«
Beunruhigt über die eindeutige Botschaft dieser Daumenbewegung sagte Harriet: »Egal was Sie tun, es muß sich innerhalb des Gesetzes bewegen.« Als Anwältin war sie dafür verantwortlich, für Recht und Ordnung zu sorgen.
»Das stimmt«, sagte Britt bitter. »Wir dürfen nichts Ungesetzliches tun. Diese verdammten Verbrecher können tun, was sie wollen, aber die anderen sollen sich besser fügen.« Sie kritzelte

Namen und Telefonnummer auf einen Schmierzettel und reichte ihn Sylvia. »Auch ich habe viel freie Zeit. Ich würde Ihnen gern helfen.«

Dann wurden Telefonnummern ausgetauscht. Sable hob Pollywog hoch und stopfte sie wieder in die Reisetasche. Leslie und Harriet boten Mitfahrgelegenheiten für diejenigen an, die kein Auto hatten.

Als sie zum Parkplatz gingen, sagte Sylvia: »Ich finde, das war heute ein guter Anfang, meinen Sie nicht?«

Leise, damit niemand anderes sie hören konnte, sagte Leslie zu Harriet: »Manchmal macht mich diese Frau nervös. Hast du den Blick in ihren Augen gesehen, als sie um Freiwillige gebeten hat?«

»Ach du, mein kleines Sorgenbündel.« Harriet legte den Arm um Leslie und zog sie an sich. »Ich bin sicher, daß Sylvia Jenning die Gesetze genausogut kennt wie ich. Sie wird schon keinen Unsinn machen.«

Das hoffe ich doch, dachte Leslie. Trotzdem ging es ihr auf dem ganzen Heimweg nicht aus dem Sinn, wie seltsam Dodies kühle graue Augen gefunkelt hatten, als sie mit dem Daumen die unsichtbare Laus zerdrückte.

An diesen Blick würde sie sich in den kommenden Monaten noch häufiger erinnern. Genauso wie an Henny Clamps prophetische Bemerkung, die in einem traurig resignierenden Ton gesagt hatte: »Ich habe ein ganz, ganz böses Gefühl. Ich glaube, eine von uns wird sterben.«

Niemand wollte ihr glauben. Doch die meisten Anwesenden ahnten es.

9

Eili Pakkonen

Von allen Wochentagen mochte Eili Pakkonen den Samstag am wenigsten. Aber dieser Samstag war anders. Statt acht Stunden in der Haushaltswarenabteilung von Eaton's Innenstadtfiliale zu verbringen, hatte sie den ganzen Tag frei. Dieser Urlaubstag stand ihr nach dem wechselnden Schichtplan des Kaufhauses alle sechs Wochen zu. Ihr letzter freier Samstag war langweilig, verregnet und trübsinnig gewesen. Doch dieser fing gut an – es war warm, sonnig, und laut Wettervorhersage würde der Sonntag genauso schön werden. Das war ein gutes Vorzeichen für das Treffen bei Harriet Croft. Als sie anrief, um zuzusagen, falls sie eine Mitfahrgelegenheit bekäme, wurde sie aufgefordert, einen Badeanzug mitzubringen. Wenn das Wetter gut war, warum nicht?

Während sie duschte, ging sie noch einmal die Liste der Dinge durch, die ihre Mutter beim nächsten Besuch mitgebracht haben wollte. Ein Paar Turnschuhe für den Garten – die billigen, die nicht tonnenschwer an den Füßen wogen. Baumwollunterwäsche mit weiten Beinen – die mit dem Gummiband quetschten ihre Blutzirkulation ab. Toilettenpapier – achte darauf, daß es einlagig ist, sonst verstopft es die Sickergrube. Und etwas Gemüsesamen für den kleinen Salatgarten, den sie direkt am Haus unter dem Küchenfenster angelegt hatte.

Keine lange Liste, und trotzdem hatte sich Eili seit Tagen Sorgen darum gemacht. Egal wie sehr sie sich auch bemühte, immer machte sie etwas falsch. Das letzte Mal war es die Handlotion gewesen. Statt des teuren feuchtigkeitshaltigen Markenprodukts, das Eili aussuchte, wollte ihre Mutter ein Sonderangebot, das auf der Haut zu einer klebrigen Masse wurde. Es war ihr vage bewußt, daß diese ständige Suche nach Fehlern eine Form von ferngesteuerter Kontrolle war. Eine Art Versuch, die Tochter, die jetzt allein lebte, an sich zu binden. Das Wissen, daß ihre Mutter einsam war, machte Eili traurig und bereitete ihr Schuldgefühle,

und darum fand sie sich mit der Nörgelei ab und bemühte sich ganz besonders, ihr einen Gefallen zu tun.
Als sie sich abtrocknete, vermied sie es, sich in dem riesigen Spiegel über dem Waschbecken anzusehen. Sie haßte Spiegel. Haßte das hellhäutige Selbstbildnis, das sich darin spiegelte. Dieses blutarme Wesen. So sah sie sich jedenfalls. Und dazu kam noch ihre Größe. Nie vergaß ihre Mutter, ein paar Zentimeter kleiner als sie, zu erwähnen, daß sie viel zu groß war. Um die Natur zu überlisten, ging sie stets leicht gebeugt und trug nur flache Schuhe. Und weil ihre Mutter kein Make-up mochte, legte sie höchstens etwas Lippenstift auf. Kein Wunder also, daß sie ihre Haut, um die andere sie beneideten, für blaß und farblos hielt. Und das war erst der Anfang. Ihre Brüste waren zu flach, ihre Taille zu eng und die Hüften zu schmal für die Kinder, die sie eines Tages gebären sollte.
Wenn sie sich im Spiegel betrachtete, sah sie sich mit den Augen ihrer Mutter, und dieser Anblick war alles andere als erfreulich.
Eili Pakkonen war das einzige Kind eines finnischen Ehepaares, das spät geheiratet hatte und früh in Rente gegangen war. Ihr Vater hatte sein ganzes Leben lang auf der Familienfarm gelebt – mit zehn Morgen widerspenstigem Land voller Felsen und Gestrüpp, die für das Lebensnotwendige, aber für keinerlei Luxus sorgten. Als Karl Pakkonen alt genug war, ging er in der Kupferhütte arbeiten, die sich auf der anderen Seite des Sees befand. Dann, als seine Mutter starb, heiratete er Helvi Maki, die älteste Tochter einer Bauernfamilie von nebenan. Es war für beide eine Vernunftehe, durch die die Pakkonens zu einer Haushälterin und Helvi zu einem eigenen Haushalt kamen. Als sein Vater starb, kündigte Karl seinen Job und übernahm die Farm.
Die Familie Pakkonen hatte eine Frau gebraucht, und die Familie Maki wollte um eine Person erleichtert werden. Weder die Braut noch der Bräutigam erwarteten viel, und mehr bekamen sie auch nicht. Im Laufe der Jahre lernten sie, einander zu akzeptieren, aber das einzige wahre Gefühl, das dieses Haus erlebte, war Karls Liebe für Eili, und selbst die wurde nur selten offenbar.

Man trägt seine Gefühle nicht vor sich her, sagte Helvi. Private Empfindungen seien keine öffentliche Angelegenheit. Das Ergebnis war, daß Eili den Menschen selten zeigte, was sie dachte.
Bekleidet mit einem Jeans-Wickelrock und einer kurzärmeligen Baumwollbluse bereitete sie das Frühstück vor. Eine Schüssel Müsli und eine Scheibe Vollkorntoast. Wieder dachte sie an ihre Mutter. Die meisten arbeitssparenden Erfindungen, die für die streßgeplagten Frauen aus der Stadt eine Wohltat waren, gefielen Helvi nicht. Als Eili damals in die Stadt zog, hatte sie eine Reihe von Geräten besorgt, die ihrer Meinung nach das Leben auf dem Lande erleichtert hätten. Aber ihre Mutter wollte nichts davon wissen. Eili hatte den Verdacht, daß Helvi Freizeit eher als Belastung empfand, denn Hobbys oder Freude an Büchern waren für ihre Mutter Fremdwörter. Diese Interesselosigkeit und ihr beinahe märtyrerhaftes Bedürfnis, sich das Leben schwerzumachen, hatten Eili entmutigt, so daß sie jetzt nur noch das kaufte, was von ihr verlangt wurde. Die Nörgeleien wurden dadurch natürlich nicht weniger, und Eili war machtlos dagegen. Aber diesmal war sie fest entschlossen, sich die Freude auf diesen Tag und die Nacht zu Hause nicht verderben zu lassen.
Beim Essen schmiedete sie Pläne für den Tag und dachte an den Spaziergang über die Felder mit Teksi, dem alten Hofhund, der ihr bester und einziger Freund gewesen war, als sie dort noch wohnte. Auch auf die Gesellschaft ihres Vaters, der ihr, ohne jemals etwas zu sagen, immer das Gefühl gab, ein wertvolles menschliches Wesen zu sein, freute sie sich schon. Sogar die Aussicht, wieder in ihrem alten Zimmer zu schlafen – dem sie damals so unbedingt entkommen wollte, gefiel ihr. Vielleicht würde sie die alte Mrs. Martinen besuchen, die allein in dem vom Wetter gezeichneten Haus am Ende der Straße lebte. Die Schulkinder machten immer einen großen Bogen darum, weil es hieß, daß es dort spuke und die Frau, die darin wohne, eine Hexe sei.
Mrs. Martinen! In der Küche der alten Frau zu sitzen, Kekse zu essen und ihren Geschichten von früher zu lauschen war das Mutigste, was die kleine Eili jemals getan hatte. Selbst heute

wußte sie noch nicht, woher sie die Kühnheit genommen hatte, den langen, holprigen Weg hinunterzugehen, an die splittrige Holztür zu klopfen und nicht wegzulaufen, als sie sich knarrend öffnete und das faltige Gesicht sie mit erstauntem Stirnrunzeln anschaute. Im Laufe der Zeit waren die alte Frau und das schüchterne junge Mädchen Freundinnen geworden, und ihre Freundschaft nährte sich aus ihrer Einsamkeit und ihrer gemeinsamen Not.

Die Einsamkeit. Ihr ganzes Leben lang war sie einsam gewesen. Selbst jetzt, da sie in einem großen Kaufhaus umgeben von Verkäuferinnen und Kunden arbeitete, mit Dutzenden von anderen Mietern in einem Apartmenthaus wohnte und von Menschenmassen eingequetscht in der U-Bahn fuhr, war sie einsam. In gewisser Hinsicht war es ihre eigene Schuld. Sie hätte auch beliebt sein können. Genauso beliebt wie jede andere Kollegin. Aber sie hatte die Neigung, in Gesellschaft zu einem Eisblock zu erstarren und das Gefühl zu bekommen, daß niemand hören wollte, was sie zu sagen hatte. Und da sie nicht trank, interessierte sie sich auch nicht für Kneipenbesuche nach der Arbeit. Um so besser. Denn allein der Gedanke, nach Einbruch der Dunkelheit mit der U-Bahn zu fahren, jagte ihr schon einen Schauer über den Rücken.

Wenn es Roger nicht gäbe, weiß Gott, was sie dann täte.

Roger Hilley war ihr einziger gesellschaftlicher Kontakt, und, du lieber Himmel, wenn sie sich nicht beeilte, würde er kommen, bevor sie fertig war, und das bedeutete, ihn in die Wohnung bitten zu müssen, und dann würden ihre neugierigen Nachbarn sicher von ihr wissen wollen, was ein Mann zu dieser frühen Stunde in ihrer Wohnung tat und ob er vielleicht die ganze Nacht geblieben war. Hastig wusch sie das Frühstücksgeschirr ab – die Tochter von Helvi Pakkonen spülte natürlich nicht unter laufendem Wasser – und stellte ihre Reisetasche und Einkaufstüten neben die Tür.

Normalerweise kam ihr Vater sie abholen. Aber Roger war ein junger Einkäufer und arbeitete darum zu Büro- statt zu Ladenöffnungszeiten und hatte sie bedrängt, sich von ihm fahren zu lassen. »Dann habe ich mal die Gelegenheit, aus der Stadt rauszukommen«, hatte er gesagt. »Und findest du nicht auch, es wird Zeit, daß ich deine Eltern kennenlerne?«

Sie hätte diese Bemerkung vielleicht sogar ernst genommen, wenn er dabei nicht spöttisch die Lippen verzogen und einen neckenden Ton angeschlagen hätte. Seit einem Jahr gingen sie nun zusammen aus, und im Laufe der Zeit hatte sie festgestellt, daß Roger nicht nur gern spottete, sondern auch gern flirtete. Er war die männliche Version eines Mädchens, das mehr anbot, als es hergab. Sie nahm es ihm nicht einmal übel. Roger Hilley war attraktiv genug, um jedes Mädchen im Laden haben zu können. Manche Mädchen waren genauso hübsch, wie er attraktiv war. Warum er sich für Eili Pakkonen, das Mädchen vom Lande, entschieden hatte, war ein Rätsel. Er hatte ihr einmal erzählt, daß sie beide ein sehr gutaussehendes Paar seien, und sie hätte ihm am liebsten gesagt, daß er sich nicht über sie lustig machen solle, aber statt dessen war sie zu einer Eissäule erstarrt und hatte nichts erwidert. Und so war es immer gewesen. Sie schwieg, und Roger redete. Über sich selbst. Daß er bei dem alten Lieferanten, der versucht hatte, ihn reinzulegen, den besten Deal seines Lebens gemacht habe. Daß er das Gerücht gehört habe, die Firma habe große Pläne mit ihm. Daß er eines Tages vielleicht sogar eine eigene Filiale bekäme. Manchmal ließ sie ihn einfach reden und hing ihren eigenen Gedanken nach.

Die Sprechanlage summte, und sie antwortete sofort. Sie komme sofort runter, nein, sie brauche keine Hilfe beim Tragen, ja, sie sei fertig und warte schon. »Aber gerade erst«, fügte sie schnell hinzu, um nicht jammernd und undankbar zu klingen.

Er wartete in der Lobby und plauderte mit der lebhaften Brünetten, die einen Stock tiefer wohnte. Sie stand schon fast neben ihnen, bevor er sie bemerkte, und dann sagte er, er wäre schon früher gekommen, wenn er gewußt hätte, daß sie so eine attraktive Nachbarin habe. Die Brünette warf ihr einen selbstgefälligen Blick zu, und Eili verkroch sich innerlich, denn sie wußte, die Frau würde sie für eifersüchtig halten, und am liebsten hätte sie gesagt, daß sie nur Freunde seien und es nichts zwischen ihnen

gebe. Und das war so. Abgesehen von einem kleinen Gutenachtkuß am Ende der wenigen Abende, die sie ausgegangen waren, verhielten sie sich eher wie Geschwister als wie Geliebte.
Als er ihr die Tür aufhielt, wanderte sein Blick an ihr hinauf, hinunter und wieder hinauf. »Du siehst ... äh ... sehr hübsch aus.«
Sein Zögern sprach Bände. Sie trat an ihm vorbei in den Sonnenschein. »Aber?« fragte sie.
»Ich dachte, ich würde endlich mal die Gelegenheit bekommen, dich in etwas ... äh ... etwas Bequemerem zu sehen. In etwas ... nun ... Salopperem. So wie man auf dem Land eben rumläuft. Du weißt schon.«
»Du meinst in Hosen?« Er trug enge Jeans und ein weißes T-Shirt, auf dem stand: Ich bin so, wie ich bin. »Meine Mutter mag keine Frauen in Hosen. Sie sagt, wir hätten nicht die richtige Figur.«
Roger grinste und hob eine Braue. »Ach ja? Du willst mich wohl veralbern. Deine Figur ist phantastisch.«
Ihr Gesicht wurde blutrot. Das meinte er natürlich nicht ernst, aber sie wurde trotzdem ganz verlegen. Hastig ging sie ihm voraus und ...
Da war er. Saß in einer alten grauen Limousine auf der anderen Straßenseite. Kurzes braunes Haar. Fast schwarze Sonnenbrille. Saß reglos hinter dem Lenkrad. Der Mann, der wie ein Totengeist immer wieder auftauchte. Er beobachtete die Tür und saß so still, daß er fast wie eine dieser Puppen aussah, die manche Frauen im Auto mit sich führten, um den Eindruck zu erwecken, daß sie nicht allein seien.
Mit klopfendem Herzen wich sie einen Schritt zurück und trat auf Rogers Fuß. »Ddddiiiesser Mmmaann«, stammelte sie. »Er ... er verfolgt ... mich.«
Roger schob sie wieder zur Tür hinaus, blickte über die Straße und sagte scharf: »Er sitzt einfach nur da. Warum, um alles in der Welt, soll er dich verfolgen?«
Sie konnte ihm nicht vorwerfen, daß er so skeptisch war. Warum sollte ein absoluter Fremder sie auch verfolgen? Trotzdem ...

Es war das dritte Mal in dieser Woche, daß sie dieses graue Auto draußen stehen sah. Wartend. Es war lächerlich, bei einem Haufen Blech das Gefühl zu haben, als sei es wie gespannt. Bereit zum Sprung. Wie eine Katze, die auf eine Maus wartet, und sie hatte die schreckliche, intensive Ahnung, daß sie die Maus und alles nur eine Frage der Zeit war. Sie hatte im Pit Stop von ihm erzählt und ihn dann fast vergessen, weil sie ihn eine Weile nicht gesehen hatte.
»Du bildest dir etwas ein«, sagte Roger, als sie nicht weitergehen wollte. »Er wartet wahrscheinlich auf einen Freund.«
Und was tat er, als ich ihn das erste Mal sah, hätte sie ihn gern gefragt. Als er mich über das Regal mit den Taschenbüchern am Ende des Ladentisches hinweg anstarrte? Und was war ein paar Tage später, als er in der Nähe des U-Bahn-Eingangs parkte? Und an dem Tag danach, als sie ihn am Ende ihrer Straße neben Mac's Milchladen in der Nähe der Bushaltestelle bemerkte? Was wollte er an den Tagen, hätte sie am liebsten gefragt, tat es aber natürlich nicht. Und warum glaubst du mir nicht, während eine Gruppe von Frauen, die ich gerade erst kennengelernt habe, mir vertraut hat?
Roger nahm ihren Arm und schob sie zu seinem Wagen, und sobald sie saß, rutschte sie etwas tiefer und versuchte sich einzureden, daß der Mann, der dort lauerte, sie in ihrer Alltagskleidung nicht erkannt habe. Oder vielleicht war es sogar gut, wenn er sie erkannt hatte. Denn dann mußte er auch Roger gesehen haben. Jetzt wußte er, daß es einen Mann in ihrem Leben gab. Vielleicht schreckte ihn das ab.
Aber tief in ihrem Innern war sie ganz sicher, daß er sie gesehen hatte. Irgendwie spürte sie, er war nicht der Typ, der sich von Männern wie Roger irritieren ließ. Und sie wußte noch etwas.
Andere Mädchen wurden vielleicht von heimlichen Verehrern verfolgt, aber wer würde jemanden wie sie schon interessant genug finden, um hinter ihr herzusein? In einer Stadt, die voll von gutaussehenden Frauen war, würdigte man eine Null wie Eili Pakkonen keines zweiten Blickes. Wie Roger da hineinpaßte? Nun, bei seinem Aussehen und Charme interessierte er sich

hauptsächlich für sich selbst, das wußte sie. Und da sie gut zuhören konnte, ihm nie widersprach und kleine Aufgaben für ihn erledigte, wenn er sie darum bat, war sie kaum mehr als sein verlängerter Arm. Er ging zwar mit anderen Frauen aus, kam aber immer wieder zu ihr zurück.

Roger war Roger – ein junger Mann auf dem Weg nach oben, der die Bestätigung, die sie ihm so freigebig gab, brauchte. Aber der Mann in dem grauen Auto mit den tiefliegenden Augen und den schmalen Lippen – was wollte er?

Sie würden eine halbe Stunde brauchen, bis sie aus der Stadt raus waren, und weitere fünfundvierzig Minuten auf der Landstraße. Zumindest dauerte es bei ihrem Vater so lange. Doch Roger fuhr nicht gemächlich in einer vier Jahre alten Familienlimousine mit runderneuerten Reifen durch die Gegend. Er holte die Höchstgeschwindigkeit aus seinem wendigen Mazda-Sportwagen heraus, und sie brachten die Schnellstraße in Rekordzeit hinter sich.

Kurz vor der letzten Ausfahrt zur Farm machte er halt an Mrs. Aholas Raststätte. »Nur für den Fall, daß dein Daddy mich an der Haustür abweist«, scherzte er, obwohl er wußte, daß jeder halbwegs vernünftige Vater, der eine Tochter im heiratsfähigen Alter hatte, ihn mit offenen Armen willkommen heißen würde.

Er bestellte Kaffee und ein Stück von Mrs. Aholas hausgemachter Pastete und ging zur Toilette, während sie aufs Essen warteten. Eili starrte gedankenverloren aus dem Fenster und faltete die Papierserviette auf ihrem Tischset auseinander und wieder zusammen. Ein kleiner Vogel hüpfte am Rande des Asphalts entlang und pickte an einem dünnen Grasbüschel. Eine Wespe flog summend an den Fensterrahmen. Gelegentlich fuhr ein Lastwagen vorbei – mit Landbewohnern auf dem Weg zum Markt.

Mrs. Ahola brachte ihre Bestellung, erkundigte sich nach ihrer Mutter, wie es Eili gefiel, in der Stadt zu arbeiten, und stellte fest, wie nett es sei, daß sie ihren jungen Freund mit nach Hause bringe, damit er ihre Familie kennenlerne, und wahrscheinlich würde es nicht mehr lange dauern – dabei warf sie einen verstohlenen Blick auf Eilis Ringfinger –, bis sie ihre eigene Familie gründen würde.

Eli hörte nur mit halbem Ohr zu und hob ihre Kaffeetasse an den Mund. Doch dann hielt sie plötzlich mitten in der Bewegung erstarrt inne. War er das? Derselbe graue Wagen, der da vorbeikam, abbremste – wobei sich der Fahrer suchend umschaute –, dann beschleunigte und weiterfuhr? Konnte es sein, daß er ihnen den ganzen Weg hierher gefolgt war, an den einzigen Ort, wo sie sich immer sicher gefühlt hatte?

»Was ist los?« fragte Rogers Stimme aus der Ferne. »Du siehst aus, als hättest du einen Geist gesehen.«

»Nein«, sagte sie, »es ist nichts.« Sie hatte keinen Geist gesehen. Was sie gesehen hatte, war ein Phantom aus Fleisch und Blut, und eins wußte sie genau – sie war ihm nicht zum letzten Mal begegnet.

10

Sie kamen innerhalb einer halben Stunde mit vier verschiedenen Wagen an. Britt und Rosemary Jones im Geländewagen der Familie Curtis. Henny Clamp kam mit Sable und Pollywog in Sables kleinem Porsche. Eili Pakkonen kam mit Ginny und Kim Foley in Mrs. Foleys Buick Skylark. Und Sylvia und Dodie in Sylvias Mercedes.

Trotz der guten Wettervorhersage war der Morgen wolkig und von gelegentlichen Regenschauern durchzogen gewesen. Doch um zwei Uhr schien wieder die Sonne, und der Himmel war herrlich blau.

Leslie und Harriet kannten die Zwänge, unter denen die Frauen lebten, und hatten ihr Bestes getan, um eine fröhliche und entspannte Atmosphäre zu schaffen. Harriet hatte Salate und kleine Snacks vorbereitet, Leslie hatte den Swimmingpool gereinigt, Stapel von Handtüchern auf den Liegen verteilt und eine Bar im Freien aufgebaut. Sie hatten zwar ernste Themen zu besprechen,

aber das hieß ja nicht, daß sie nicht ein bißchen Spaß dabei haben konnten.
Pollywog kam als erste der Aufforderung nach, sich »wie zu Hause zu fühlen«. Befreit von der immer präsenten Reisetasche raste sie über den Rasen, so schnell ihre krummen Beine sie tragen konnten. Gemessen an dieser frenetischen Energie, sahen Dobe und Duchess zurückhaltend vom Rand aus zu.
»Wenn Sie wollen, kann ich sie anbinden«, sagte Sable entschuldigend. »Sie ist ganz aufgeregt, weil sie sonst nie die Gelegenheit hat, frei herumzulaufen.«
»Sie tut doch niemandem etwas.« Der Gedanke, daß der kleine Hund den größten Teil seines Lebens in einer Tasche eingesperrt war, tat Leslie richtig weh. »Passen Sie nur auf, daß sie nicht in den Swimmingpool fällt, denn da kommt sie nicht wieder heraus.«
»Ich bin froh, daß Sie vorgeschlagen haben, Badeanzüge mitzubringen.« Britt schlüpfte aus ihren Schuhen und streckte einen Zeh ins Wasser. »Es fühlt sich weich wie Samt an.« Dann: »Sie haben ein wunderschönes Haus. Wohnen Sie hier schon lange?«
»Ungefähr drei Jahre.«
»Und so lange kennen Sie auch Harriet?«
Leslie goß Eili und Kim eine Cola ein und stellte sie auf ein Tablett, bevor sie antwortete. »Wir haben uns ungefähr ein Jahr vorher kennengelernt. Ich war wegen Mordes angeklagt, und Harriet hat mich verteidigt.«
»Wegen Mordes?« Britt zuckte zusammen und trat einen Schritt zurück.
»Ich habe es nicht getan. Der Mann, der es war, wurde gefaßt und hat lebenslänglich bekommen.«
Britt dachte über diese Information nach und wußte nicht, wie sie reagieren sollte. Doch sie wurde von Harriet gerettet, die Henny und Rosemary im Schlepptau hatte. »Wir haben hier einige Nichtschwimmerinnen, die gern ins Wasser gehen würden, aber keinen Badeanzug dabei haben.« Harriet trug einen getigerten Bikini. Mit ihrer bronzefarbenen Haut, dem goldschim-

mernden Haar und ihren graziösen Bewegungen wirkte sie wie eine Dschungelkatze.

»Ich sehe mal nach.« Sie hatten Ersatzbadeanzüge für solche Notfälle. »Wenn nicht, geht das ja auch in Unterwäsche oder nackt. Wir sind hier absolut unter uns.«

»Nicht ganz«, widersprach Sylvia. »Als wir ankamen, bog gerade ein Wagen in die Straße, und ich hatte das Gefühl, als käme er hierher.«

Alle erstarrten. Da sie es gewohnt waren, sich umzuschauen, spürten die Frauen sofort die Angst der Verfolgten und die eisige Gegenwart des Todes. Es war Eili, die das Schweigen brach und mit leiser, angespannter Stimme fragte: »War es ein grauer Wagen? Trug der Mann eine dunkle Sonnenbrille?«

»Ja. Ist das der Mann, der Sie verfolgt?«

»Ich glaube, ja. Es klingt ganz nach ihm.«

Leslie stellte die Frage, die allen auf den Lippen lag. »Wie konnte er Sie hier finden?«

»Ich weiß nicht. Aber er schafft es immer. Ständig. Er sitzt da und wartet. Und verfolgt mich. Er weiß es einfach.«

»Haben Sie einen Fotoapparat?«

Sylvias Frage war an Harriet gerichtet, aber Leslie antwortete: »Harriet hat eine Leica und eine Polaroidkamera. Ich habe eine Videokamera. Sie haben die Wahl.«

»Perfekt. Ich brauche Sie, um die Videokamera zu bedienen. Und jemanden für die Leica. Wie steht's mit Ihnen, Dodie?«

Als die drei zu Sylvias Wagen gingen, sagte Eili besorgt: »Und wenn etwas passiert? Vielleicht sollten wir lieber die Polizei rufen.«

»Und was sollen wir sagen? An der Ecke sitzt ein Mann im Wagen? Vielleicht ist es ein Vogelfreund, der seinem Hobby nachgeht.« Dodie klopfte Eili beruhigend auf die Schulter, dann beeilte sie sich, um die anderen beiden einzuholen.

»Vielleicht ist er schon wieder weg«, sagte Leslie, als der Wagen leise summend anfuhr.

»Das bezweifle ich. Vielleicht hat er den Wagen woanders geparkt, aber ich glaube nicht, daß er weit weg ist.« Von nun an herrschte Totenstille. Sylvia war angespannt wie eine Feder, die bis aufs Äußerste angezogen ist. Sie bremste, als sie sich dem Ende der langen Auffahrt näherten, und fluchte leise. Der Wagen war nicht mehr da. Sie schaute in beide Richtungen. Entdeckte ihn links am Ende der Straße, auf einem verwilderten Weg hinter einem großen Busch versteckt.

»Was ist, wenn das nicht der richtige Mann ist?« Leslie war anscheinend die einzige, die sich darum Sorgen machte.

»Wer immer er ist, irgend etwas hat er sich bestimmt zuschulden kommen lassen.« Sylvia warf Dodie einen verschwörerischen Blick zu und sagte: »Trifft das nicht auf uns alle zu?« Dann fuhr sie direkt vor den grauen Wagen und verstellte ihm den Weg.

Sie stellte die Leica ein und reichte sie Dodie, bevor sie mit geschmeidigen Bewegungen zu dem Wagen ging. Sie lächelte – ein eisiges Lächeln, das Dodie schon einmal gesehen hatte. Es erinnerte sie an ein Durcheinander von Eindrücken und Geräuschen: das plötzliche, in der Dunkelheit aufblitzende Licht, den dumpfen Aufprall von Holz auf Knochen, einen heulenden Schrei.

Der Mann am Steuer blieb ausdruckslos sitzen wie ein Götzenbild. Auf ein Zeichen von Sylvia hin ließ Dodie die Kamera laufen.

»Hi.« Sylvia lehnte sich nur wenige Zentimeter von seinem Gesicht entfernt an die Fahrertür. »Sie stehen hier schon eine ganze Weile herum. Können wir Ihnen irgendwie helfen?«

Ohne zu antworten, versuchte der Mann, die Tür zu öffnen. Sylvia ließ sich nicht von der Stelle bewegen, sondern streckte die Hand aus, nahm ihm ganz ruhig die Sonnenbrille ab und enthüllte ein Paar blaßblauer Augen, die in einem Meer von Weiß schwammen. Sie erinnerte sich, daß jemand solche Augen einmal die Augen des Todes genannt hatte. Die Augenbrauen waren dunkel und struppig und bildeten eine fast durchgehende Linie über dem Nasenrücken. Die Sonnenbrille gereichte ihm eindeutig zum Vorteil.

»He, junge Frau, was denken Sie eigentlich, wer Sie sind?« Seine Stimme war genauso unangenehm wie sein entblößtes Gesicht.

Er griff nach der Brille und knurrte: »Was wollt ihr Weibsbilder überhaupt?«
»Wir sind drei gute Samariterinnen, die Ihnen etwas Gutes antun wollen. Wohnen Sie in dieser Gegend?«
»Das geht Sie gar nichts an.« Er war jetzt aus dem Wagen gestiegen, sein Gesicht war bleich, und er kämpfte um Selbstkontrolle.
»Doch, das geht uns etwas an.« Sie betonte jedes S mit einem leisen Zischlaut. Dann drehte sie sich zu Leslie und Dodie um, die die ganze Zeit Fotos gemacht hatten. »Okay, Mädels. Steigt ein.« Sie gab ihm die Brille zurück. »In dieser Gegend treibt sich ein Voyeur herum, und wir wurden gebeten, alles Verdächtige zu melden. Wir sind sozusagen die Nachbarschaftshilfe.«
Er trat einen Schritt auf sie zu. Änderte seine Meinung und stieg wieder in die Limousine. Ließ den Motor an und sagte zähneknirschend: »Wenn Sie keine Schramme auf Ihrem dicken Auto haben wollen, setzen Sie sich lieber in Bewegung.«
»Ja, natürlich.« Sylvia lächelte freundlich. Stieg in den Wagen und fuhr die Straße hinunter.
»Fahren wir nicht zum Haus zurück?«
»Doch, gleich. Ich hoffe, Sie haben noch Filmmaterial.« Sie fuhr mitten auf der Fahrbahn und behielt den Rückspiegel im Auge. Als der graue Wagen auf die Straße bog und in dieselbe Richtung fuhr, beschleunigte sie. »Legen Sie die Sicherheitsgurte an und stellen Sie die Füße flach auf den Boden.«
Der Wagen kam jetzt mit großer Geschwindigkeit hinter ihnen her. Sylvia blieb in der Straßenmitte. Bei dem Versuch, sie zu überholen, fuhr die Limousine auf den Seitenstreifen. Abrupt riß Sylvia den Mercedes zurück auf die rechte Spur, machte eine Vollbremsung und stemmte sich gegen den laut krachenden, metallenen Aufprall.
»Machen Sie Fotos. So viele Sie können.« Alle drei flitzten hinaus und trafen ihn auf halbem Weg. Er schäumte vor Wut. Sowohl der vordere Kotflügel der Limousine als auch der hintere des Mercedes' waren zerschrammt und eingebeult. Sylvia untersuchte den Schaden, während die Leica klickte und die Videoka-

mera surrte. »Oh, du meine Güte, das war aber unvorsichtig von Ihnen. Das müssen wir melden.«
»Es melden? Frauen am Steuer, verdammt noch mal! Das war Ihre Schuld!«
»Aber Sie haben mich doch angefahren«, antwortete Sylvia zukkersüß. »Von hinten. Wie kann das meine Schuld gewesen sein? Wollen Sie mir Ihre Versicherung nennen? Oder sollen wir die Polizei rufen? Ich habe ein Telefon im Wagen.«
»Tun Sie doch, was Sie wollen, junge Frau. Rufen Sie die Polizei. Wenn Sie glauben, daß es mehr als ein Bagatellschaden ist, lassen Sie sich nicht aufhalten. Aber bitte.«
Ein Bagatellschaden. Das waren alle Schäden bis zu einer Höhe von siebenhundertfünfzig oder tausend Dollar. Alles, was darunter lag, regelte man selbst. »Richtig, aber meine Freundin hat sich den Nacken verrenkt«, sie deutete auf Dodie, »und kann sich kaum bewegen.«
Dodie, die eben noch eifrig Fotos gemacht hatte, hielt sofort inne und begann zu stöhnen. Der Mann starrte sie ungläubig an. »Sie verdammten Lügnerinnen. Sie hat doch gar nichts.«
»Das lassen wir vor Gericht entscheiden. Ich rufe jetzt besser meinen Anwalt an.«
»Ich warte hier doch nicht auf Ihren Anwalt«, spuckte er vor Zorn. »Sie haben doch nur Stroh im Kopf.«
»Wie Sie wollen. Wir haben Ihre Autonummer. Wir können es jetzt oder später erledigen. Sie haben die Wahl.«
Fluchend umkreiste er die Autos und wägte die Möglichkeiten ab. Als er schließlich einsah, daß Sylvia nicht nachgeben würde, zog er wütend die Brieftasche heraus und reichte ihr seine rosa Versicherungskarte. Und da stand es: Arnie Paul. 3740 Indian Road, Toronto. »Sind Sie jetzt zufrieden?«
Mehr als zufrieden. Sie wußten, wer er war. Wo er wohnte. Wie er aussah. Der geheimnisvolle Mann war kein Geheimnis mehr.
»Sollen wir Ihnen einen Abschleppwagen rufen?«
»Gehen Sie doch hin, wo der Pfeffer wächst!« fluchte er mit zusammengebissenen Zähnen und einer eisigen Kälte, die bedrohlicher war als offener Zorn.

»Wenn Sie keine Hilfe brauchen!« Winkend, als wolle sie sich von einem Freund verabschieden, stieg Sylvia in ihren Wagen und ließ den Motor an. »Wir bleiben in Verbindung. Verlassen Sie nicht die Stadt!«
»Wenn er das täte, wäre Eili aber sehr glücklich«, murrte Dodie, als sie wendeten und zurückfuhren.
»Ach, der wird schon verschwinden. Selbst wenn er es nicht tut, glaube ich nicht, daß er Eili noch mal belästigen wird.«
»Glauben Sie, er läßt sich durch einen zerbeulten Kotflügel abschrecken? Das bezweifle ich«, bemerkte Leslie vom Rücksitz und beugte sich vor. »Und ich glaube auch nicht, daß er Angst vor einer Klage hat. Er hat doch gesehen, daß Dodie nicht verletzt war.«
»Er weiß aber, daß wir ihn auf dem Kieker haben. Leute wie er sind wie eklige Würmer, die nur in der Dunkelheit gedeihen. Dreht man die Steine um, verkriechen sie sich. Sie verhalten sich anders als nahe Verwandte, denen es egal ist, wer über ihr Tun Bescheid weiß. Die wollen, daß ihre Opfer wissen, sie warten auf sie. Das gehört für sie zum Spiel. Du kannst mir nicht entkommen, versuche es also gar nicht erst! Aber bei Fremden ist das anders. Darum konnten Leute wie Ted Bundy und Clifford Olsens ihr Treiben jahrelang fortsetzen. Wenn es bei einem Menschen nicht klappt, machen sie bei einem anderen weiter.«
»Dann scheuchen wir ihn also nur von Eili zu einer anderen?« Es war deutlich, wie sehr das Dodie mißfiel. »Das ist doch nicht in Ordnung.«
»Es ist aber auch nicht schlecht. Seit es bei uns Zentralcomputer gibt, können seine Daten gespeichert werden, und wenn er wieder auftaucht, gibt es wenigstens schon Angaben, an die man sich halten kann.«
»Sie haben wirklich viel Ahnung von diesen Dingen.« Beruhigt betrachtete Dodie Sylvias Profil. »Haben Sie das von Ihrem Mann gelernt?«
Sie erreichten das Ende der Auffahrt, und Sylvia parkte neben Britts Geländewagen ein. »Von David?« Ihre Stimme klang trokken, und sie zeigte ein rätselhaftes Lächeln. »Ja, ich habe eine

ganze Menge von David gelernt. Mit ihm zusammenzuleben ist sehr lehrreich.«
Im Swimmingpool hörte man es planschen, und von der Terrasse erklang das Gemurmel von Stimmen. Harriet kam ihnen mit einer Selters für Sylvia und mit Dodies Cola entgegen. Eili folgte ihr dicht auf den Fersen und fragte aufgeregt: »Haben Sie ihn gesehen? War er es? Was ist passiert?«
»Das werden Sie uns erzählen müssen. Wir haben ihn auf Video.«
Als Leslie ins Haus ging, um das Videoband in den Recorder zu legen, begab sich Sylvia an den Rand des Swimmingpools und bat Harriet, ihr zu folgen. Außer Hörweite sagte sie: »Wir hatten einen kleinen Unfall. Er ist in uns reingefahren. Wir haben damit gedroht, ihn zu verklagen.«
»Einen Unfall? Oder war es absichtlich?«
»Was meinen Sie mit absichtlich?«
»Hat er Sie absichtlich angefahren?«
Sylvia entspannte sich. Ihre Lippen zuckten, und in ihren Augen funkelte ein schelmisches Lächeln. »Das glaube ich nicht. Er folgte uns nur mit zu wenig Abstand. Was ich sagen wollte, ich glaube nicht, daß er Eili noch einmal belästigen wird. Wir haben ihn identifiziert und auf Film festgehalten. Wenn er weitermacht, kann Eili ihn anzeigen und die Sache einem Richter überlassen.«
»Phantastisch«, sagte Britt, die gerade rechtzeitig kam, um die letzten Worte mitzubekommen. »Damit sind zwei Fälle erledigt. Ginny hat gerade erzählt, daß Kimmys Problem dank eines Überfalls mit einem Baseballschläger auch erledigt ist.«
»Wirklich?« fragte Sylvia, amüsiert über die Neuigkeit. »Was ist passiert?« Die Frage klang rhetorisch, als wüßte sie bereits Bescheid.
»Donnerstagabend nach dem Spiel, das übrigens mit seiner Hilfe gewonnen wurde, schlug ihn jemand nieder. Allem Anschein nach passierte es, als er in seiner Auffahrt aus dem Wagen stieg. Man nimmt an, daß es jemand aus dem gegnerischen Team war.«

In Sylvias Augen blitzte ein merkwürdiges, rauchgraues Licht. »Das hätte auch jeden anderen treffen können. Vielleicht wollte das Schicksal ihm damit etwas sagen.«
Harriet zuckte die Schultern. »Baseball wird allmählich genauso gefährlich wie Eiskunstlauf und Tennis.« Damit meinte sie die zunehmenden Angriffe durch Fans und Zuschauer außerhalb der Wettkämpfe. »Dann brauchen wir uns nicht mehr um ihn zu kümmern. Solange er an Krücken geht, wird er Mühe haben, das Haus der Foleys anzuzünden.«
»Haben wir sonst noch etwas verpaßt, was wir wissen sollten?«
»Wir haben gewartet, bis Sie zurückkommen.«
Henny und Rosemary standen am flachen Ende des Pools bis zur Taille im Wasser. Sable hockte auf dem Rasen und warf Pollywog einen Ball zu. Ginny und Kim hatten sich mit Eili und Britt über ihre Notizen unterhalten, bis Britt sich zu Sylvia und Harriet neben dem Pool gesellt hatte und Eili mit Leslie weggegangen war, um sich das Video anzusehen.
»Er war es«, rief Leslie, als sie und Eili auf die Terrasse zurückkehrten. »Es besteht kein Zweifel daran.« Eili, die blaß und mitgenommen aussah, nickte zustimmend.
»Nun, ich denke, Sie können ihn vergessen«, versicherte Sylvia ihr. »Er war ziemlich erschüttert.«
»Ich glaube, wir sollten jetzt anfangen.« Harriet klatschte in die Hände, um die Aufmerksamkeit auf sich zu lenken, und rief: »Es wird Zeit, meine Damen.« Genauso wurde in Bierhallen zur letzten Runde aufgerufen, bevor die nächtliche Sperrstunde begann.
»Gleich gehen alle nach Hause«, neckte Leslie sie. »Dieser Aufruf heißt nämlich, daß wir für heute schließen und alle ihr Bier austrinken und nach Hause gehen sollen.«
»Das wußte ich nicht.«
»Du hast ein sehr beschütztes Leben geführt. Wahrscheinlich warst du nie in einer Bierhalle, bevor du mich kennengelernt hast.«
»Das stimmt. Ich habe überhaupt nicht gelebt.« Harriet wartete,

bis sich alle auf der Terrasse versammelt hatten, und erklärte dann: »Seit unserer Versammlung im Pit Stop ist wieder eine Frau von ihrem Ex-Mann angegriffen worden. Außerdem wurde gefordert, daß das Verfahren gegen den Mann von Sandra Emile noch einmal aufgerollt wird.«

»Ist das der Mann, der seine Frau mit neunzehn Messerstichen getötet und dann gesagt hat, es sei Selbstverteidigung gewesen, woraufhin die Geschworenen ihn für unschuldig befanden?« Henny verschränkte schützend die Arme vor ihrer Brust.

»Richtig.« Sylvia spielte mit ihrem Glas, ließ die Eiswürfel klirren. »Sie verdiente den Lebensunterhalt, und als sie eines Tages von der Arbeit nach Hause kam, hatte er alle Möbel verkauft und war mit den Söhnen nach Griechenland verreist. Er war monatelang unterwegs und kam erst zurück, als sie versprach, ihn nicht anzuzeigen. Schließlich verließ sie ihn, und dann fing er erst richtig an, sie zu belästigen. Beobachtete ihr Haus. Rief sie Dutzende von Malen bei der Arbeit an. Schliff bei der Arbeit Messer und redete ständig davon, wie leicht sie in einen Körper eindringen könnten. Die Leute, mit denen er arbeitete, wußten, daß sich etwas zusammenbraute, aber niemand hat etwas unternommen.«

»An dem Urteil läßt sich nichts mehr ändern. Nicht, nachdem ein Geschworenengericht ihn für unschuldig erklärt hat.« Britt klang verbittert. »Ich weiß, daß ihre Familie gesagt hat, sie würden nie aufgeben, aber was können sie schon tun?«

»Ich glaube, sie hoffen auf eine Anhörung über den Prozeß an sich und wie er durchgeführt wurde.« Harriet, die sich über den Gerichtsbeschluß furchtbar aufgeregt hatte, wirkte erstaunlich gefaßt. »Ich werde es nie begreifen, warum diese Jury ihn ungestraft davonkommen ließ. Er wurde nicht einmal wegen Totschlag belangt.«

»Wegen Totschlag«, schimpfte Ginny erregt. »Elf Frauen und sechs Kinder sind in einem Monat allein in Montreal getötet worden. Alle von ihren Ex-Männern, Ehemännern oder Liebhabern. Die Hälfte aller Frauen in Kanada wird mißhandelt. Doch wenn sie ihre Männer verlassen wollen, heißt es Bingo. Das Spiel ist vorbei. Am Frauentag trug eine Demonstrantin ein Schild, auf dem stand, daß hier ein Krieg der Geschlechter herrsche. Dieses Ausmaß hat es wirklich schon angenommen.«

»Ist das nicht der Mann«, fragte Rosemary und drückte dabei mit ihrem Glas lauter Ringe in die Tischdecke, »der auch noch ihr Eigentum und die Kinder haben will?« Und an Harriet gewandt: »Das war allerdings in den Staaten. Könnte das hier auch passieren?«

»Ja. Er wurde freigesprochen. Das heißt, er ist nicht schuldig. Und das heißt wiederum, daß er dieselben Rechte hat wie alle anderen.«

»Daran, was in der Vergangenheit war, können wir nicht viel ändern«, unterbrach Sylvia sie abrupt, um wieder zum Thema zu kommen. »Wir sollten uns Gedanken um die Zukunft machen. Wir haben Sie gebeten, darüber nachzudenken und Vorschläge zu machen, was wir tun könnten. Haben Sie irgendwelche Ideen?«

Hände erhoben sich, und es folgte eine Reihe von Vorschlägen und Meinungen. »Strengere Gefängnisstrafen.« »Die Polizei soll Strafanzeigen stellen, wenn Frauen geschlagen werden, damit sie es nicht selbst machen müssen.« »Zurückschlagen, damit sie sehen, wie sich das anfühlt.« »Vergewaltiger sollten eingesperrt werden. Scheiß auf die Bewährungsstrafen. Zusammen mit anderen Verbrechern, damit sie auch mal in den Arsch gefickt werden. Wär das schlimmer als das, was sie den Frauen antun?«

»Das stimmt. Wenn man die Männer schwerer bestrafte, würde vielleicht nicht so viel passieren. Diese Ficker sollen endlich bekommen, was sie verdienen.«

»Und wenn jemand aus der Wohnung ausziehen muß«, warf Henny ein, »sollten sie es sein. Es ist nicht in Ordnung, daß die Frauen mit den Kindern ins Frauenhaus gehen müssen. Außerdem gibt es davon sowieso nicht genug. Frauenhäuser, meine ich.« Sie sprach langsam, und ihre Worte klangen schmerzlich. Es war offensichtlich, daß sie aus Erfahrung sprach. »Die Frauen müssen alles zurücklassen, und die Männer können alles behalten. Das ist nicht richtig.«

»Das ist eine gute Idee. Und wenn er weiterhin Probleme macht, gehört er in den Knast.«
»Da ist nicht genug Platz.« Dieser logische und logistische Einwand kam von Eili. »Darum werden auch so viele von ihnen vorzeitig entlassen. In manchen Städten in den Staaten müssen sie jedesmal, wenn sie vorn einen reinstecken, einen anderen durch die Hintertür rauslassen. Und die Öffentlichkeit erfährt nicht einmal etwas davon.«
»Man könnte sie vielleicht mit einem Pieper ausstatten, wie es beim Hausarrest praktiziert wird«, schlug Kim vor, die ein Kind des Computer- und High-Tech-Zeitalters war.
»Vielleicht sollten wir sowohl Möglichkeiten aus der Vergangenheit als auch aus der Gegenwart nutzen.« Nachdenklich hielt Britt inne. »Vielleicht war Nathaniel Hawthornes Idee mit dem scharlachroten Buchstaben richtig. Ich meine die Idee, nicht das Geschlecht, das davon betroffen war. Statt eines E für Ehebrecherin sollte ein M für Mißhandler stehen. Genau mitten auf der Stirn. V für Vergewaltiger. B für Belästiger. A für Anmacher. K für Killer. JS für Junge Straftäter. Soll die Gesellschaft doch wissen, mit wem sie es zu tun hat.«
Das war natürlich als Scherz gemeint, den Ginny im selben lokkeren Ton fortsetzte: »Und wie wäre es mit verschiedenen Aktionen zu einem Thema? Mit einer Posterkampagne. DIESER MANN IST EIN VERGEWALTIGER. Mit Foto. Den wichtigsten Personalangaben. Wo er wohnt. Wo er arbeitet. Das würde einige Aufmerksamkeit erregen.«
»Mehr als Sie vielleicht meinen«, gab Harriet zu bedenken. »Wir würden damit in Teufels Küche geraten. Vergessen Sie nicht, daß man unschuldig ist, bis einem die Schuld nachgewiesen wird.«
»Das stimmt.« Sable, die die ganze Zeit still zugehört hatte, sah sich nun auch veranlaßt, etwas zu sagen. »Wir könnten einen Irrtum begehen und es jemandem antun, der unschuldig ist.«
Sofort erhob sich ein heftiges Stimmengewirr. »Wem zum Beispiel?« »Auf wessen Seite stehen Sie?« »Wären Sie auch dieser Meinung, wenn es um Julian ginge?« Und Sylvia fragte: »Haben

Sie und Julian sich geeinigt? Vor ein paar Tagen sagten Sie, daß sich nichts geändert habe.«
Überrascht zu hören, daß die beiden seit dem Treffen im Pit Stop miteinander gesprochen hatten, warf Leslie Harriet, die genauso verwirrt dreinschaute, einen fragenden Blick zu. Sable, deren Gesicht von einem Kranz flammendrotem Haar eingerahmt wurde, wich den Blicken aus und senkte den Kopf. »Nein«, sagte sie schüchtern. »Es hat sich nichts geändert mit Julian. Es geht um Andrew. Andrew Roberts. Ich habe ihm geschrieben. Er ist nicht so, wie Sie denken.«
»Heilige Maria, Mutter Gottes.«
Betete oder fluchte sie? »Sie schreiben diesem gottverdammten Scheißkerl?« Dodies Gesicht war blutrot, und ihre Augen wurden immer größer.
»Sind Sie noch bei Verstand?«
Zu Dodies Unterstützung fragte Leslie: »Wie können Sie nur mit diesem Psychopathen etwas anfangen? Gerade Sie? Wo Sie doch schon mit Julian genug zu tun haben.«
»Sie sagen ständig, daß man unschuldig ist, solange einem nichts nachgewiesen wird. Nach dem Besuch werde ich es jedenfalls besser wissen. Ich meine, ob er es wirklich getan hat.«
»Sie wollen diesen Scheißkerl wirklich besuchen?« Dodie umklammerte den Tischrand. »Was ist mit Ihnen los? Sind Sie eins von diesen Knastgroupies? Passen Sie auf, sonst wird es vielleicht nicht Julian sein, der Sie in den Leichensack packt.«
»Machen Sie sich keine Sorgen«, erwiderte Sable mit der glückseligen Naivität der Jugend. »Er kann mir nichts antun. Jedenfalls nicht, solange er eingesperrt ist.« Sie rief Pollywog, die versuchte, Dobe zu einem Fangspiel zu verlocken. »Er liebt Tiere. Darum kann er doch nicht so schlecht sein, oder?«
»Charles Manson liebte Tiere. Hitler auch. Verdammt noch mal.« Dodie stieß sich vom Tisch ab und sprang auf. »Aber kommen Sie nicht heulend an, wenn Sie zwei Kerle an den Fersen haben«, sagte sie heiser.
»Ich schlage vor, daß wir Andrew Roberts für den Augenblick vergessen.« Sylvia wartete, bis Dodie wieder Platz genommen

hatte, bevor sie sich an Britt wandte. »Haben Sie entschieden, was Sie tun wollen?«
»Eigentlich nicht. Ich hoffe immer noch, daß Clovis eine andere kennenlernt. Oder sich an den Gedanken gewöhnt, daß ich ihn verlasse.«
»Und wenn er das nicht tut?«
»Ich weiß es nicht, Sylvia. Ich weiß es wirklich nicht. Vielleicht muß ich dann einfach bleiben und das Beste daraus machen.«
»Sie können nicht Ihr ganzes Leben damit verbringen, sich zu verstecken«, sagte Leslie aus eigener Erfahrung. »Es muß doch eine Möglichkeit geben, ihn kleinzukriegen. Jeder hat eine Achillesferse. Was ist sein schwacher Punkt?«
»Sein Stolz, denke ich. Er macht sich viele Gedanken darum, was andere von ihm halten. Darum will er mich auch nicht gehenlassen. Er hat Angst, sein Gesicht zu verlieren.«
»Dann sollten wir ihm besser zeigen, daß er sein Gesicht nur retten kann, wenn er Sie gehenläßt, statt Sie an sich zu fesseln.«
»Und während Sie darüber nachdenken, werde ich den Grill vorbereiten.« Harriet machte sich auf den Weg ins Haus, und Rosemary, die sich bereit erklärte zu helfen, folgte ihr.
Abseits von den anderen hatte Harriet Gelegenheit, diese Frau mit dem nüchternen irischen Gesicht näher kennenzulernen, und ihr gefiel, was sie erfuhr. Rosemary Flynn war eine Überlebenskünstlerin. Sie war eine einfache Frau, die ein jahrelanges Martyrium durchlebt und dabei Narben davongetragen hatte, sich aber nicht hatte beugen lassen. Seit sie auf der Flucht war, trug sie wieder ihren Mädchennamen, in der Hoffnung, daß Henry sie dann nicht finden würde.
Während sie sich unterhielten, tauschten sie allmählich die Rollen. Von der Helferin entwickelte sich Rosemary zur Chefköchin und Organisatorin, und Harriet spielte zufrieden das Mädchen für alles.
Rosemary war überglücklich, daß sie das Ruder übernehmen konnte. Seit sie eingezwängt in einem Zimmer lebte, nur noch von Mauern und Beton umgeben, kein Gras und kein Baum in Sicht, und in einem schäbigen kleinen Lokal bediente, vermißte

sie die Hausarbeit, durch die sie ihre Familie versorgt hatte. Sie lebte immer noch in Angst vor ihrem Mann, obwohl er einen halben Kontinent weit weg wohnte, sehnte sich aber nach ihrer Familie und ihren Freunden und dem Gefühl, irgendwo hinzugehören.

Es war später Nachmittag, als sie eine Pause machten, um zu essen. Sylvia verkündete Fortschritte in Britts Fall, und Harriet berichtete, sie und Leslie hätten endlich die perfekte Lösung für ein langjähriges Problem gefunden. Rosemary Flynn würde bei ihnen einziehen und sich um das Haus und sowohl die vier- als auch die zweibeinigen Bewohner kümmern. Im Gegenzug würden sie sich ihrer annehmen, falls ihr Mann Henry Jones auftauchte, was nach Harriets Meinung nicht sehr wahrscheinlich war.

Alle nahmen diese Nachricht mit Begeisterung auf, doch Leslie war sehr zurückhaltend. Sie verspürte eine vage Angst, ihr Heim nicht nur einer Frau zu öffnen, die Schutz brauchte, sondern auch dem Mann, vor dem sie geschützt werden sollte.

Doch dieses Gefühl hielt nur kurz an. Die friedlichen Hügel von Caledon waren weit entfernt von Rosemarys früherem gewalttätigem und brutalem Leben. Rosemary würde endlich in Sicherheit sein. Und sie und Harriet hätten nun eine Haushälterin, die bei ihnen wohnte.

Damit würden sie nur gewinnen … und es bestand nicht der geringste Anlaß zur Sorge.

11

Britt Phipps Curtis

Endlich gab es einen Lichtschimmer am Ende des Tunnels. Der Plan, den sie an diesem Nachmittag bei Harriet entworfen hatten, mußte nicht unbedingt Erfolg haben, aber es war allemal besser, als gar nichts zu tun. Solange niemand dadurch gefährdet wurde …

Britt setzte Rosemary ab und fuhr nach Hause, wo sie ihre Töchter vor dem Fernseher fand, während Clovis nebenan bei seinen Freunden Isobel und Sam McDougall war. Die beiden waren Menschen, deren Meinung er schätzte. Sie waren seine Freunde, nicht ihre.

Ihre Töchter durften die Krimiserie weitersehen, und sie ging nach oben und ließ Badewasser ein. Ein langes, heißes Bad mit Badesalz, das das Wasser seidig machte und die Luft mit süßem Duft erfüllte, gehörte zu den wenigen Vergnügen, die sie sich gönnte. Dies war ihr Refugium, und hier fand sie die Muße, über das nachzusinnen, was gewesen war, und ihre Hoffnung darauf zu setzen, was kommen würde.

An diesem Abend dachte sie an die Vergangenheit statt an die Zukunft. An jene entscheidende Nacht, als sie Clovis erzählt hatte, daß sie ihn verlassen wollte.

»Das verstehe ich nicht. Wie kannst du mir das antun? Und den Kindern?«

Sie hatte ihren Mann angesehen, mit dem sie fünfzehn Jahre verheiratet gewesen war, und sich gesagt, daß sie keine Schuldgefühle zu haben brauche. Sie hatte die Nase voll von Schuldgefühlen und von diesem Mann, der sie im Laufe der Jahre ständig betrogen hatte. »Du liebst mich nicht, Clovis. Dir wird es viel bessergehen. Dann kannst du endlich – wie heißt sie noch? – Florence heiraten.«

Sein Gesicht, das zwar etwas rundlicher, aber immer noch hübsch war, wurde blutrot. »Ich habe dir doch gesagt, daß es aus ist. Erledigt. Sie heiraten? Mein Gott, du hast wohl den Verstand verloren. Ich bin schon verheiratet. Bis der Tod uns scheidet, erinnerst du dich? Ganz plötzlich willst du Schluß machen, und ich bin der Dumme. Was soll ich denn den Leuten sagen, verdammt noch mal?«

»Du könntest es mit der Wahrheit versuchen.« Sie hatte Jahre gebraucht, bis sie den Mut gehabt hatte, ihm zu sagen, was sie fühlte, und zitterte so heftig, daß sie ihren Drink mit beiden Händen festhalten mußte.

»Die Wahrheit.« Auch er zitterte. »Du erwartest von mir, daß ich meiner Familie – meinen Freunden – sage, daß meine Frau mich verlassen hat? Und ausgerechnet wegen einer anderen Frau? Überleg doch mal, was du da sagst, Frau.«

Sie hatte es immer gehaßt, wie er Frau zu ihr sagte, wenn er einen Standpunkt klarmachen wollte. So als wäre das etwas, dessen man sich schämen müßte. Sie war so müde gewesen. War immer noch so müde. Aber jetzt hatte sie tief in ihrem Inneren wenigstens eine kleine Hoffnung.

Sie ließ noch etwas heißes Wasser nachlaufen, rutschte tiefer hinein und dachte an die Jahre, die sie gebraucht hatte, um diese Entscheidung zu treffen. In der Vergangenheit hatte es Zeiten gegeben, in denen sie nahe dran gewesen war, aber in letzter Sekunde hatte sie immer einen Rückzieher gemacht. Ständig gab es einen Grund, warum es besser war zu warten. Die Angst, ihren Eltern weh zu tun. Die Angst, Clovis' politischer Karriere zu schaden. Die Angst, die Kinder zu verlieren, als sie noch zu jung waren, um ohne sie zurechtzukommen. Jetzt waren sie älter. Die Gesellschaft schien etwas toleranter zu sein. Und in all den Jahren war Clovis ständig anderen Frauen nachgelaufen, während er von ihr erwartete, daß sie ihn deckte.

Diese schlimme Szene. Seine Finger umklammerten das schwere Glas in seiner Hand so heftig, daß sie befürchtete, es würde zersplittern und ihn ernsthaft verletzen. »Du redest, als wäre alles ganz einfach. Frau hat beschlossen, daß sie auf Frauen steht, nicht auf Männer. Frau will eine Scheidung. Frau will mit einer beschissenen Fotze Haushalt spielen. Nun, dann will ich dir mal etwas sagen.« Sein Gesicht wurde häßlich – dunkel und finster, mit wütend verzogenem Mund. »Ich habe dich jahrelang unterstützt. Dir das Beste gegeben. Du stehst in meiner Schuld.«

Jahrelang habe ich für dich gekocht, deine Wäsche gewaschen und deine dreckige Unterwäsche aufgehoben, während du dich mit anderen Frauen herumgetrieben hast. Ich schulde dir gar nichts. Doch statt Öl ins Feuer zu gießen, sagte sie: »Es tut mir leid, Clovis. Aber ich wußte schon seit langer Zeit, daß es einmal so kommen würde.« Seit unserer Hochzeitsnacht, wenn du es wissen willst. Aber auch das ließ sie besser ungesagt. Sie wollte ihn nicht unnötig verletzen.

»Warum hast du dann nichts gesagt? Wenn du eine gottverdammte Lesbe bist, warum hast du mich dann überhaupt geheiratet?«

Weil du mich nicht in Ruhe gelassen hast. Weil du mich gedrängt und gedrängt hast, bis ich ja sagte. Weil damals alle heirateten und es von einem erwartet wurde, und du warst genauso gut wie jeder andere. Und weil ich dachte, ich sei die einzige auf der Welt, die so war, und daß die Ehe alles »regeln« würde.

»Es ist nicht deine Schuld, Clovis.« Und das war es auch nicht. Weder seine Schuld noch ihre. Niemandes, außer daß vielleicht alle und die Gesellschaft an sich schuld waren.

»Natürlich ist das nicht meine Schuld, verdammt noch mal!« Dann wie ein Hund, der Angst um seinen Knochen hat: »Wer ist diese Superfrau? Du kannst es mir ruhig sagen. Ich finde es sowieso heraus.« Aber angesichts ihres Schweigens riß er sich wieder zusammen und sagte: »Du bist nicht gesund.« In diesem Ton redete er immer, wenn er mit den Mädchen unzufrieden war. Es war der Ton des vernünftigen Erwachsenen, der mit einem schwierigen Kind spricht. »Du wirst diese ... diese Person nicht wiedersehen. Wir werden dieses Gespräch vergessen. Ich lasse mich nicht zum Narren machen, weil meine Frau sich wie ein kleines Schulmädchen in irgendeine verdammte Perverse verknallt hat.

Du wirst ins Gästezimmer ziehen und weiterhin eine gute Mutter für Holly und Karen sein. Du wirst unserer Familie keine Schande bereiten. Es handelt sich um eine vorübergehende Phase, die du durchmachst. Wir werden nicht mehr darüber reden.«

Irgendwo im Haus hörte sie ein Telefon klingeln. Schritte. Das leise Murmeln von Stimmen. Sie griff nach dem Weinglas auf dem Wannenrand. Starrte hinein, als würde sie eine Kristallkugel um Rat fragen. Durchlebte noch einmal die Ereignisse jenes ersten Abends. »Nein«, hatte sie gesagt, und sie erinnerte sich, wie sie aufgestanden war, ihren Rock glattgestrichen, das Hemd hineingestopft und ganz bedächtig erklärt hatte, sie wolle eine Scheidung und hoffe, sie würde gütlich sein, sie wolle nicht, daß

sie Feinde würden, aber sie beide bräuchten sicherlich Zeit zum Nachdenken; sie käme spät nach Hause, und er solle nicht auf sie warten.
»Ich verbiete dir, dieses Haus zu verlassen«, hatte er ausgestoßen und war auf sie zugekommen, als wollte er sie festhalten, wobei er immer wieder rief, daß sie diese ... diese ... wie hieß sie noch ... nie wiedersehen würde.
»Sie heißt Madeleine.« Sie hatte nicht die Absicht gehabt, es ihm zu sagen, aber plötzlich hatte sie das jahrelange Schweigen eingeholt.
»Madeleine? Du meinst doch nicht etwa diese Englischlehrerin, von der du ständig laberst?« Dann war er ihr in den Weg getreten und hatte die Tür blockiert. »O Gott, ich werde diese Hexe umbringen.«
So hatte sie keine Wahl mehr gehabt. Sie mußte Madeleine sehen. Sie mußte sie wenigstens warnen.
Madeleine Hughes, die älter als Britt – und unverheiratet und ungebunden – war, wohnte in einem einzimmrigen Haus am Ufer des Sees im Westend der Stadt. In dem offen gestalteten Haus, das aus mehreren Ebenen bestand und von einem befreundeten Architekten entworfen worden war, gab es kein Zimmer für nächtliche Besucher, obwohl der große Raum über dem Bootshaus als Schlafplatz benutzt werden konnte. Das Haus selbst war ein Muster an Zweckmäßigkeit – und genauso charmant wie die Frau, die darin wohnte. Britt hatte sich in das Haus verliebt, bevor sie sich in seine Bewohnerin verliebt hatte, und jetzt war beides so eng miteinander verbunden, daß sie selten an das eine ohne das andere dachte.
Madeleine hatte sie nicht erwartet und war überrascht, als sie mitten in der Nacht kam. Sie küßte sie auf die Wange, trat einen Schritt zurück und sah sie forschend an. Schließlich sagte sie mit diesem intuitiven Einfühlungsvermögen, das Britt immer wieder überraschte: »Du hast es ihm gesagt.«
»Ja.«
»Ich dachte, du wolltest warten, bis du weißt, was du tun wirst.«

»Ich habe einfach ... ich weiß nicht ... ich habe schon viel zu lange gewartet. Er ist unheimlich wütend.«

Madeleine, die eine trockene Alkoholikerin war, goß ihnen beiden einen Perrier ein und ging voraus zur Sitzecke. Die Fensterfront führte auf den See hinaus, und sie stand da und starrte in die liebliche Nacht. Ein Streifen Mondlicht versilberte das Wasser, und oben glitzerten die Sterne. Als sie endlich sprach, klang ihre Stimme traurig und bedrückt von der Last jahrelanger Erfahrung. »Hat er dir gedroht?«

»Du bist es, die er bedroht, Maddie. Ich bin gekommen, um dich zu warnen.«

»Mach dir keine Sorgen um mich.« Dann, als ihr die ganze Tragweite bewußt wurde: »Du hast ihm gesagt, wer ich bin?«

»Ja.« Sie wußte, daß sie es nicht hätte tun dürfen. Sich selbst zu outen war eine Sache. Aber jemand anderen ans Licht zu zerren war unverzeihlich.

Doch dann drehte Madeleine sich um, und Britt sah mit Erleichterung, daß sie lächelte. »Das macht nichts. Ich habe keine Angst um mich. Ich dachte nur, daß du warten wolltest, bis die Mädchen aus der Schule sind und du deinen Abschluß hast und besser zurechtkommst. Man kann nicht ohne Vorbereitung von einem Leben ins andere wechseln. Das wird nicht leicht werden.«

»Verheiratet zu sein war auch nicht leicht.« Und dann brach alles aus ihr heraus – alles, was sich seit ihrer Schulzeit in ihr aufgestaut hatte.

»Mein ganzes Leben lang habe ich getan, was man von mir erwartete. Man erwartete, daß ich heirate. Also heiratete ich. Man erwartete von mir Kinder. Also bekam ich Kinder. Man erwartete, daß ich den Haushalt führe und die Familie versorge. Also tat ich es. Und die ganze Zeit über wußte ich, daß irgend etwas nicht stimmt. Statt von Mädchen zu träumen, sollte ich wie meine Freundinnen an Jungs denken. Ich dachte, wenn ich heiratete, würde alles vorbeigehen. Nun, es ging nicht vorbei. So bin ich nun einmal, und ich werde mich nicht ändern, ich werde auch nicht länger in Lüge leben. Ich habe mein ganzes Leben mit dem

Versuch verschwendet, jemand zu werden, der ich nicht bin.« Wie ein Kind faßte sie das Glas mit beiden Händen und führte es an die Lippen. Dann setzte sie es wieder ab, um hinzuzufügen: »Nein, das stimmt nicht. Ich habe Holly und Karen. Das war keine Verschwendung, nicht wahr?«
»Natürlich nicht.« Madeleine hatte Britts Töchter nie kennengelernt, hatte aber das Gefühl, sie zu kennen. Britt sprach oft von ihnen und immer voller Liebe. Obwohl sie sich nie eigene Kinder gewünscht hatte, verstand sie Britt. Was sie nicht verstand, war, wie es ihr selbst passieren konnte, sich in eine Frau zu verlieben, die nicht nur verheiratet, sondern auch noch Mutter war. Das hatte sie Britt bereits gestanden. Hatte ihr erzählt, daß sie solche Situationen in der Vergangenheit immer wie eine Plage gemieden hatte.
Es war ohne Vorwarnung geschehen. Es begann mit Gertrude Steins Autobiographie von Alice Toklas. Das Buch war der Anlaß gewesen, daß Britt sich ihr offenbarte. Madeleine hatte sie nicht dazu ermutigt. Und als sie sich schließlich näherkamen, hatte Britt den ersten Schritt gemacht. Britt, die zum ersten Mal in ihrem Leben von wirklichen und echten Gefühlen mitgerissen wurde.
Auch in dieser Nacht hatte Britt wieder die Initiative ergriffen. Und Madeleine hatte sie auf die Schwierigkeiten hingewiesen. Je mehr Schwule und Lesben an die Öffentlichkeit getreten seien, desto weniger Vorurteile hätten die Heteros gehabt. Aber durch Aids habe es einen Rückschlag gegeben, der die Erfolge wieder aufzehre und die alte Feindseligkeit nähre. Und auch Britt wäre jetzt diesen Anfeindungen ausgesetzt, würde möglicherweise sogar ihre Töchter verlieren. Madeleine billigte Britts Coming-out. Aber sie konnte es nicht gutheißen, daß sie so einen wichtigen Schritt unternahm, ohne vorher zu planen. Wenn man sein Leben verändert, hatte sie gesagt, ist das nicht dasselbe, als wenn man seinen Job oder seine Lieblingsfarben verändert.
»Du bist böse mit mir.«
»Ich bin nicht böse. Ich mache mir Sorgen. Um dich. Was hast du vor? Willst du hierbleiben, bis du dir etwas überlegt hast?«

Diese Frage hatte sie verlegen gemacht. Dabei hatte Madeleine weder Forderungen gestellt noch stillschweigend irgendwelche Verpflichtungen übernommen. Sie war nicht verantwortlich für das, was passiert war. Selbst wenn sie Madeleine Hughes niemals begegnet wäre, hätte Britt sich irgendwann einmal offenbaren müssen.
Sie hatte versucht, es zu erklären. Sie sei nicht da, weil sie von Madeleine etwas erwarte, sondern weil sie Angst habe, ihr Mann würde ihr etwas antun. Er hatte gesagt, daß er sie umbringen würde. Es wäre besser, wenn Madeleine sich für ein paar Nächte versteckte. Bis er sich etwas beruhigt hätte.
»Britt«, sie konnte diese kühle, geduldige Lehrerinnenstimme jetzt noch hören, »ich werde mein Haus nicht wegen irgendeiner leeren Drohung verlassen. Wenn sich jemand Sorgen machen sollte, dann du. Du bist mehr als willkommen, hier die Nacht zu verbringen. Du weißt, daß ich dich liebe. Du weißt, daß ich alles tun werde, was ich kann, um dir zu helfen. Was ich nicht tun werde, ist weglaufen und mich verstecken.«
Als Britt ging, stand sie an der Tür und winkte ihr mit einem kleinen Lächeln nach. Das Haus war von einem Schutzwall aus Bäumen und Gestrüpp umgeben und lag auf weiter Flur völlig einsam da. Madeleine schätzte diese Einsamkeit, aber Britt fand sie plötzlich unheimlich und bedrohlich.
In dieser Nacht hatte sie sie das letzte Mal gesehen – dieses Bild von Madeleine, die Silhouette an der Tür von hinten beleuchtet.
Wenn Madeleine dadurch in Sicherheit war, daß sie bei Clovis blieb, dann würde sie das eben tun, solange es notwendig war. Was mit der Hilfe ihrer neuen Freundinnen vielleicht nicht so lange dauern würde, wie sie befürchtet hatte.
Es klopfte an der Tür, und Holly rief: »Mom, bist du da drin?«
»Ja, Liebling, ich bin in einer Minute fertig.« Und als sie aus der Badewanne stieg und sich abtrocknete, sagte sie sich, daß sich jetzt wahrscheinlich endlich alles regeln würde.

12

Der Tag fing schon mies an und ging dann immer mehr den Bach hinunter.
Als erstes stand Clovis Curtis zu spät auf. Im Wettlauf mit der Zeit schnitt er sich beim Rasieren. Aus der Wunde tropfte Blut auf sein letztes sauberes weißes Hemd, und nun mußte er statt des Anzuges eine andere Hose mit Blazer anziehen, damit die hellblaue Alternative auch »paßte«. Da er in Eile war, um den Termin mit einer Elterngruppe aus der Antiporno-Initiative einzuhalten, ließ er den Schlüssel im Wagen stecken, so daß er auf einen Schlosser warten mußte, der ihn wieder öffnete.
Bereits am frühen Nachmittag war er völlig entnervt und hätte sich am liebsten irgendwo verkrochen. Es war ein höllischer Tag gewesen, und er war noch lange nicht zu Ende.
Er hatte den Bezirk Lakeshore West bei den letzten zwei Landtagswahlen vertreten, und die dritte stand bereits bevor. Einer der Gründe für seinen politischen Erfolg war seine langjährige Beziehung zu den Leuten dort. Er hatte an so vielen Bezirksveranstaltungen wie nur möglich teilgenommen. Verbrachte soviel Zeit wie nur möglich in dem Bezirk. Und unterhielt ein Bürgerbüro, das das ganze Jahr über fünf Tage die Woche geöffnet war – was wahrscheinlich das Wichtigste von allem war. Wenn er in der Stadt war, bemühte er sich, wenigstens einmal täglich telefonisch oder persönlich Kontakt mit der Basis aufzunehmen – eine Angewohnheit, die er sich bei Marlon Brando in dem Film *Der Pate* abgeguckt hatte.
Als er an diesem Tag dort anrief, erfuhr er, daß seit dem frühen Morgen immer wieder eine Frau angerufen hatte, die ihren Namen nicht nennen wollte. Schließlich habe sie es aufgegeben und gesagt, daß sie ihn heute abend zu Hause anrufen werde. Sie müsse mit ihm sprechen. Es sei wichtig und vertraulich. Es ginge um seine Frau. Nein – man könne sie in der Zwischenzeit nirgendwo erreichen.
Allein Britts Namen zu hören reichte, um ihm den Schweiß auf

die Stirn zu treiben. Obwohl sie sich seit ihrer kleinen Unterhaltung nun wirklich wieder hübsch beruhigt hatte. Jetzt hatte sie sich irgendeiner Frauengruppe angeschlossen – die, soweit er es beurteilen konnte, ziemlich harmlos war –, und das schien die Lücke in ihrem Leben auszufüllen. Die Hauptsache war, daß sie nichts mehr mit dieser Irren zu tun hatte.

Sie war wieder zu Verstand gekommen, er war erleichtert gewesen, daß diese ganze schmutzige Angelegenheit endlich vorbei war, und nun kam das hier. Wichtig! Vertraulich! Es ginge um seine Frau! Das konnte nur eins bedeuten.

Clovis Curtis hatte nichts gegen Homosexuelle an sich. Solange sie im verborgenen blieben. Und aufhörten, Rechte zu fordern, auf die sie keinen Anspruch hatten.

Als Mitglied der königstreuen Oppositionspartei war er – sowohl persönlich als auch politisch – entsetzt über das Aufsehen, das die regierende Partei erregte, indem sie sich für die Rechte der Homosexuellen einsetzte. Sie hatte sogar einen entsprechenden Gesetzentwurf vorgelegt, der in der ersten Lesung mit knapper Mehrheit durchgekommen war. Aber nur gerade eben. Siebenundfünfzig gegen zweiundfünfzig Stimmen. Clovis gehörte zu den zweiundfünfzig und war stolz darauf.

Der Gesetzentwurf mußte noch durch zwei Lesungen gehen, bevor er königlich abgesegnet werden konnte, darum war er noch lange kein Fait accompli. Er würde nie Gesetz werden. Nicht, wenn seine Leute sich typisch verhielten. Sie stimmten mit fast achtzig Prozent dagegen, und er würde diese Chance ganz bestimmt nicht aufs Spiel setzen. Sein Rivale, der an die Parteipolitik gebunden war, konnte die restlichen zwanzig Prozent gern haben.

Clovis, der durch und durch Politiker war, würde sich an die Mehrheit halten. Was er aber nicht gebrauchen konnte, war ein Skandal, der seine Arbeit kaputtmachte.

Er saß den ganzen Abend wie auf heißen Kohlen. Britt war dagegen ungewöhnlich gesellig. Statt sich hinter einem Buch zu verkriechen oder ihre Zeit mit Holly und Karen zu verbringen, war sie aufmerksam wie eine Mutterhenne.

Es war lange her, seit sie seine Gesellschaft gesucht hatte, und für ihren Stimmungswechsel hätte sie sich keinen ungünstigeren Augenblick aussuchen können.

Jedesmal, wenn das Telefon klingelte, rannte er hin und nahm den Hörer ab. Ist Holly da? Kann ich mit Karen sprechen? Hat Mr. Curtis nächste Woche Zeit für ein Mittagessen? Würden Sie etwas für die Herzstiftung spenden?

Als der Anruf endlich kam, war er mit den Nerven am Ende, während Britt sich über das Spektakel amüsierte, das ihr Mann veranstaltete, wenn er jedesmal beim ersten Klingeln des Telefons losrannte.

Es war fast elf Uhr. Die Stimme klang jung. Gebildet. Samtweich. Mr. Curtis, fragte sie, und er sagte ja und wußte durch irgendeinen sechsten Sinn, daß das, was er hören würde, einen einschneidenden Einfluß auf sein Leben und seine Karriere haben würde.

»Sie kennen mich nicht«, sagte die Stimme. »Aber ich dachte, Sie sollten wissen, daß da häßliche Gerüchte über Ihre Frau zirkulieren.«

Seine Hände waren naß vor Schweiß, und heiser fragte er: »Welche Gerüchte?« Er wußte genau, was gemeint war, aber er wollte es von ihr hören.

»Es scheint, als hätte sie persönliche Erfahrungen mit gleichgeschlechtlichen Lebensweisen. Wußten Sie von ihrer Disposition zu unnatürlichen Beziehungen?«

Der Telefonhörer rutschte in seiner Hand. »Wa ... was ... meinen Sie damit?«

»Auf die Gefahr hin, taktlos zu sein – sie hat ein Ding mit Frauen zu laufen. Normalerweise, wenn Sie mir dieses Wort erlauben, würde das nichts ausmachen. Aber unter diesen Umständen ...«

»Welche Umstände?« Er versuchte, Zeit zu gewinnen.

»Bei Ihrem Standpunkt zu den Forderungen der Homosexuellen nach ehelichen Rechten. Zur gesamten Problematik der Homosexualität. Sie haben keinen Zweifel daran gelassen, wo Sie stehen. Wenn das herauskommt – besonders jetzt, wo die Wahlen anstehen –, werden Sie wie ein furchtbarer Heuchler dastehen. Oder aber wie ein Narr. Ertappt mit einer Schlange im eigenen Nest sozusagen.«

»Wer sind Sie?«

»Das ist nicht wichtig. Es reicht zu erwähnen, daß ich Ihre Karriere verfolgt habe, seit Sie den ersten Schritt in den Stadtrat gesetzt haben. Ich denke nur, daß es sehr schade wäre, wenn Sie Ihren Sitz wegen so einer Sache verlieren würden.«

Er hatte sich schon das Schlimmste vorgestellt. Erpressung. Druck von Schwulenverbänden, sein Abstimmungsverhalten bei der zweiten Lesung zu ändern. Die öffentliche Bloßstellung oder eine Schmutzkampagne durch seinen Rivalen. Doch statt dessen klang die Anruferin sogar sympathisch.

»Ich bin nicht dafür verantwortlich, was meine Frau macht.« Er hörte sich an wie ein gekränkter Schuljunge, der falsch beschuldigt worden war.

»Natürlich nicht. Darum wäre es auch undenkbar, daß Sie für etwas bestraft werden, was außerhalb Ihrer Kontrolle steht. Sie hatten sicherlich nicht die geringste Ahnung, daß Brittany ›so‹ ist.«

Brittany. Nur die Familie und enge Freunde kannten Britts richtigen Namen. »Sind Sie sicher, daß wir uns nicht kennen?«

»Ganz sicher. Ich rufe Sie nur deshalb an, weil Sie von großem Wert für die Partei sind und ich nicht will, daß Ihnen etwas geschieht. Politisch gesehen, meine ich. Und ich fürchte sehr, daß es nicht mehr lange dauert, bis die Presse davon Wind bekommt, Sie wissen ja, wie die sind. Es wird ein Sturm ausbrechen.«

»Lassen Sie mich eins klarstellen. Meine Frau ist keine – wie sagt man noch – keine Lesbe. Sie denkt vielleicht, daß sie homosexuell ist. Aber ich bin vom Gegenteil überzeugt.«

»Das ist doch eigentlich egal, nicht wahr? Allein der Eindruck zählt. Wenn die Öffentlichkeit denkt, daß sie es ist, dann ist sie es auch.«

»Ich kann nichts daran ändern, was die Leute denken.« Mein Gott, mußte er so jämmerlich klingen?

»Vielleicht können Sie es doch. Wenn Sie die Initiative ergreifen,

könnten Sie das Negative vielleicht zum Positiven wenden.« Er bemerkte, daß Britt an der Tür stand. Er hielt den Hörer an die Schulter und sagte: »Ich bin gleich fertig.« Offensichtlich war Britt auf dem Weg ins Bett, und so wartete er, bis er ihre Schritte auf der Treppe hörte, ehe er weitersprach: »Ich möchte das lieber nicht am Telefon diskutieren. Könnten wir uns morgen irgendwo treffen? Vielleicht zum Mittagessen?«
»Das ist nicht nötig. Ich wollte Ihnen nur sagen, daß Ihre Frau zu einer Belastung wird. Ich weiß von mindestens einem Fernsehsender, der die Nachricht verbreiten will, daß ein prominenter antischwuler Politiker mit einer Frau verheiratet ist, die am anderen Ufer herumspielt. Wenn Sie die Sensationsmacher mit ihren eigenen Waffen schlagen wollen, dann müssen Sie an die Öffentlichkeit gehen, ehe sie es tun.«
»Ich soll an die Öffentlichkeit treten, bevor die Presse es tut? Und dann was? Wir reden von der Mutter meiner Kinder.«
»Die zufällig auch eine Lesbe ist. Was in Ordnung wäre, wenn sie es von Anfang an offengelegt hätte. Wenn Sie es gewußt hätten, was ich nicht annehme. Oder wenn Sie einen schwulenfreundlichen Wahlkampf führten. Oder wenn es nicht so aussehen würde, als hätte Ihre Frau Sie zum Hahnrei gemacht – was für Ihre Gegner im kommenden Wahlkampf ein regelrechtes Festfressen sein wird und Sie eine Menge Wählerstimmen kosten dürfte.«
»Sie meinen, ich soll sie mir vom Hals schaffen?« Der Gedanke traf ihn wie ein körperlicher Schlag. Diese Frau, wer immer sie auch war, glaubte offenbar, daß er diese unangenehme Situation zu seinem Vorteil wenden könnte, wenn er Britt fallenließ, bevor sie ihn fallenließ. Und vielleicht hatte sie recht. Aber sie würde ihm fehlen. Nach fünfzehn Jahren Ehe herrschte zwischen ihnen ein Grad der Vertrautheit, der nur schwer zu ersetzen war. Andererseits waren die letzten Wochen sehr anstrengend gewesen. Zum einen schliefen sie nicht mehr miteinander. Der Gedanke, daß sie ihn dabei mit einer Frau vergleichen konnte, war nicht zu ertragen. Insbesondere jetzt, wo er wußte, daß er bereits beurteilt und für mangelhaft befunden worden war.

Schon komisch, wie sehr manches davon abhing, von welcher Perspektive aus man es betrachtete. Ein unerträglicher Gedanke, daß sie ihn verlassen könnte. Ihn verstieß. Ihn abwies. Und dann noch aus diesem Grund. Absolut undenkbar. Aber daß er sie verließ, machte absolut Sinn, nach dem Motto: Wenn ein Dorn dich sticht, reiß ihn heraus. Das würde bei seinen Wählern gut ankommen und seinen Feinden den Zahn ziehen. Er mußte sie nur noch überreden, sich einverstanden zu erklären, denn angesichts ihres jüngsten Verhaltens hatte sie womöglich ihre Meinung geändert und war zu dem Schluß gekommen, daß sie bei ihm besser dran war.

Je länger er nachdachte, desto mehr war er davon überzeugt. Um nicht auf die Vorteile zu verzichten, die sie als Mrs. Clovis Curtis genoß, hatte sie beschlossen, zu Hause zu bleiben. Der Gedanke, ihren eigenen Lebensunterhalt verdienen zu müssen und für sich selbst verantwortlich zu sein, statt für sich sorgen zu lassen, hatte sie wieder zur Vernunft gebracht.

Wenn sie erst einmal mitbekäme, daß er sie verlassen wollte, würde sie auf alle Fälle bleiben. Als er diesen Gedanken äußerte, riet ihm die Stimme am anderen Ende der Leitung, daß er sich in dem Fall vernünftig, aber entschlossen zeigen sollte. »Handeln Sie nicht unvorbereitet«, sagte die Stimme. »Überlegen Sie gut, was Sie sagen wollen, dann sagen Sie es, und geben Sie nicht klein bei.«

Am nächsten Morgen benahm sich Britt wie damals in der ersten Zeit ihrer Ehe. Sie servierte ihm sein Lieblingsfrühstück mit frischem Obst, Schinken, Eiern und Waffeln, und der Kaffee war zugedeckt und dampfend heiß. Als hätte dieses verhängnisvolle Gespräch, in dem sie ihm erzählte, daß sie sich in eine andere Frau verliebt habe, nie stattgefunden. Als hätte sich nichts in ihrem Leben verändert. Oder – ein Gedanke, der ihm nicht mehr willkommen war – als wäre ihr plötzlich klargeworden, daß es weitaus schlimmere Dinge im Leben gab, als mit einem aufstrebenden Politiker zu leben, der für große Dinge in der Zukunft vorgesehen war.

Dennoch war es sehr verlockend, den Status quo zu erhalten.

Nicht weil er sie noch begehrte, sondern weil der Gedanke, sein Leben völlig umzustülpen, alles andere als angenehm war. Aber, erinnerte er sich, ohne Schmerz war nichts zu gewinnen. Alle Unannehmlichkeiten würden nur vorübergehender Art sein. Und nach allem, was gesagt und getan worden war, welche Wahl blieb ihm da noch? Wenn das Gerücht wahr war und bald öffentlich gemacht werden würde, dann hätte er die Sache nicht mehr in der Hand.

Als er ihr am Tisch gegenübersaß und sie ganz sachlich betrachtete wie in den ersten Tagen ihrer Beziehung, fühlte er einen Stich. Sie war immer noch die attraktivste Frau, die er kannte. Etwas, das er gar nicht mehr bemerkt hatte, seit er sie für selbstverständlich genommen hatte. Sie war eine gutaussehende Frau. Eine, die den Männern immer noch den Kopf verdrehte. Warum um alles auf der Welt interessierte sie sich für Frauen?

»Britt.« Er goß noch etwas Sahne in seinen Kaffee und rührte einen kleinen Strudel auf. »Ich habe nachgedacht.«

»Ja, Liebling.« Die klaren blauen Augen sahen ihn vertrauensvoll an. Unterwürfig.

»Ich war egoistisch.« Du meine Güte – hatte er das wirklich gesagt? Komm schon, Clovis! Reiß dich zusammen!

»Meinst du, weil du nicht wolltest, daß ich dich verlasse? Ach, Clovis, ich schäme mich ja so. Du hattest recht. Es war nur eine Phase. Ein Schulmädchenflirt in der Midlife-Krise.«

»Nein.« Verdammt noch mal, mit welchem Recht erlaubte sie sich, einfach ihre Meinung zu ändern? »Du bist nicht der Typ, der so etwas sagt, ohne darüber nachgedacht zu haben. Doch wie immer stellst du deine Bedürfnisse hintenan. Opferst dich zum Wohle der Familie. Ich kann das nicht zulassen.«

»Aber du hast doch gesagt …«

»Ich weiß.« Er hatte ihr tatsächlich mit Mord gedroht. Ihnen allen beiden. Und er hatte es ernst gemeint. Aber das war, bevor diese kühle Stimme der Vernunft darauf hingewiesen hatte, daß Rache zwar süß war, er sich damit aber genauso verletzen würde.

»Ich habe beschlossen, daß ich dir nicht im Weg stehen will.«

»Oh, Clovis, das ist lieb von dir. Aber ich möchte, daß du dir keine Sorgen mehr machst. Es war alles ein Irrtum. Ich weiß nicht, was ich mir dabei gedacht habe …«
Herrje noch mal. Das war ja fast so, als hätte die Frau am Telefon in Britt hineinsehen können. Es passierte genau das, was sie gesagt hatte. In dem Augenblick, wo Britt die Freiheit bekam zu gehen, wollte sie bleiben.
Doch am Ende überzeugte er sie, daß es für beide besser wäre, wenn sie sich trennten. Er würde für eine großzügige Regelung sorgen. Die Mädchen könnten sie besuchen, wann immer sie es wünschten. Auch bei ihr wohnen, wenn es das war, was sie wollten. Er würde die Scheidung einreichen und sie ihren Mädchennamen annehmen, sobald die Scheidung rechtsgültig war.
Damit lief diese Trennung reibungslos ab. Als seine Familie und seine Freunde den Grund für die Scheidung erfuhren, waren sie auch der Meinung, daß er nicht anders hätte handeln können.
Britt wurde nur wenig Mitgefühl zuteil. Sie hatte kaum eigene Freunde, denn die meisten ihrer gemeinsamen Bekannten hatte sie durch ihren Mann kennengelernt. Doch das schien ihr nichts auszumachen. Mit einer bemerkenswert guten Haltung richtete sich Brittany Curtis als Britt Phipps ein neues Leben ein.

13

Julian (Sable Smythe)

Mein Name ist Julian. Das ist alles. Einfach Julian. Wenn man wirklich Talent hat, reicht ein Name, versteh'n Sie?
Das ist natürlich nicht mein Geburtsname. Nein, nein. Da bekam ich so einen altmodischen, häßlichen Namen, der einfach nicht zu mir paßte und den ich haßte, und eines Tages guckte ich in den Spiegel, und das Gesicht, das mich ansah, sagte in Großbuchstaben JULIAN, das war's. Seitdem heiße ich Julian.
Aber Sie wollen was über Sable wissen, stimmt's? Sable Smythe. Den Namen hab' ich mir auch ausgedacht, und den behielt sie.

Sable. Der steht ihr viel besser als Lily Prete, ihr Mädchenname. Ich hab's ja schon immer gesagt. Die Eltern sind die letzten, die 'n Namen aussuchen sollten. Laßt die Kinder selbst entscheiden, wenn sie alt genug sind, sag' ich. So wie ich. Für mich. Und für Sable. Versteh'n Sie?

Sable. Der Name ist nicht alles, was sie mir verdankt. Ich habe sie gemacht. Von Grund auf sozusagen. Also – als ich sie das erste Mal sah, saß sie mit 'n paar Freunden in 'nem Café. Alle auf Trebe. Das erkennt man auf'n ersten Blick. Sie wissen ja, wie die aussehen. Dreckig. Mit zerrissenen Jeans, strähnigem Haar und so einem Schmollmund, mit dem sie glauben, erwachsen auszusehen, aber statt dessen sehen sie nur schlecht gelaunt und häßlich aus.

Jedenfalls war sie da. Und ich war da mit meiner Kamera um den Hals und genug Film für noch 'n paar Aufnahmen. Ich saß am Tresenende, damit ich sie im Auge behalten konnte, denn schon damals hatte sie etwas an sich, was sie von den anderen abhob, und nach 'ner Weile verschwanden die anderen Kids allmählich, und da kam ich darauf, daß sie auf den Strich gingen und es überall machten, wo sie nur konnten, in Autos oder in den Seitenstraßen. Nicht nur die Mädels, versteh'n Sie, sondern auch die Jungs. Das sind noch richtige Kinder, die da draußen mit ihrem einzigen Kapital, dem Körper, hausieren gehen, versteh'n Sie?

Ich warte also, bis sie allein ist, und gehe ganz locker zu ihr hin, und es stellt sich raus, daß ich recht habe bei den meisten Kindern. Aber Lily ist 'ne Ausnahme. Sie lebt zwar auch auf der Straße, aber sie geht betteln. Haut die Leute und manchmal irgendwelche Verrückte um ein paar Dimes oder einen Vierteldollar an. Anscheinend ging es ihr zu Hause ganz gut, bis ihre Alte wieder heiratete und der Stiefpapa sich bei ihr bediente und Mama es nicht glauben wollte. Aber als es richtig zur Sache ging, haute die kleine Lily ab.

»Ich würde gern 'n paar Fotos von dir machen«, sage ich zu ihr. »Du hast ein Gesicht, das zur Zeit sehr gefragt ist. Und das rote Haar hebt dich wirklich von der Masse ab. Mit der richtigen Unterstützung könntest du groß rauskommen.«

Diesen Spruch habe ich schon x-mal gemacht, und meistens klappt es sofort. Ich erzähle dann immer, daß ich Beziehungen habe, was heute auch wahr ist, aber damals war's wahrhaftig nicht so.

»Interessiert mich nicht«, sagt sie, und ich sehe ihr an, daß sie kein Wort glaubt. Sie betrachtet die Kamera und dann mich, und als ihr Blick mich trifft, passiert etwas in mir.

Wenn diese Augen dich anschauen – goldgrün und mit so schwarzen Wimpern, fast künstlich –, saugen sie dich geradewegs ein. Von dem Augenblick an war ich verloren.

»Möchtest du was essen?« Essen. Der älteste Köder der Welt und noch immer einer der besten. Jedenfalls bei Leuten, die so aussehen, als hätten sie seit einer Woche nichts gegessen.

»Nein«, sagt sie, aber so wie sie meinen Kuchen anstarrt, weiß ich, daß sie sich zusammenreißen muß, um ihn mir nicht wegzuschnappen. Darum schiebe ich ihn ihr hin und gehe zur Kasse, um noch einen zu holen und eine Runde frischen Kaffee.

»Ich beiß dich schon nicht«, sage ich und versuche, wie der große, nette Bruder zu klingen und nicht wie so'n Blutsauger. »Ich bin Fotograf.« Klopfe auf die Kamera, damit sie sie auch sieht. »Ich mache Set-Cards. Für Models. Ab und zu sehe ich jemanden, die es schaffen könnte, und in dem Fall bin ich bereit, die Aufnahmen zu bezahlen. Das ist eine rein geschäftliche Angelegenheit.«

Na ja, erst mal interessiert sie sich mehr für den Kuchen als für mich, darum versuche ich es anders. »Kennst du die Puppe, die die Kaffeewerbung im Fernsehen macht? In dieser Werbung, die wie ein einminütiger Spielfilm wirkt, wo dieser Typ hinter ihr her ist? Ich war es, der sie entdeckt hat. Damals wußte sie nicht, wo sie den nächsten Dollar hernehmen sollte, und schon bald suhlte sie sich im Geld.«

Aber sie kaut und schaut mich an, und ich sehe, daß sie kein Wort glaubt, was ich ihr nicht mal übelnehmen kann, denn nicht ein Wort ist wahr. Doch dann passiert etwas Komisches. Je länger sie mich ansieht, desto mehr vergesse ich die Lügen und denke wirklich über die Möglichkeiten nach.

Sie hat was an sich, das über diese Augen und dieses auffällige Haar hinausgeht. Eine spezielle Eigenschaft, die auf 'ne Kamera magisch wirkt. Und das brachte den Erfolg. Damals war ich noch nicht so bekannt wie heute, aber klug genug, um die Aufnahmen zu machen, und sagte mir, daß ich die geschäftlichen Dinge, die ich nicht wußte, schon noch früh genug lernen würde.

Und so lief es dann. Ich brauchte mehrere Wochen, bis sie mir vertraute, und ich habe sie nie angefaßt. Kein einziges Mal. Das war damals ganz geschäftlich. Rein geschäftlich. Und es dauerte nicht lange, bis dieses Geschäft sich wirklich bezahlt machte.

Lily Prete war ein Niemand, aber Sable Smythe war eine Sensation. Schon bald machten wir jede Menge Kohle. Und das war mein Verdienst, mein Freund.

Daß wir uns nicht falsch verstehen. Julian hätte es auch ohne Sable geschafft, aber Sable hätte es niemals ohne Julian geschafft. Nicht in einer Million Jahren.

Fünf Jahre. So lange hat es gedauert. Fünf Jahre von diesem dreckigen Café bis zu Fototerminen in Paris, London und Australien. Man redet von dem Gesicht, das tausend Schiffe vom Stapel ließ – aber hier haben wir ein Gesicht, das tausend Träume vom Stapel ließ. Die Frauen kaufen Produkte, um so zu sein wie sie. Männer kaufen sie als Eintrittskarte ins Land der Phantasie.

O ja, es war wirklich 'ne echte Liebesaffäre. Für die Werbefirmen. Und für die Konsumenten. Aber für mich nicht. Für mich nie. Immer hieß es, Hände weg, Julian, ich bin nicht eine von diesen Mädchen. Und derweil schafft sie sich ein dickes Polster an – dick genug, um eine ganze Armee durchzufüttern –, und als sie ganz bequem sitzt, sagt sie plötzlich, daß sie aufhören will.

Nun, Schätzchen, aber nicht mit mir!

Fünf Jahre hab ich gebraucht, um diese Ziege nach oben zu bringen. Habe alles für sie getan. Dachte, die Zeit wird schon kommen, wenn sie aufwacht und den Kaffee riecht und nur wir beide zusammen sind, für immer und ewig, Amen. Ja, das habe ich gedacht. Aber so ist es nicht. Jedenfalls nicht im Augenblick. So war's vielleicht vor 'nem Monat, aber seit gestern nicht mehr.

Da machten wir Aufnahmen für 'ne große Kosmetikfirma. Alles lief gut. Wir machten spät Schluß, und wie üblich gingen wir anschließend essen – der beste Teil des Jobs, wenn wir uns entspannen, nachdem alles getan ist. Jedenfalls war das immer wichtig für mich, und ich dachte, für sie wäre es auch so.
Wir sitzen also da, ich kau' auf meinem Steak und sie auf ihrem Salat, und ich fang' an, ihr von ein paar Plänen für die Zukunft zu erzählen, denn das erwartet man ja wohl von 'nem Agenten, was? Und sie guckt mich mit diesen großen unschuldigen Augen an und sagt: »Julie, ich muß mit dir über etwas reden.« Ich hatte sofort so ein komisches Gefühl und wußte, daß ich es nicht hören wollte, egal, was es war.
»Ich möchte aufhören«, sagt sie. »Ich möchte das nicht mehr machen. Ich will raus aus der Stadt und mir ein Stück Land kaufen und für den Rest des Lebens keine Kamera mehr sehen.«
Nie mehr eine Kamera sehen! Können Sie sich das vorstellen? Ich konnte es einfach nicht begreifen. Eine Kamera hat diese Ziege reich gemacht. Meine Kamera. Ohne meine Kamera und mich dahinter würde sie sich heute noch in diesem Café kalte Füße holen. Und mittlerweile auf Droge sein. Oder schlimmer. Vielleicht sogar tot sein. Und da sitzt sie nun – in einem schicken Restaurant, umgeben von Leuten, die das Sagen haben – und wäscht ihre Hände sozusagen in Unschuld.
»O nein«, sage ich. »So läuft das nicht. Du hast Verträge. Verpflichtungen.«
»Nein«, sagt sie, »du hast Verträge. Ich habe dir schon vor einem Jahr gesagt, daß du nichts mehr unterschreiben sollst. Aber du wolltest einfach nicht zuhören.«
Da frage ich Sie: Angenommen, Sie haben 'ne Puppe, die nichts hat, Sie bringen sie nach oben, bis sie ein paar Millionen im Jahr verdient, und dann redet sie schlecht darüber – was tun Sie dann? Ihr glauben? Nichts da! Vor einem Jahr? Da dachte ich, sie will die Schrauben enger anziehen. Sie will 'nen größeren Anteil. Vielleicht etwas beiseite legen. Darum arbeitete ich etwas mehr, und das heißt, daß sie auch etwas mehr arbeitete, dann ist das Jahr um, und ich erfahre, daß sie keine krummen Pläne hatte,

sondern es ernst meinte. Und eins sag ich Ihnen – wenn es was gibt, was hart ist, dann ist es so eine Puppe, die sagt, was sie meint, und meint, was sie sagt.
Das ist doch alles verrückt. Wer hätte denn geglaubt, daß sie auf die vielen Reisen, die Aufmerksamkeit und den Glamour verzichtet, um irgendwo im Busch mit 'nem Haufen abgewrackter Tiere zu leben, auch wenn sie immer gesagt hat, daß sie das will. Ja, es stimmt, daß sie das gesagt hat. Mehr als einmal. Ich hab's nur nie geglaubt. Aber diesmal muß ich es glauben, weil sie einfach nicht mehr darüber diskutiert. Sie würde die geplanten Termine einhalten, und das wär's.
»Was ist mit mir?« frage ich. »Was glaubst du, was aus mir wird?« Ich meine, ich habe immerhin fünf Jahre in die kleine Lily Prete investiert, und ich werde bestimmt nicht einfach zusehen und keinen Mucks von mir geben.
»Wie meinst du das?« fragt sie sofort zurück. »Du hast doch gut dabei verdient.«
Dabei guckt sie mich an, als würde sie etwas beschäftigen. Sie ist nicht kompliziert. Wenn sie etwas stört, verdrängt oder vergißt sie es meistens schnell, aber ich merke, daß es diesmal anders ist. Schließlich kommt es hoch, und sie spuckt es aus. »Ich weiß von deinem Deal mit Armando.«
Du meine Güte, das war doch schon ein Jahr her. Sie meinte die Modeaufnahmen für Armando Krska, einen der schrillsten Designer von TO. Ich hab mir von dem Geld etwas eingesackt, klar. So läuft es in dem Gewerbe nun mal, oder? Und wenn es mich nicht gegeben hätte, dann hätte es auch keinen Armando gegeben, stimmt's? Aber wenn das alles war, was ihr auf dem Magen lag, war das doch kein Grund zur Aufregung.
»Mein Gott noch mal«, sage ich, »das ist schon so lange her, daß ich es vergessen habe.« Wußte sie auch über die anderen Geschäfte Bescheid? »Ich wollte es dir zurückzahlen. Ich habe es einfach vergessen, das ist alles. Das kam, weil ich die letzte Rate bezahlen mußte für die Wohnung, die ich mir gekauft hatte. Ich bin froh, daß du mich daran erinnerst.« Und ich ziehe sofort mein Scheckbuch raus und trage das Datum ein.

»Laß das«, sagt sie. »Es geht mir nicht ums Geld. Es geht um mich.«
»Um dich?« Ich bin versucht zu sagen: Dich gibt es nicht, es gibt nur Sable, und Sable gehört mir. Statt dessen frage ich: »Was ist mit uns?«
Einen Augenblick lang sieht sie mich mit leerem Blick an, und dann sagt sie ganz ernst und ohne jede Rücksichtnahme: »Julian, es gibt kein uns.«
»Und was war das bisher? Unsere Zusammenarbeit? Als wir zusammensaßen wie jetzt? Was wir in der Vergangenheit gemacht haben? Was wir für die Zukunft vorhatten? Was ist damit?«
»Das war ein Geschäft. Das hast du von Anfang an gesagt. Eine geschäftliche Beziehung. Rein professionell. Nichts Persönliches.«
»Weil du das wolltest. Damit es kein Gerede gab. Niemand sollte sagen, daß du dich im Bett hochgearbeitet hast statt auf deinen eigenen Beinen. Ich habe dir das abgenommen. Aber Gefühle waren trotzdem da. Mit deinem Heiligenschein konntest du mich nicht täuschen. Du wolltest es genauso wie ich.«
Mittlerweile bin ich immer lauter geworden, und sie sieht ziemlich verlegen aus und beugt sich über den Tisch und sagt ganz leise: »Mach jetzt keine Szene, Julian. Wir wissen es schon seit einer ganzen Weile. Du weißt, daß ich dabei nicht glücklich gewesen bin.«
»Glücklich! Wer ist schon glücklich? Ist der Papst glücklich? Komm doch mal wieder zu Verstand«, sage ich. »Wenn du nicht glücklich bist, wenn du reich bist, wie willst du dann arm glücklich sein?«
Doch plötzlich kapiere ich es. »Du hast 'nen anderen, nicht wahr? Die ganze Zeit hast du es hinter meinem Rücken mit 'nem anderen getrieben, während du mich hingehalten hast. Ich behandele dich wie 'ne Lady, und du bist nichts weiter als 'n Flittchen.«
Wissen Sie, ich habe mit dieser Puppe nie so geredet. Fünf Jahre lang habe ich sie wie 'ne Prinzessin behandelt. Habe mich nie danebenbenommen. Habe sie respektiert, versteh'n Sie? So als

wäre sie was anderes als die anderen. Aber ich habe immer gedacht, daß ich eines Tages, wenn die Zeit reif ist, dafür belohnt werde. Ich habe sogar an den Gang zum Altar gedacht. Können Sie sich das vorstellen? Und dann zieht sie diese Nummer ab, und ich stelle fest, was für ein Idiot ich gewesen bin.
Also, eins sag ich Ihnen. Damit kommt sie nicht durch. O nein, mein Junge.
Ich vermute, sie hat das kapiert. Nach diesem Abend ist sie für ein paar Tage abgehauen. Aber sie tauchte bald wieder auf. Vermutlich kam sie zu Verstand, als sie feststellte, daß sie sich nirgendwo verstecken kann.
Es ist so, wie ich ihr gesagt habe. Sie kann mich nicht einfach aus ihrem Leben ausschließen. Sie gehört mir, Mann, jetzt und für immer!

14

Es war eine merkwürdige und beunruhigende Zeit. Lorena Bobbitt war mit einem Messerschnitt weltberühmt geworden. Camille Paglia forderte Gloria Steinem, den Guru der Frauenbewegung, heraus. Allein oder in Gruppen reagierten die Frauen ihren Frust über den männlich dominierten Status quo ab.
Ein Kirchenführer, der in seinen Predigten gegen das Übel der fleischlichen Lust wetterte, wurde von besessenen Männern bestürmt, die überhaupt keine Art von Sex bekamen. Der irritierte Mann Gottes verfiel in Schweigen, als er mit dieser alarmierenden Lücke in der jahrhundertealten patriarchalen Kontrolle, die von Rom ausgeübt wurde, konfrontiert wurde.
Ein fundamentalistischer Prediger aus Kanadas Bibelkreisen, bekannt für seine Aktivitäten gegen die Abtreibung, wurde von unverheirateten Teenagern belagert, die im kommenden Jahr ein Kind erwarteten und verlangten, daß er sich nach der Geburt um ihre Kinder kümmern solle. Der Prediger, der zwar großen Wert auf Rechtschaffenheit legte, sich aber für den Fötus nicht im ge-

ringsten interessierte, wenn er einmal draußen war, klagte vor Gericht auf Unterlassung.

Ein Arzt, der seine Praxis weiterführen durfte, nachdem er seine Patientinnen sexuell belästigt hatte, wurde fortan ständig von einem Überwachungskommando von Frauen beobachtet.

Ein Priester, der in die Provinz versetzt worden war, nachdem man ihn des unzüchtigen Verhaltens bezichtigt hatte, stellte bei seiner Ankunft fest, daß sein Ruf ihm vorausgeeilt war. Die Eltern im allgemeinen und die Frauen im besonderen wollten sich heutzutage nicht mehr an den alten Verhaltenskodex des Schweigens halten.

Ein Straßenräuber, der eine Rentnerin auf dem Weg zum Einkaufen überfallen hatte, wurde mit knallroter Farbe besprayt.

Ein auf Bewährung entlassener Häftling hatte seine Frau aus dem Gefängnis heraus terrorisiert und wurde bei seiner Entlassung aus dem Hochsicherheitsgefängnis Kingston Pen bis zu seiner Wohnung in North Bay verfolgt. Die beiden Verfolgerinnen fielen schon allein wegen ihres Wagens auf. Ein neueres Mercedesmodell. Sie waren vor Ort, als er gegen die Bewährungsauflage verstieß und seiner Frau um drei Uhr morgens einen Besuch abstattete.

Zum ersten Mal überhaupt wurde gegen Mitglieder des Bewährungsausschusses Anklage erhoben, weil sie vorzeitig einen »Lebenslänglichen«, der prompt wieder jemanden tötete, entlassen hatten. Der Ausschuß, der bisher noch nie zur Rechenschaft gezogen worden war, reagierte erschüttert auf diese Unverschämtheit von Laien, die es wagten, sein Fachwissen in Frage zu stellen.

Das Patriarchat stand auf dem Prüfstein und wurde zunehmend für mangelhaft befunden. Während manche Frauen für Gleichberechtigung kämpften, konzentrierten sich andere, die sich als »Die Rächerinnen« einen Namen machten, darauf, für das, was man ihnen angetan hatte, Vergeltung zu suchen:

Studentinnen in der Universitätsstadt Guelph gingen barbusig auf die Straße aus Protest dagegen, daß sie sich bedecken mußten, während die Männer nicht dazu verpflichtet waren. »Das ist gegen die Menschenrechte«, protestierten sie. »So eine Schande«, antworteten die Gegner. Doch fühlten sich die Männer nicht mehr so wohl in ihrem Körper, als sie plötzlich damit konfrontiert wurden, daß ihre Oberkörper etwas Anstößiges an sich haben könnten.

Die Richterin riet einem Mann, der das Opfer ehelicher Gewalt geworden war, nach Hause zurückzugehen und dafür zu sorgen, daß seine Ehe funktioniere. Die Familie sei das Rückgrat der Nation. Es sei seine Aufgabe, die Familie zusammenzuhalten, egal zu welchem Preis.

Nachdem der Richter eines Bezirksgerichts eine Anklage wegen Belästigung gegen einen Wiederholungstäter eingestellt hatte, sah er sich plötzlich erstaunt der Tatsache gegenüber, daß er selbst Objekt sexueller Belästigung geworden war. Er wurde von einer Frau verfolgt, die er nie gesehen hatte. Sie kampierte vor seinem Haus und folgte ihm täglich auf seinem Weg zum Gericht, bis er nur noch ein nervöses Wrack war. »Aber Euer Ehren«, bemerkte dazu die Anwältin – eine elegante, kühle Blondine –, »meine Mandantin belästigt Sie nicht. Sie wohnt in der Nachbarschaft. Sie interessiert sich für Gerichtsprozesse.« Dasselbe Argument hatte er benutzt, als er den Fall, dem er vorsaß, einstellte. Darum beschloß er, keine Klage einzureichen. Angesichts des Präzedenzfalles, den er selbst geschaffen hatte, schien die Chance zu gewinnen sehr klein zu sein.

Ja, es war eine merkwürdige und beunruhigende Zeit. Eine Zeit der Veränderung. Und des Widerstandes gegen Veränderungen. Vor diesem Hintergrund fand der Prozeß gegen Andrew Roberts statt. In allen Teilen des Landes sahen die Frauen zu und warteten auf den Ausgang. Denn in diesem Prozeß ging es um mehr als einen Menschen, der zur Rechenschaft gezogen werden sollte – eine Tatsache, die dem Anwalt David Jenning nicht bewußt zu sein schien, seiner Frau aber sehr wohl bekannt war.

15
Rosemary Flynn Jones

Rosemary Flynn Jones war zweiunddreißig, als sie Henry Jones bei einem Freund kennenlernte. Vor etwa einem Jahr war sie zum zweiten Mal geschieden worden, und seitdem lebte sie allein. Ihr erster Mann war Alkoholiker gewesen. Ihr zweiter hatte sie körperlich mißhandelt. Sie war nicht an einem dritten Mann interessiert.

So war es jedenfalls gewesen, bevor sie Henry kennenlernte.

Henry Jones war ein großer Mann, und er war sanft auf eine Art, wie es bei großen Männern oft vorkommt. Wenn sie mit ihm zusammen war, hatte sie das Gefühl, daß ihr nie wieder etwas Schlimmes zustoßen könnte.

Als sie fest miteinander gingen, hörte sie gelegentlich Gerüchte. Das war zu erwarten gewesen. In einer Kleinstadt, wo Gefühle sich leicht erhitzen, gibt es immer jemanden, der an seinen Mitmenschen kein gutes Haar lassen kann. Rosemary hörte nicht darauf. Sie hatte in ihrem Leben nur wenig Glück erfahren und war nicht bereit, diese Aussicht auf einen Ehering zum Müll zu werfen.

Sechs Monate nach ihrer ersten Begegnung wurden sie auf dem Standesamt getraut. An dem Wochenende machten sie einen Campingausflug – Henry war schon immer ein Outdoor-Fan gewesen –, und obwohl sie etwas Zivilisierteres vorgezogen hätte, machte es ihr viel Spaß. Henry erledigte die meiste Arbeit – stellte das Zelt auf, kochte über dem Lagerfeuer –, und es war nicht annähernd so schwierig, wie sie gedacht hatte.

Sie war davon ausgegangen, daß sie in der Stadt wohnen würden, da sie einen Job bei der Post hatte und Henry arbeitslos war. Aber ihr Mann haßte das »Sardinenleben«, wie er es nannte – obwohl es in ihrer Stadt kaum mehr als ein Postamt, ein Lebensmittelgeschäft und ein paar holzverschalte Bungalows gab –, und so waren sie gezwungen, sich nach einer Unterkunft auf dem Land umzusehen. Schließlich mieteten sie sich eine zweizimmrige Holzhütte

auf einem dichtbewaldeten, zehn Morgen großen Grundstück. Das bedeutete, daß sie eine halbe Stunde zur Arbeit brauchte, aber solange das Wetter gut war, machte ihr das nichts aus.
Sechs Monate nach der Hochzeit stellte Rosemary fest, daß sie schwanger war. Henry war nicht erfreut. Was würden sie tun, wenn sie nicht mehr arbeiten könnte? Dann müßte von den wenigen Dollar, die seine Gelegenheitsjobs einbrachten, noch ein Mund gefüttert werden. Und wenn man ihn mit einem schreienden Kleinkind in ein Zimmer sperrte, würde er den Verstand verlieren.
Rosemary verstand, wie ihm zumute war. Er hatte ihre gesamte Aufmerksamkeit erhalten. Er wollte sie nicht teilen. Aber er würde anders empfinden, wenn das Kind erst mal da war. Schließlich heiratete man doch, um Kinder zu bekommen. Oder nicht?
Aber sein Verhalten änderte sich nicht. Wenn überhaupt, so wurde es schlimmer. Und dann, im sechsten Monat, fing er an, sie zu schlagen.
Das erste Mal schlug er sie, weil das Frühstück zu spät fertig war, da sie im Badezimmer war und sich übergab.
Die morgendliche Übelkeit plagte sie bei all ihren Schwangerschaften, und damit einher gingen jedesmal Henrys gewalttätige Wutanfälle. Sie erfuhr später, daß das nichts Ungewöhnliches war. Vierzig Prozent aller ehelichen Gewalt begannen während der ersten Schwangerschaft. Doch zu der Zeit hatte Rosemary für diesen ersten Übergriff keine Erklärung. Wie konnte ein Mann es riskieren, dem ungeborenen Kind, das er gezeugt hatte, zu schaden?
Sie stellte schon bald fest, daß ihr Mann die Sorge um das Leben, das in ihr wuchs, nicht teilte. Bei einem besonders brutalen Streit drohte er: »Ich werde diesen Bastard in deinem Bauch tottreten und dich so zusammenschlagen, daß du nie wieder schwanger wirst.«
Obwohl die Mißhandlungen immer ärger wurden, trugen Mutter und Kind wundersamerweise keinen bleibenden Schaden davon. Es war ein Mädchen. Gesund und hübsch.

In der Vergangenheit hatte sie sich ein kleines Mädchen gewünscht, mit dem sie sich würde austauschen können. Jetzt aber hatte sie Angst. In Henrys Augen war es schon übel genug, ein Kind zu bekommen. Daß das Kind ein Mädchen und kein Junge war, würde ihm den Rest geben. Und dann gab es noch einen anderen, sehr persönlichen Grund, warum sie sich lieber einen Sohn gewünscht hätte. Sie wollte kein weiteres Mädchen auf die Welt bringen. Wollte den Schmerz und das Leiden, die sie aufgrund ihres Geschlechts erlitten hatte, nicht fortsetzen. Es gab einen weiteren Anlaß zur Unruhe. Henry war ein Mann mit einem großen sexuellen Appetit. Mit ausgefallenen und unnatürlichen Wünschen. Unzucht mit Kindern. Bondage. Sexuellem Sadismus. Wie lange würde es dauern, bis er seiner Tochter seine obszöne Aufmerksamkeit widmen würde?

Zu ihrer Erleichterung schien das Kind jedoch einen beruhigenden Einfluß auf ihn zu haben. Er trank weniger. Verbrachte mehr Zeit zu Hause. Und als sie wieder arbeiten gehen konnte, sagte er, daß sie sich keine Gedanken um einen Babysitter zu machen brauche, da er sich selbst um Melissa kümmern würde.

Besänftigt durch seine Rückverwandlung in den Mann, den sie geheiratet hatte, und beruhigt durch die Zuneigung, die er dem Kind zeigte, kehrte sie zu ihrer Vollzeitbeschäftigung bei der Post zurück. Als sie zwei Jahre später wieder schwanger war, stellte sie fest, daß sie einen Fehler gemacht hatte.

Aus der glücklichen, lachenden Melissa war ein reizbares, kränkelndes Kind geworden. Am Anfang brachte sie diese Veränderung nicht mit Henry in Verbindung, und als der erste Verdacht aufkam, verdrängte sie ihn. Was konnte schon schlimm daran sein, wenn ein Vater sein Kind badete? Und warum sollte er nicht ein Nachmittagsschläfchen mit ihr halten? Er war zu Hause und hatte nichts zu tun. Warum sollte er nicht eine Siesta halten? Es gab Tage, da hätte sie alles gegeben, um dasselbe zu tun. Nach acht Stunden Arbeit war es schon anstrengend genug, noch einzukaufen und zu kochen und sauberzumachen, ohne sich auch noch um das Kind kümmern zu müssen. Sie war dankbar, daß Henry wenigstens diese Aufgabe übernommen hatte.

Aber dann war sie wieder schwanger, und Henry fing erneut an zu trinken. Eines Tages, als sie verfrüht nach Hause kam, traf sie auf eine Situation, die sie nicht ignorieren konnte. Schon in der Auffahrt hörte sie Melissa schreien. Sie rannte ins Haus und sah, wie Henry im Wohnzimmer das kleine Wesen auf seinem Schoß auf und ab wippte. Zuerst glaubte sie, er versuche, sie zu trösten. Doch beim Näherkommen sah sie, daß der Reißverschluß seiner Hose offen stand und sein Penis erigiert war. Sie blieb stehen. Hielt keuchend die Luft an. Und da bemerkte er sie, hielt Melissa in der Luft fest und starrte sie mit blutunterlaufenen, hervortretenden Augen an.

»Hier«, sagte er. »Nimm sie. Diesen verdammten Schreihals – ihr gebt ein gutes Paar ab.« Sein Schwanz wurde schlaff, und er steckte ihn ohne ein Wort der Erklärung zurück in die Hose.

Entsetzt nahm Rosemary Melissa auf den Arm und versuchte sie zu beruhigen. Henry beobachtete sie, und sein Gesicht wurde immer finsterer, als sie nicht aufhörte zu schreien. Schließlich brüllte er rasend vor Wut: »Bring sie endlich zum Schweigen, oder ich geb ihr einen richtigen Grund zum Heulen, verdammt noch mal.«

Rosemary drückte Melissa an sich und eilte zur Tür, doch bevor sie sie erreichte, trat er ihr mit dem Stiefel in die Kniekehle, und sie stürzte zu Boden.

»Hexe. Hexe. Hexe«, schrie er immer wieder und hörte nicht auf, sie zu treten, während sie versuchte aufzustehen.

Als sie schließlich begriff, daß er keine Ruhe geben würde, ehe sie stillag, beugte sie ihren Körper schützend über Melissa und verkroch sich selbst an diesen anderen Ort in ihrem Kopf, wo niemals unselige Dinge passierten. Melissa wurde auch still. Sie konnte den winzigen Herzschlag spüren – schwach wie bei einem neugeborenen Vogel, aber lebendig, Gott sei Dank – und ein gelegentliches Zittern, das durch den kleinen Körper fuhr.

Lange Zeit später – eine Stunde, zwei, fünf? – hörte sie eine Tür zuschlagen und den Wagen starten. Sie wartete, bis sie überzeugt war, daß sie in Sicherheit war. Dann erhob sie sich und humpelte ins Schlafzimmer. Ihr ganzer Körper pochte vor Schmerz, und

ein Bein weigerte sich, ihr Gewicht zu tragen. Aber Melissa, die kleine, kostbare Melissa, schien relativ unverletzt zu sein. Zwar war ihr Gesicht von Tränen verschmiert und der eine kleine Arm begann anzuschwellen, aber es hätte schlimmer kommen können. Sehr viel schlimmer.
Sie beschloß, sich die Autoschlüssel zu schnappen und in die Notaufnahme zu fahren, wenn Henry zurückkäme und in seinen vor Trunkenheit besinnungslosen Schlaf fiele, der immer auf seine Wutanfälle folgte. Und diesmal hätte sie vielleicht den Mut, nicht zurückzukommen. Sie wußte jetzt, daß er sich nicht verändert hatte. Sich nie verändern würde. Das Ende seiner Gewalttätigkeiten war eben nichts anderes als eine kurze Verschnaufpause gewesen.
Wenn er nach Hause käme, würde sie das Kind nehmen und fortgehen.
Er kam nicht vor Tagesanbruch zurück.
Als er endlich eintraf, war Melissa tot. Henry fuhr Mutter und Kind ins Krankenhaus, wo Rosemary erfuhr, daß er ihr ein Bein und zwei Rippen gebrochen hatte. Henry erklärte, daß seine Frau mit der Tochter auf dem Arm die Treppe hinuntergefallen sei. Sie sei zu der Zeit allein und nicht in der Lage gewesen, Hilfe zu holen. Niemand im Krankenhaus glaubte, daß es ein Unfall war. Aber niemand konnte das Gegenteil beweisen. Ohne eine Zeugin, die eine gegenteilige Aussage machte, konnte man nichts unternehmen.
»Der Balg ist tot«, hatte er während der Fahrt in die Stadt gesagt. »Aber du hast Glück. Du hast noch deine Eltern. Und die Jungs von diesem Arschloch, mit dem du es früher getrieben hast. Wär' doch schade, wenn denen auch was passieren würde. Erst recht, wenn es deine Schuld wäre.« Im Sinne des Gesetzes war das vielleicht keine direkte Drohung gewesen, aber sie hatte nicht den geringsten Zweifel, wie er es meinte, und das reichte, daß sie weiterhin jahrelang stillhielt.
Rosemary blieb bei Henry Jones, bis ihre Eltern bei einem Autounfall ums Leben kamen und die Jungs aus ihrer früheren Ehe zu einer Tante in eine andere Provinz zogen.

Sie ging für immer fort, als Henry auf einem seiner Jagdausflüge war. Nachdem sie ihren jüngsten Sohn bei ihrer Schwester untergebracht hatte, bis sie sich eine eigene Existenz aufgebaut hätte, um ihn zu sich zu holen, verließ Rosemary Jones ihr Zuhause mit einem Bus in Richtung Toronto.
Ihre geliebte Ostküste würde sie nie wiedersehen.

16

Der Prozeß gegen Andrew Roberts ging seinem Ende entgegen. Sylvia, die Prozessen selten beiwohnte, war in den letzten drei Wochen fast immer anwesend gewesen. Leslie arbeitete an einer Dokumentation über Kapitalverbrechen an Frauen und hatte so oft wie möglich über das Verfahren berichtet. Harriet, die durch Leslie eine persönliche Berichterstatterin hatte, war zum ersten Mal dabei. Sie wollte die Plädoyers aus erster Hand hören. Insbesondere wollte sie David Jenning in der schwierigsten Phase des Prozesses beobachten.
Die einzige Person, die keinen einzigen Tag des Verfahrens ausgelassen hatte, saß auf ihrem üblichen Platz hinter dem Verteidiger. Sable Smythe, deren herausfordernd rotes Haar nicht zu übersehen war, wandte keinen Blick von Andrew Roberts' hübschem Hinterkopf.
Harriet, die die Geschworenen zum ersten Mal sah, verspürte ein leichtes Entsetzen. Jenning hatte es mal wieder geschafft, genau die Zusammensetzung zu bekommen, die er wollte, dessen war sie sicher. Die Frauen waren jung und attraktiv und schienen mit Andrews Familienhintergrund mehr gemeinsam zu haben als mit Sophies Ursprung im Arbeitermilieu. Die Männer sahen nach Geschäftsleuten mit konservativer Gesinnung aus. Männer, denen es wahrscheinlich nicht schwerfiel, sich in Andrew hineinzuversetzen, wie er unter seiner Frau, dem Emporkömmling aus dem anderen Teil der Stadt, gelitten hatte.
Und das war nach Leslies Aussage der Kernpunkt in Davids Ver-

teidigung. Dr. Andrew Roberts hatte seine Frau in einem Zustand geistiger Umnachtung, der durch ihr zügelloses Verhalten verursacht worden war, getötet und war daher nicht verantwortlich für seine Tat. Erst die Ausübung der Tat hatte ihn in die Wirklichkeit zurückgeholt. Diese Verteidigung war eine Gratwanderung, die nur wenige Anwälte gewagt hätten.

Kurz nach elf Uhr durfte Andrew, der seit eineinhalb Tagen im Kreuzverhör gestanden hatte, abtreten. Die Sitzung wurde bis nach der Mittagspause vertagt, wenn David mit seinem Plädoyer beginnen würde.

»Wir haben drei Stunden«, sagte Sylvia, als sie das Gerichtsgebäude verließen. »Wollen Sie zum Mittagessen mit zu mir nach Hause kommen? Wir haben jede Menge Zeit.«

»Und was ist mit David? Erwartet er nicht, daß Sie bei ihm in der Stadt bleiben?«

»Er wird bestimmt bis zur letzten Minute daran arbeiten, was er sagen wird, und keine Lust auf Gesellschaft haben«, antwortete Harriet auf Leslies Frage.

Sylvia blieb mit einem unergründlichen Gesichtsausdruck stehen. »Ich glaube, wir sollten auf Sable warten.«

»Und versuchen, sie zur Besinnung zu bringen?« Leslie war ein ungeduldiger und nachtragender Mensch. »Sie ist völlig unzugänglich und total vernarrt in diesen Idioten.«

»Dann ist es um so wichtiger«, sagte Harriet. »Ich würde mir keine Sorgen machen, wenn alles gegen einen Freispruch spräche. Aber ich habe das schreckliche Gefühl, daß es wieder so ein Urteil wie im Fall Parks geben wird, und wenn das passiert, könnte Sable in große Schwierigkeiten geraten.«

Kenneth Parks war ein junger Mann aus Toronto gewesen, der eines Nachts aufstand, fünfzehn Meilen bis zum Haus seiner Schwiegermutter fuhr, sie mit einem Bandageneisen totschlug und ihren Mann, der ihr zu helfen versuchte, erstach. Hinterher behauptete er, daß er zu dem Zeitpunkt schlafgewandelt sei und sich an die Tat nicht erinnern könne. Er wurde für unschuldig erklärt und sofort freigelassen, womit ein Präzedenzfall im kanadischen Recht geschaffen worden war.

Es stimmte, daß Andrew Roberts innerhalb weniger Tage auf freiem Fuß sein könnte. Und dann würde Sable in Gefahr sein. Sylvia blickte über die Schulter zurück und forderte Sable auf, mit ihnen zu kommen.

Als sie in die Tiefgarage gingen, erkundigte sich Leslie nach Pollywog. Es war das erste Mal, daß sie Sable ohne ihre allgegenwärtige Reisetasche sah. Hatte ihr Interesse an dem flotten Arzt ihre Sorge um den kleinen Hund verdrängt? Natürlich nicht. Polly war in einem Hundezwinger. Man könne sie wohl kaum ins Gericht mitbringen. Auch wenn das Andy nichts ausgemacht hätte. Er sei ganz vernarrt in Tiere.

Harriet hörte ohne einen Kommentar zu. Als sie in Sylvias Einfahrt bogen, huschte eine große schwarzweiße Katze hinter das Haus. Andrew Roberts und David Jenning – zwei harmlose Tierfreunde.

»Sie haben eine Katze?«

»Zwei. Und einen Hund. Keine Sorge. Sie sind zutraulich und keine Kämpfer.« Doch sie machte sich nicht die Mühe zu erklären, daß es nicht immer so gewesen war. Daß Ciba, die schwarzweiße einstige Streunerin, früher einmal einen Angreifer bekämpft und ihr Leben gerettet hatte, bevor sie ein Mitglied der Familie wurde.

Sie traten durch ein Bambustor neben dem Haus in den Garten, und Sable sah sich um und sagte: »Das würde Pollywog gefallen.« Von einer erhöht angelegten Terrasse blickte man auf den Swimmingpool, der von Beeten mit Petunien und Fleißigen Lieschen umgeben war. Die hellrosa Blüten bildeten einen zarten Kontrast zu dem satten grünen Rasen ringsum.

»Es ist viel zu schön, um drinnen zu sitzen. Wir können hier draußen essen, wenn Sie wollen.«

Die Terrasse wurde auf der einen Seite von einem Fliederbusch beschattet und auf der anderen von einem buntbedruckten Sonnenschirm, unter dem Tisch und Stühle standen. Sylvia wartete, bis alle saßen, ehe sie das Haus durch die Garage betrat. Wenige Augenblicke später kam sie wieder zur Terrassenschiebetür heraus, gefolgt von einem fettleibigen Hund. »Ich verschließe diese

Tür mit einem Besen«, erklärte sie. »Die Schlösser sind nämlich ziemlich schwach.« Sie sah Harriet an und fragte: »Ist Ihnen Tee recht? Oder möchten Sie etwas Stärkeres?«
»Tee ist gut.«
»Ich helfe Ihnen.« Sable sprang auf und tätschelte den Hund auf dem Weg ins Haus. Das kleine Mädchen, das gefallen wollte.
Leslie blickte ihr nach. »Sie hat Angst vor Julian, und gleichzeitig rennt sie diesem Monster nach. Hast du diese Andy-Nummer mitgekriegt? Vor ein paar Wochen hieß er noch Dr. Roberts. Jetzt ist es Andy. Was wird es nächste Woche um diese Zeit sein? Jemand sollte sie endlich zur Vernunft bringen, bevor unser Wilhelm Tell einen Apfel auf ihren Kopf legt.«
»Sie liebt ihn.«
»Liebe.« Leslie würgte fast an dem Wort. »Sie kennt nicht einmal die Bedeutung dieses Wortes. Wie kann man jemanden lieben, der einem anderen Menschen so etwas angetan hat?«
»Daran glaubt sie ja nicht.« Die Katze war auf die Terrasse gekommen. Harriet hob sie hoch. Streichelte ihren samtweichen Kopf. »Unter diesem ganzen intellektuellen Getue verbirgt sich ein naives kleines Kind.«
»Sie sollte vorsichtig sein, sonst wird sie nie die Gelegenheit bekommen, erwachsen zu werden. Wenn Julian sie nicht erledigt, wird es der liebe, süße Andy tun.«
»Sylvia möchte wissen, ob Sie lieber Salat mit Thunfisch oder mit Hähnchen wollen.« Das Objekt ihrer Besorgnis blickte durch das Fliegenschutzgitter, während sie auf einer Hand unsicher ein Tablett balancierte und mit der anderen versuchte, die Tür zu öffnen.
»Ich nehme es Ihnen ab.« Leslie griff nach dem Tablett und stellte es auf den Terrassentisch. Goß ein Glas Tee aus dem eiskalten Krug ein und fügte eine Scheibe Zitrone hinzu, bevor sie es Harriet gab.
»Was soll ich wegen des Salats sagen?«
»Was immer einfacher ist. Beides ist gut.«
Sylvia hatte die Wahl und entschied sich für Thunfisch auf Croissant, garniert mit kleingewürfelter Wassermelone.

»Das schmeckt unglaublich gut.« Sable warf Ciba ein Stück Thunfisch hin. »Wenn Julian sehen würde, wie ich esse, würde er einen Anfall kriegen.«
»Wo wir gerade von Julian reden ...« Leslie ließ plötzlich ihre Gabel sinken und sah Sable mit bohrendem Blick an. »Wie steht er denn zu der Sache mit Ihnen und dem guten Doktor?«
»Er weiß nichts davon.«
»Wie meinen Sie das – er weiß nichts davon? Sie sind jeden Tag im Gericht, wie kann er das nicht wissen?«
»Er denkt, ich interessiere mich für den Fall. Außerdem hat er noch andere Jobs, seit er so bekannt ist. Und wenn er zu tun hat, ist er froh, wenn ich meinen Kopf ein wenig auf Trab halte. So nennt er es jedenfalls.«
»Den Kopf auf Trab halten?« Leslie hatte Schwierigkeiten beim Schlucken. Was immer Sable an Andrew interessierte, es hatte wenig mit dem Kopf zu tun.
»Ich würde mir da keine Gedanken machen. Sable ist ein großes Mädchen«, sagte Sylvia zu Sables Verteidigung.
»Große Mädchen können genauso sterben wie kleine.« Leslies Stimme klang eiskalt.
»Ich nicht. Machen Sie sich bitte keine Sorgen. Andy würde mir nichts tun, selbst wenn er es könnte.«
»Sie meinen, wenn er frei wäre. Nun, das könnte gut passieren.« Fragend sah Leslie Harriet an. »Was meinst du?«
»Da könntest du recht haben. Einige Frauen von der Geschworenenbank sehen ihn immer an, als sei er die größte Erfindung seit dem Scheibenbrot. Es hängt davon ab, ob sie sich einig werden.«
»Also entweder kommt er frei, oder die Geschworenen kommen zu keinem einstimmigen Urteil, und dann fängt alles noch mal von vorn an. Was glauben Sie, Sylvia?«
»Ich habe es aufgegeben, den Ausgang von Davids Fällen vorherzusagen. Der einzige Trost ist der, daß Andrew – auch wenn er diesmal damit durchkommt – es wahrscheinlich kein zweites Mal riskieren wird. Und es könnte auch das Glück im Unglück bedeuten. Die Tatsache, daß er seine Frau getötet hat, könnte Ju-

lian immerhin Angst einjagen und dazu bringen, Sable gehenzulassen.«
»Und wohin gehenzulassen? Ins Land ohne Zukunft mit dem scharfen Andy?« Funkelnd blickte Leslie Sylvia an. »Was für ein Glück.«
»Ich habe Ginny getroffen.« Sables etwas ungeschickter Themenwechsel. »Sie hat mit Brittany gesprochen. So nennt sie Britt. Brittany. Klingt das nicht süß? Ich wußte gar nicht, daß sie so heißt. Sie wohnt jetzt mit dieser Frau zusammen, und ihr Mann erzählt allen Leuten, wie schrecklich das ist, und ist glücklich, weil alle Mitleid mit ihm haben. Und sie ist auch glücklich. Manchmal klappt wirklich alles gut. Und dieser Junge, der Kim belästigt hat, benimmt sich auch wieder.«
»Ich habe gehört, daß er immer noch an Krücken geht.« Sylvia spielte mit ihrem Salat herum. »Manchmal ist nur die kleine Erinnerung notwendig, daß man das, was man austeilt, auch wieder einstecken muß.«
»Das sollte jemand Rosemarys Mann sagen.«
Drei Paar Augen hefteten sich auf Sable. Harriet sprach als erste. »Was meinen Sie damit?«
»Er ist verschwunden. Ginny hat mit Rosemary telefoniert, um sich zu erkundigen, wie es ihr geht, und da hat sie es ihr erzählt. Ihr Sohn hat von zu Hause angerufen und gesagt, daß niemand wisse, wo er ist.«
»Uns hat sie nichts gesagt.« Leslie wandte sich an Harriet. »Oder hat sie es dir erzählt?«
»Nein. Vielleicht wollte sie uns nicht beunruhigen. Nicht bevor sie sicher ist.«
»Wessen sicher?« Sylvia beugte sich angespannt und alarmiert vor. »Daß er auf dem Weg nach Toronto ist?«
»Ich frage mich, ob Clarence Lust auf ein paar Tage im schönen Nova Scotia hat«, überlegte Harriet. Wenn überhaupt jemand Rosemarys brutalen Mann ausfindig machen konnte, dann war es Harriets treuer Detektiv Clarence Crossley. »Wir könnten ihn zum Abendessen einladen, wenn er Zeit hat.«
Sylvia begann, den Tisch abzuräumen. »Rufen Sie ihn von hier

aus an, wenn Sie wollen. Und dann sollten wir zurückfahren, denke ich. Davids Schlußplädoyers locken immer eine Menge Leute an. Vielleicht müssen wir anstehen.«

David Jenning, der ohne Aufzeichnungen redete und mit häufigen Zwischenpausen vor den Geschworenen im Gerichtssaal auf und ab ging, spann ein Märchen von einer jungen Liebe, die gescheitert war. Er berichtete von Andrew, dem begabten Schüler, brillanten Medizinstudenten und erfolgreichen Athleten. Von der ungewöhnlich vielversprechenden Zukunft dieses ungewöhnlichen jungen Mannes.

Und dann von der Ehe, die alles zerstörte, wofür er gearbeitet hatte. Von der jungen Frau aus der Arbeiterfamilie. Die entschlossen war, aus dem Proletariermilieu aufzusteigen. Nie zufrieden war. Nicht richtig hineinpaßte. Eine Frau, die nicht aus Liebe, sondern aus Berechnung, was diese Ehe ihr einbringen würde, geheiratet hatte.

Um Andrew Roberts zu retten, setzte David Jenning alles daran, Andrews Frau Sophie zu verteufeln. Denn sie sei dafür verantwortlich gewesen, daß er vorübergehend den Verstand verlor – ein Umstand, der ihren Tod zur Folge hatte. Hatten nicht zwei der bekanntesten Gerichtspsychiater Kanadas die Theorie von der geistigen Umnachtung bestätigt? Hatten sie nicht bezeugt, daß Andrew Roberts bei der Ausführung der Tat nicht wußte, was er tat? Daß er erst nach vollbrachter Tat in die Realität zurückgerissen wurde?

Es war ein meisterhaftes Plädoyer. Die Rechtsanwaltskollegen scharten sich gratulierend um ihn und sagten, sie glaubten kaum, daß der Staatsanwalt es besser könne.

Harriet war auch der Meinung. Aber weder sie noch Leslie oder Sylvia nahmen an dem Gedränge um den Strafverteidiger teil.

17

Obwohl Clarence Crossley Spuren mit der Leichtigkeit eines Bluthundes verfolgen konnte, lag sein wahres Talent in der chamäleonhaften Fähigkeit, sich an seine Umgebung anzupassen. Er war Harriets Auge und Ohr in der Unterwelt der Stadt, wo er ein Teil der Subkultur geworden war, in der düstere Pläne geschmiedet wurden und es vor Gerüchten nur so wimmelte.

Wenn er keinen Auftrag von Harriet hatte, begann sein Tag meistens am Abend und dauerte bis zum Morgen. Dieser Tag war keine Ausnahme.

Nachdem Harriets Anruf ihn gegen Mittag geweckt hatte, traf er in Arbeitskleidung in Caledon ein. Einer zerschlissenen, karierten Jacke aus Polyester, die an den Schultern herunterhing und zu weit für seine schmale Figur war. Einer Polyesterhose, die sich am Hintern beulte, weite Beine und Hochwasser hatte. Einem abgetragenen Hemd mit einem Lederhalsband und drekkigen Turnschuhen. Die Bartstoppeln warfen einen Schatten auf das Kinn, und sein Haar sah aus wie ein struppiges Vogelnest. Nur die Augen ließen den wahren Clarence erkennen. Funkelnd wie polierte Pennys und bohrend wie Laserstrahlen blickten sie mit endloser Neugier und hellwacher Intelligenz in die Welt.

Clarence Crossley sah aus wie ein Aussteiger aus der menschlichen Gesellschaft. Doch in Wahrheit gehörte er sehr wohl dazu – war Beobachter und Zuhörer und häufig ein Mitspieler mit tragender Rolle. Er war ein Mann, der zwei große Leidenschaften besaß: die Poesie und Harriet Fordham Croft. Die erstere rezitierte er oft, und für die letztere war er bereit, sein Leben zu opfern.

Clarence Crossley kam, wenn Harriet Croft rief.

Da er Schlüssel sowohl für das Grundstück als auch für das Haus hatte, kam er frühzeitig, um die Hunde rauszulassen und, wenn notwendig, etwas aufzuräumen. Er wußte, daß Harriet und Leslie noch nicht von der Arbeit zurück sein würden. Er ahnte aller-

dings nicht, daß Harriet eine Haushälterin engagiert hatte, die sich auch um die Tiere kümmerte.
Ein Schatten schoß auf ihn zu, als er die Tür öffnete, sprang gegen seine Brust und raubte ihm den Atem. Auf den Hinterbeinen stehend, leckte ihm der Dobermann mit der nassen, rauhen Zunge übers Gesicht. Schließlich hatte Clarence aus diesem Wachhund vom Schrottplatz ein Haustier gemacht, das hatte er nicht vergessen.
Er ließ beide Hunde nach draußen und ging den Flur hinunter in die Küche. Als er den Raum betrat, schlugen seine Sinne Alarm. Das Haus war still, aber nicht leer. Auf dem Herd stand ein Topf. Auf dem Tisch eine Rührschüssel. Ein Zittern in der Luft verriet, daß noch jemand in der Nähe war.
Er öffnete den Mund, um zu rufen. Trat einen Schritt aufs Eßzimmer zu. Aber dann schien sein Schädel mit einem Blitz aus blutroten Streifen und funkelnden Sternen und begleitet von einem stechenden Schmerz zu explodieren. Sein Körper krümmte sich, und er fiel in ein tiefes, schwarzes Loch.
Hilflos blieb Clarence Crossley auf Harriet Crofts Küchenfußboden liegen. Bewußtlos. Zusammengebunden wie ein Schwein für den Markt und sich seiner Umgebung seligerweise nicht bewußt.

Sable hatte nicht die geringsten Zweifel. Dr. Andrew Roberts war so gut wie frei.
David Jenning war unglaublich. Es war ein Rätsel, wie so eine kleine, untersetzte Gestalt den Eindruck erwecken konnte, drei Meter groß zu sein. Der Mann war erstaunlich. Er hatte sieben Stunden lang geredet – womit er die normale Sitzungsdauer, die bis vier Uhr ging, um zwei Stunden überzogen hatte – und die ganze Zeit über das Gericht voll in der Hand gehabt. Sylvia Jenning hatte mit regloser Miene beobachtet, wie ihr Mann um die zwölf ehrenwerten Bürger auf der Geschworenenbank buhlte und sie für sich gewann.
Harriet war dagegen sehr beeindruckt gewesen. Da Sable den Croftschen Ruf – der David Jennings auf manchen Gebieten

übertraf – kannte, legte sie großen Wert auf Harriets Meinung, und Harriet war überzeugt, daß es nur noch von der Zeit abhing, die die Geschworenen für ihre Entscheidung brauchten, bis Dr. Andrew Roberts frei sein würde, um sein Leben wiederaufzunehmen.

Sie hatten darüber gesprochen – Sable und Andrew. Hatten Pläne geschmiedet. Waren darauf vorbereitet, so bald wie möglich zu verreisen.

Er wollte nach New York fahren, zweifellos angezogen von dem Glanz dieser schnellebigen Stadt. Sie dagegen hatte sich für Texas ausgesprochen – einen Staat mit einem ganz eigenen Charme.

Sie war sich des Prozeßausgangs so sicher, daß sie sich auf einer Liste schon die Dinge notiert hatte, die sie im letzten Augenblick erledigen mußte. Dazu gehörte ein Brief an die Gruppe zu Händen von Harriet, den sie an der Grenze einstecken wollte, denn wenn jemand ihre Pläne vorab erfuhr, würden sie bestimmt versuchen, sie aufzuhalten. Eine Nachricht an den Vermieter, die ihm erlaubte, ihre Wohnung weiterzuvermieten. Der Abschluß einer Lebensversicherung zugunsten von Andrew – ein Beweis ihrer Verbindlichkeit und ihres guten Glaubens. Die Auflösung ihres Bankkontos. Sie würde mit einer beträchtlichen Geldsumme reisen – das war vielleicht nicht klug, aber besser, als eine Papierspur aus Schecks, Geldanweisungen und Kreditkarten zu hinterlassen. Und schließlich – die Fahrt zum Hundezwinger, um Pollywog abzuholen.

Es hatte lange gedauert, aber bald würde sich ihr aus den Fugen geratenes Leben wieder einrenken. Alles, was sie brauchte, war ein Freispruch. Und der war, wie sie im Grunde genau wußte, in wenigen Tagen fällig.

Sylvia Jenning fuhr vom Gericht direkt nach Hause. Fütterte Millie und die Katzen. Bereitete eine Schüssel Kartoffelsalat zu, denn der würde frisch bleiben, wenn David später käme oder es bis zum Abendessen nicht nach Hause schaffte. Zog ihren Bikini an, sprang in den Swimmingpool und reagierte sich etwas ab, indem sie kräftig und zügig einige Runden schwamm.

Sie war ruhelos.
Irgend etwas würde passieren.
Ciba, ein Barometer ihrer Gefühle, schritt mit steifen Beinen und aufgerichtetem Schwanz am Beckenrand entlang.
Die Luft war schwer und feucht, als drohte ein Gewitter.
Sie war ruhelos.
Irgend etwas würde passieren.
Erst nach Einbruch der Dunkelheit hörte sie den Wagen in der Auffahrt und Davids Schlüssel im Schloß. Ihr Gesicht war im Schatten, als er die Tür öffnete und sie mit dem Licht im Rücken die Treppe hinunterkam.
»Du bist noch wach.«
»Hast du gehofft, mich nicht anzutreffen?«
»Natürlich nicht.« Er hatte getrunken.
»Hast du gefeiert?«
»Du weißt doch, wie das läuft. Es ist nicht vorbei ...«
»Bevor die dicke Lady singt. Heißt es nicht so?«
Aber dann, weil er ihr Mann war und weil sie ihn liebte, obwohl sie sich in Zeiten wie dieser nicht sicher war, warum, fragte sie: »Hast du gegessen? Ich kann dir etwas zurechtmachen, wenn du möchtest.«
»Nur eine Tasse Kaffee.« Seine Augen betrachteten sie forschend. »Ist alles in Ordnung mit dir?«
Sie setzte den Kessel auf. »Es geht mir gut. Warum?«
»Du bist heute nachmittag so hastig weggegangen. Ich dachte, daß du vielleicht ... du weißt schon ... wütend bist.«
»Weil mein Mann die Leute dazu bringt, ihm alles zu glauben, was er will? Weil du brillant bist?« Sie löffelte Kaffee in zwei Becher. »Sei doch nicht albern.«
»Du bist wütend wegen Sophie.«
»Weil du sie als geldgierige Zicke beschrieben hast? Während ihre Eltern zuhörten? Obwohl du weißt, daß kein Wort davon wahr ist?«
»Meine Aufgabe ist es, Andrew so gut ich kann zu verteidigen.«
»Das höre ich schon seit Jahren, David.«

Er kannte sie so gut. Nichts in ihrem Gesicht verriet, was sie dachte. Aber er wußte es. Er wußte es. Und es machte ihm Sorgen. »Ich weiß, du wolltest nicht, daß ich diesen Fall übernehme. Ich hätte es auch fast nicht getan. Aber sein Vater und ich kennen uns schon so lange.«

»Es gibt immer einen Grund.« Sie stand reglos da wie eine Statue.

»Ich habe daran gedacht, Urlaub zu machen.« Zögernd. Sich vortastend. »Wir könnten verreisen. Nach England. Europa. Dir würde das doch gefallen, oder?«

»Ich weiß nicht.« Er haßte es zu reisen. Behauptete, kein Urlaub sei so aufregend wie ein Tag im Gericht. Dann fragte sie resignierend: »Er wird freigesprochen, nicht wahr?«

»Das ist schwer zu sagen.«

Aber er wußte es. Warum sonst versuchte er, sie von hier wegzulocken? Weil er soviel Abstand wie nur möglich zwischen sie und den Mann legen wollte, dem er geholfen hatte freizukommen, deshalb.

»Wie bald willst du abreisen? Wir müssen uns um jemanden kümmern, der die Tiere versorgt.«

Sie sah die Erleichterung in seinen Augen. War versucht zu sagen, es sei nicht notwendig, Urlaub zu nehmen – daß alles in Ordnung sei.

Statt dessen schwieg sie. Wenn eine Reise ihn glücklich machte, würde sie ihm den Wunsch gern erfüllen.

Leslie und Harriet fuhren normalerweise getrennt in die Stadt. Aber da sie heute beide im Gericht waren, kamen sie zusammen nach Hause.

Als sie durch das Tor kamen und auf das Haus zufuhren, sahen sie Clarences Harley an der Hauswand stehen. Dobe lag daneben und blickte unbehaglich drein.

Drinnen herrschte eine merkwürdige Stille. Normalerweise hörten sie Rosemary in der Küche klappern. Und sonst lief auch immer das Radio, wenn sie zur Tür hereinkamen.

»Rosemary?«

»Ich bin hier.« Sie klang komisch. Weit weg, als stünde sie irgendwo in der Ferne.
Sie folgten der Stimme in die Küche. Und blieben abrupt stehen.
Clarence lag auf dem Boden. Er hatte die Augen geöffnet, aber sie sahen benommen und verschwommen drein. Seine Arme waren dicht an den Körper angelegt, und er war vom Hals bis zu den Zehen mit einem Seil umwickelt. Rosemary saß mit einer Bratpfanne in der Hand auf dem Stuhl neben ihm. Sie starrte den Körper zu ihren Füßen an, als könnte dieser Blick allein ihn am Boden festnageln.
»O mein Gott.« Harriet griff nach einem Küchenmesser und begann ihn zu befreien.
»Kennen Sie ihn etwa?« krächzte Rosemary.
»Er arbeitet für mich.« Sie schnitt die letzte Schlaufe des Seils durch. »Er ist ein Freund.«
»Er sah nicht so aus ... ich meine ... ich hatte Angst, daß Henry ihn geschickt hat ...« Rosemary war den Tränen nahe. »Ich rufe einen Krankenwagen.«
Clarence richtete sich auf, rieb sich den Kopf und stöhnte, als er die Beule berührte. »Es wird schon gehen.« Dann fügte er mit einem trockenen Grinsen hinzu: »›Der Schlaf stahl sich in mein Unbewußtes. Welch selige Ignoranz, zu schlafen und es nicht zu wissen!‹«
Rosemary stand auf und schüttete Eiswürfel auf ein Geschirrtuch. »Hier.« Sie reichte Harriet das Bündel. »Das wird die Schwellung lindern.«
»Zu spät.« Auf Harriet gestützt, erhob sich Clarence. »Sie können ziemlich fies zuschlagen. Dieser Henry, wer immer er ist, tut mir jetzt schon leid.«
»Er ist der Grund, warum wir dich gerufen haben. Aber zuerst bringen wir dich besser zur Notaufnahme. Es könnte eine Gehirnerschütterung sein.«
»O nein. Ihr habt mich zum Essen eingeladen, also werde ich essen.«
Während Rosemary einen Eintopf kochte, brachten Leslie und

Harriet Clarence auf den neusten Stand. Sie hatten sich seit Wochen nicht gesehen. Nachdem er von Sylvia und Rosemary und Britt und den anderen erfahren hatte, sah er sie unschlüssig an.
»Was hofft ihr, damit zu erreichen? Was könnt ihr tun, was die Polizei nicht kann?«
»Zunächst einmal wollen wir, daß die Frauen aufhören, das Opfer zu spielen. Aufhören, wie Opfer zu denken. Wie Opfer zu handeln. Opfer zu sein.«
»Leslie, das ist doch verrückt. Das kann man nicht durch Reden ändern.«
»Natürlich nicht. Aber das Auftreten kann entscheidend sein. Nimm zum Beispiel Rosemary.«
»Nein danke, mit Rosemary hatte ich bereits das Vergnügen. Nimm du sie.«
»Als wir sie kennenlernten, hätte sie so etwas wie heute nie getan. Jahrelang war sie wie ein Punchingball. Hat nie versucht, sich zu wehren. Hat nie protestiert. Heute hat sie endlich etwas getan. Früher ist sie höchstens weggelaufen und hat gehofft, daß Henry sie nicht findet.«
»Und darum bist du hier«, erklärte Harriet. »Wir haben gehört, daß er vermißt wird. Ich möchte, daß du eine kleine Reise nach Nova Scotia und den Orten im Osten unternimmst und zusiehst, was du herausfinden kannst. Sobald wir wissen, wo er ist, können wir ihn im Auge behalten. Du mußt vorsichtig sein, Clare. Soviel wir wissen, ist er sehr gefährlich.«
»Er ist sehr gefährlich, und ihr macht euch keine Sorgen? Was ist, wenn er hierherkommt? Was dann?« Er zitterte vor Aufregung, was immer passierte, wenn er glaubte, daß Harriet in Gefahr war. »Warum findet ihr für Madam Bongo-Bongo keine Unterkunft in der Stadt? Wo die Polizei in der Nähe ist. Nachbarn. Hilfe, wenn sie sie braucht.«
»Als erstes müssen wir herausfinden, wo er ist. Dann werden wir entscheiden, was zu tun ist.«
Rosemary kam herein, um zu sagen, daß das Essen fertig sei. Und um sich bei Mr. Crossley zu erkundigen, wie es ihm gehe. Sie aßen lange und verweilten noch beim Kaffee.

Als er sich verabschiedete – ausgerüstet mit einem Foto von Henry und einer Liste seiner Freunde –, spürte er einen beklommenen Schauer, denn er wußte sehr gut, daß keine Hölle so übel war wie ein verschmähter Mann.
Der Dobermann stupste ihn mit der Nase an, und er tätschelte den glatten schwarzen Kopf und sagte: »Paß für mich gut auf sie auf, Dobe, und beschütze sie.«
Aber die Angst ließ ihn nicht los, als er in die Stadt zurückfuhr und am nächsten Tag an die Küste flog.

18

Sie waren alle anwesend. Elf Frauen trafen sich in dem hohen, klimatisierten Gerichtssaal, um dem letzten Kapitel von Sophie Roberts' kurzem, unglücklichen Leben beizuwohnen.
Eili – eine mittlerweile selbstbewußte junge Frau in einem bunten, seidenen Hemdblusenkleid mit Slingpumps, einer schicken neuen Frisur und einem so gekonnt aufgetragenen Make-up, daß es nur wenig kräftiger als ihr natürlicher Teint zu sein schien.
Dodie – die ihre mollige Figur in eine Jeans gequetscht hatte, die zwar schon etwas abgetragen, aber sauber war, und ein T-Shirt vom Lebensmittellager trug.
Ginny und Kim Foley – sie sahen entspannt und genau danach aus, was sie waren, ein sorgloses, einander treues Geschwisterpaar.
Henny – ihr dünnes braunes Haar war durch eine sanfte Dauerwelle aufgelockert, und sie trug einen Wickelrock aus Baumwolle und eine Bluse mit einer Schleife am Kragen.
Britt – makellos gekleidet mit einem leichten Rock und einem wappenverzierten Blazer und in Begleitung einer attraktiven, Autorität ausstrahlenden Frau mittleren Alters.
Rosemary – ihr gutmütiges irisches Gesicht sah weniger gestreßt, dafür von der Sonne gebräunt, erholt und um Jahre jünger aus.

Sable – elegant, vor Energie strotzend, die braunen Augen auf den Angeklagten geheftet, lächelte jedesmal strahlend, sobald er sie über die Schulter hinweg ansah.
Und nebeneinandersitzend – Harriet, Sylvia und Leslie. Von den dreien schien das Ergebnis nur Sylvia gleichgültig zu sein. Sie und David planten eine Reise. Nicht so weit weg und nicht so lange, wie David vorgeschlagen hatte, sagte sie, sondern eher eine Mischung aus Mexiko und den Antillen.
»Und was ist mit Sable?« hatte Leslie gefragt. »Sie scheinen Einfluß auf sie zu haben. Glauben Sie nicht, daß Sie in der Nähe bleiben sollten, falls sie Sie braucht? Julian vertraut sie nicht, aber ihm. Ich verstehe das einfach nicht.«
»Ich würde mir deswegen keine Sorgen machen. Sie fühlt sich sicher, solange er eingesperrt ist. Wenn er auf freiem Fuß ist, wird sie weglaufen.«
Harriet war anderer Meinung. »Sie wissen, wie sie ist, wenn sie jemanden für hilflos hält. Roberts ist ein Underdog. Alle sind gegen ihn. Wahrscheinlich denkt sie, daß Sophie die Schuld daran hat, was passiert ist. Daß er so etwas nie wieder tun wird. Können Sie nicht wenigstens noch ein paar Wochen bleiben?«
»Das ist der Unterschied zwischen Verheiratetsein und Alleinleben. Sie können immer machen, was Sie wollen. Ich muß mich dagegen an Davids Leben anpassen. Es ist das erste Mal seit Jahren, daß er vorgeschlagen hat zu verreisen. Da kann ich doch wohl kaum nein sagen. Ich habe schon genug an seinen Plänen herumgeändert.«
Vielleicht, dachte Harriet, könnten sie sich alle zum Mittagessen mit Sable treffen und sie zur Vernunft bringen. Obwohl das bisher nicht besonders gut geklappt hatte. Sable war verliebt, sagte sie. Zum ersten Mal in ihrem Leben, sagte sie. Dr. Andrew Roberts sei eine zärtliche, liebevolle Seele, sagte sie.
Es gäbe überhaupt keinen Grund, sich Sorgen zu machen. Das sei die Wahrheit, sagte Sable Smythe.
Es war fast Mittag, als zur Urteilsverkündung aufgerufen wurde. Die Geschworenen hatten sich schon zwei Tage lang beraten, und heute war der dritte. Je länger, desto besser. So sah es die

Verteidigung. Eine schnelle Entscheidung hätte bedeutet, daß der Staatsanwalt seinen Standpunkt überzeugend dargelegt hatte und keine Diskussion mehr notwendig war.

Aber jetzt waren alle Beteiligten da. Auf den Zuschauerbänken drängten sich die Menschen. Es war, als würde der Raum unter Strom stehen. Die Luft zitterte vor Spannung. Die Entscheidung war getroffen. Die Geschworenen würden gleich eintreten.

Harriet betrachtete ihre Gesichter. Und wußte Bescheid.

Zwei Frauen sahen Andrew an und lächelten.

Einer der Männer, der vermutlich gezögert hatte, blickte starr zu Boden.

Der Vorsitzende ließ ein Blatt Papier an den Richter weiterreichen.

Der Richter las es durch. Faltete es zusammen. Gab es wieder zurück.

Das Publikum sah die Geschworenen an. Harriet beobachtete Sable. Nur undeutlich bekam sie den weiteren Verlauf mit. Die Worte NICHT SCHULDIG. Sah, wie Sables Gesicht erstarrte und Sylvia, die hinter ihr saß, die Hand ausstreckte und auf ihre Schulter legte. Und dann kam alles um sie herum in Bewegung.

Reporter rannten zur Tür.

Andrews Mutter schrie vor Erleichterung auf.

Der Richter mahnte zur Ruhe. Drohte, den Gerichtssaal räumen zu lassen. Befragte die Geschworenen einzeln zu ihrer Entscheidung und stürmte ins Richterzimmer, wobei sich seine Robe hinter ihm zu einer schwarzen Wolke aufbauschte.

Der Prozeß gegen Dr. Andrew Roberts war vorbei.

Er war frei, sein bisheriges Leben fortzusetzen.

Frei, um zu gehen, wohin er wollte. Um zu tun, was er wollte. Mit wem immer er wollte.

Sable stand neben ihm. Umschlossen von seinem linken Arm, während er mit der Rechten Freunden, Familienangehörigen und Ex-Patienten, die von Anfang an daran geglaubt hatten, daß er niemals jemanden absichtlich töten würde, die Hände schüttelte. War er nicht an den hippokratischen Eid gebunden? War es nicht seine Aufgabe, Leben zu retten, statt Leben zu zerstören?

»Dieses Schwein kommt tatsächlich damit durch.« Leslie hatte gewußt, daß es so kommen würde, aber als sie die Worte hörte – dieses selbstgefällige Grinsen und seine besitzergreifende Art Sable gegenüber sah –, spürte sie eine langsam auflodernde, schreckliche Wut in sich.

»Vielleicht nicht.« Harriet klammerte sich an den letzten Strohhalm. »Der Staatsanwalt könnte Berufung einlegen.«

»Nein. Es ist vorbei.« Das beste aller Rechtssysteme, wie die Justiz gern behauptete, hatte wieder einmal versagt.

»Das arme Mädchen.« Rosemary war den Tränen nahe. »Was können wir nur tun?«

»Damals hätte sie Hilfe gebraucht. Jetzt nicht mehr.«

»Ich meine nicht Sophie, sondern Sable. Sie ist so ein süßes Ding. Und sie wird genauso enden.«

»Sie können keinem Menschen helfen, der sich nicht helfen lassen will.« Sylvia schien nicht beunruhigt zu sein. »Es wird schon alles gut werden.«

»Sie werden sicherlich in der Stadt bleiben, um zu feiern, vermute ich.« Harriet dachte an die Siegesfeier, die Leslies Eltern organisiert hatten, als das Verfahren gegen ihre Tochter eingestellt wurde. Und an die Stunden vorher, in denen sie ihrer selbst bewußt geworden war wie zuvor ihre junge Mandantin.

»Bei Andrews Familie liegt der Champagner auf Eis, seit die Geschworenen sich zur Beratung zurückgezogen haben. Mir ist nicht gerade danach zumute, aber ich denke, ich werde hingehen. Eher um Sables willen. Es erwartet sie dort vielleicht mehr, als sie ertragen kann. Sie können schrecklich arrogant sein.«

»Versuchen Sie wenigstens, sie zu überreden, daß sie nicht mit ihm wegfährt. Solange sie in der Stadt bleibt, können wir sie im Auge behalten.«

»Ich werde mein Bestes tun.« Ein merkwürdiges Licht schimmerte in Sylvias Augen. »Falls ich Sie nicht mehr sehe, bevor wir abfahren, passen Sie gut auf sich auf.«

Sie verabschiedeten sich von ihr, da sie noch auf David wartete. Als sie zur Tiefgarage gingen, sagte Rosemary: »Ich verstehe sie einfach nicht. Wie kann sie bei diesem Mann bleiben – wo sie sich doch so viele Gedanken um die Frauen macht?«
»Sie liebt ihn.« Liebe, dachte Harriet. Sie kann eine Quelle der Inspiration sein. Des Wachstums und der Erneuerung. Aber sie kann auch eine Kette sein, die die Frauen an ein Leben voller Schmerzen und Verzweiflung fesselt.
Was bedeutete Liebe für Sylvia Jenning? Und war das überhaupt Liebe – oder nur die Bewunderung einer intelligenten Frau für einen superintelligenten Mann?
Diese Frage hätte vielleicht nicht einmal Sylvia beantworten können.

Andrew Roberts war ein glücklicher Mann. Nie konnte man das Leben, die Liebe und die Freiheit besser genießen, als wenn man sie gerade fast verloren hatte.
Er hob das Glas und prostete David Jenning zu, der auf der anderen Seite des Zimmers mit seiner Frau und einigen Geschäftsfreunden seines Vaters stand. Den ganzen Abend lang hatten sich Gratulanten die Klinke in die Hand gegeben. Sogar ein paar Ex-Freundinnen hatten hereingeschaut, um ihm zu gratulieren.
Frauen. Er kannte sie wie seine eigene Westentasche. Solange er sich zurückerinnern konnte, hatten die Frauen viel Aufhebens um ihn gemacht und ihn umgarnt. So wie Heather Ridley da drüben in der Ecke. Die am Arm ihres Mannes hing und ihn wie ein Habicht kurz vor dem Sturzflug beobachtete. Sie hatte ihm geholfen, die Langeweile während der letzten paar Monate mit Sophie besser zu ertragen, aber im Vergleich zu seiner neuesten Eroberung rangierte sie nur noch unter »ferner liefen«.
Sable Smythe. Der Name klang so künstlich wie der Orgasmus einer Hure, aber na und? Mit diesen Titten und diesem Arsch hätte sie sich meinetwegen auch Minnie Maus nennen können.
Doch eins mußte man ihr lassen. Sie war keine Bettmieze wie die meisten Frauen, die er kannte. Sie behauptete sogar, noch Jungfrau zu sein. Und daß sie es auch bis zur Hochzeitsnacht bleiben

würde. Konnte sich das einer vorstellen? Die einzige und letzte Jungfrau auf der ganzen Welt. Wofür sparte sie sich auf? Glaubte sie etwa, daß sie dafür Zinsen bekäme wie das Geld auf der Bank?

Trotzdem war es irgendwie aufregend, sich vorzustellen, daß man der erste war. Wie bei Sophie. Und bei diesem Mädchen vor ein paar Jahren, das er mitgenommen und mit Alkohol abgefüllt und auf dem Rücksitz seines Wagens genommen hatte. Sie hatte ihn getreten und sich gewehrt und einen riesigen Aufstand gemacht, und der Kampf hatte ihm genausoviel Spaß gemacht wie der eigentliche Fick.

Sein Vater kam mit einer frischen Flasche Champagner, und er hielt ihm das Glas hin und beobachtete, wie beim Eingießen die Bläschen nach oben stiegen.

»Andrew erzählte mir, daß Sie ihn auf seiner geplanten Reise begleiten wollen?« Roberts senior beugte sich über Sable, füllte ihr Glas nach und schielte in ihren Ausschnitt.

Ja, dachte Andrew, mit der Reise hatte sie sich einverstanden erklärt, aber das war auch schon alles. Er mußte ihr getrennte Schlafzimmer versprechen. Sich bereit erklären, ihre armselige kleine Promenadenmischung mitzunehmen. Und die Reiseroute ändern – Texas statt New York. Doch im Grunde war das alles egal.

Man bekam von Frauen alles, was man wollte, wenn man ihnen am Anfang das gab, was sie wollten. So war das immer gelaufen. Na ja – fast immer.

Sophie Stachowski war eine Ausnahme gewesen. Die kleine Sophie. So zerbrechlich und empfindlich wie ein Herbstblatt im Wind, aber trotzdem hart wie Granit.

Wenn sie ihn nur nicht dazu gebracht hätte, ihr etwas anzutun.

Er hob sein Glas, leerte es und schwor sich, daß das nie wieder vorkommen würde. Er hatte einmal geheiratet, und das reichte.

Er würde sich mit Sable Smythe amüsieren, aber er wäre verdammt, wenn er sie heiratete.

19

»Mrs. Jenning hat angerufen. Sie klang besorgt.« Rosemary stand mit dem Löffel in der Hand mitten in der Küche. Sie wirkte erschöpft. »Sie bat um Ihren Rückruf, sobald Sie nach Hause kommen.«
»Sie ist schon zurück? Hat sie gesagt, warum?«
»Nein, nur daß Sie zurückrufen sollen, sobald Sie nach Hause kämen.«
Harriet ging ins Arbeitszimmer und wählte die Nummer der Jennings. Der Prozeß lag erst zwei Wochen zurück. Sie hatte erwartet, daß Sylvia mindestens einen Monat lang verreisen würde.
Das Telefon klingelte, und Sylvias Stimme war sofort in der Leitung zu hören. Sie war in der Nähe gewesen. Hatte auf den Anruf gewartet. Was bedeutete, daß es dringend war und es sich wahrscheinlich um Sable handelte, die trotz ihrer Einwände mit Roberts verreist war – bei dem Gedanken drehte sich ihr der Magen um.
»Es geht um Sable, nicht wahr?«
»Ja.« Die kehlige Stimme klang emotionslos. »Ich befürchte, ihr ist etwas passiert.«
»Haben Sie etwas von ihr gehört?«
»Darum geht es ja. Ich habe nichts gehört. Kein Wort. Sie hat versprochen, jeden Tag eine Postkarte zu schicken, damit ich immer weiß, wo sie ist. Und das hat sie getan. Bis zum letzten Mittwoch. Dem Tag, als sie nach Dallas kamen. Seitdem habe ich nichts mehr gehört.«
»Sie hat sie zu Ihnen nach Hause geschickt?«
»Ja. Eine Freundin kam alle paar Tage vorbei, um nach dem Rechten zu sehen. Dann war sie ein paar Tage verreist, und als sie zurückkam, hatte sie einiges zu erledigen, so daß ich es erst gestern abend von ihr erfahren habe.«
»Wahrscheinlich geht es ihr so gut, daß sie es vergessen hat.«
»Nein. Irgend etwas stimmt nicht. Ich fühle es. Ich habe es vor-

her gefühlt und David überredet, vorzeitig heimzukehren, weil ich nicht aufhören konnte, an sie zu denken. Glauben Sie, daß wir vielleicht hinterherfahren und nachsehen sollten, was los ist?«

»Ich denke, wir sollten zunächst einmal von hier aus Erkundigungen einholen und abwarten, was dabei herauskommt.«

Clarence war vor über einer Woche von der Küste zurückgekehrt. Er hatte Henry Jones nicht gefunden, aber mit Leuten geredet, die ihn gesehen hatten. Seine letzten Ermittlungen hatten ergeben, daß Henry zum Fischen ins Hinterland gefahren war. Es gab keinen Hinweis darauf, daß er die Absicht hatte, in den oberen Teil Kanadas zu fahren. Kein Anzeichen, daß er über Rosemarys Verschwinden nachbrütete. Offensichtlich herrschte Ruhe an der Ostfront, und darum hatte sie ihn wieder zurückgerufen. Wer war besser geeignet als Clarence, wenn eine Suchaktion notwendig war?

»Ich weiß«, sagte Sylvia. »Ich rufe bei den Roberts an und erkundige mich mal ganz freundlich, wie es ihm so geht.«

Sylvia legte den Hörer auf. Eine halbe Stunde später rief sie zurück. »Ich habe mit seiner Mutter gesprochen. Sie sagt, Andrew sei seit einer Woche allein. ›Dieses Mädchen‹ – so nennt sie sie, ›dieses Mädchen‹ – sei verärgert gewesen und habe ihn verlassen, und jetzt sei er in New York, wo er von Anfang an hinwollte. Dort habe er jemand anderes kennengelernt. Eine, die für einen Mann mit seiner beruflichen Stellung viel besser sei als so ein unbeständiges Model, sagt seine Mutter.«

Harriet stockte der Atem. »Wo ist Sable?«

»Mrs. Roberts weiß es nicht. Und es ist ihr egal. Ich vermute, daß sie beleidigt ist, weil der arme Andrew im Stich gelassen wurde. Sie sind in Sables Wagen weggefahren, er wollte seine Limousine nicht mit so einer Kreatur wie Pollywog teilen. Als sie ihn verließ, saß er ohne Transportmöglichkeit da.«

»Hat sie Ihnen eine Nummer gegeben, wo man ihn erreichen kann?«

»Ich weiß den Namen des Hotels. Ich habe Angst, Harriet. Ich kann mir nicht vorstellen, daß sie ihn verlassen hat. Erst recht nicht dort unten. Es ist viel zu weit weg, um allein zu sein. Ich hätte ihr nie von Texas erzählen sollen. Was für eine schöne Gegend es für einen romantischen Urlaub ist.«

»Verflucht noch mal, Sylvia, Sie hätten sie eindringlicher warnen müssen.«

»Ich weiß. Ich konnte mir einfach nicht vorstellen, daß er so verrückt sein würde, es zweimal hintereinander zu tun. Praktisch aufeinanderfolgend.«

Harriet, die auf sich selbst, auf Sylvia, auf Andrew Roberts und David Jenning – und ja, auch auf Sable – wütend war, ließ sich den Namen von Andrews Hotel geben und rief sofort dort an.

Sie wartete, während er gesucht wurde. Unterdrückte ihren Ärger, als sie seine Stimme hörte. Stellte sich als Anwältin aus Toronto und persönliche Freundin von Sable Smythe vor. Sagte ihm, daß es wichtig für sie sei, so schnell wie möglich mit Ms Smythe Kontakt aufzunehmen.

Er bedauerte. Er und Sable hätten sich vor einigen Tagen getrennt. Soweit er wisse, sei sie in Richtung Houston gefahren. Sie und dieser blöde kleine Hund. Wenn sie nichts dagegen habe, würde er jetzt gern zu seiner Verabredung zurückkehren und in das Theaterstück gehen, das sie sehen wollten.

Er schaffte es, viele Worte um nichts zu machen. Er war mit einer Frau zusammen – die sicherlich toll war. Er amüsierte sich gut. Sable oder was aus ihr geworden war, interessierte ihn nicht im geringsten.

Es war fast sechs Uhr. Leslie würde gleich auf Sendung gehen. Clarence erwachte wahrscheinlich gerade zum Leben. Bei der Polizei in Dallas begann jetzt wohl die Nachtschicht.

Sie rief wieder Sylvia an und fragte nach dem Namen des Motels in Dallas, von wo sie das letzte Mal etwas von Sable gehört hatte.

Sie rief beim Flughafen an und schaffte es, zwei Plätze für den letzten Flug nach Dallas zu reservieren. Dann telefonierte sie mit Clarence und bat ihn, sie am Flughafen zu treffen.

Danach rief sie die Polizei in Dallas an und sagte dem dienst-

habenden Beamten, daß sie eine Vermißtenanzeige aufgeben wolle.
Andrew Roberts hatte es einmal geschafft, mit einem Mord durchzukommen. Wenn sie es irgend verhindern konnte, würde er beim zweiten Mal nicht so viel Glück haben.

Sie mieteten sich in demselben Motel ein, in dem Andrew und Sable gewohnt hatten.
Der Mann am Empfang erinnerte sich an den gutaussehenden Arzt aus Kanada und seine hübsche Begleiterin. Er erinnerte sich an sie, weil es ungewöhnlich war, daß ein so attraktives Paar in getrennten Zimmern wohnte. (Bei Harriet und Clarence ging er zweifellos nicht davon aus, daß die elegante Blondine und der schmuddelige kleine Mann Bettgenossen waren.) Und er erinnerte sich auch wegen des Hundes an sie. Daß so eine witzig aussehende, kleine Promenadenmischung mit dem eleganten Paar reiste. O ja, er erinnerte sich sehr gut an sie. Und es tat ihm sehr leid, daß die junge Dame so überraschend und ohne ein Wort zu sagen abfuhr.
»Sie hat sich nicht abgemeldet?«
Widerwillig wandte der Angestellte seine Aufmerksamkeit von Harriet zu Clarence. »O nein. Sie ist einfach abgefahren.«
»Hat sie nicht die Rechnung bezahlt?«
»Nein. Das hat sie dem Doktor überlassen.«
»Soviel wir wissen, hat es einen Streit gegeben.« Harriet nahm einen Stift vom Tresen und drehte ihn zwischen den Fingern. »Hat sich jemand über Ruhestörungen beschwert?«
»Nichts dergleichen. Gerade waren sie noch beide da, und im nächsten Augenblick war sie fort, und er beschloß, wieder in den Norden zu fahren. Das war das letzte, was wir von den beiden gesehen haben.«
»Fuhr sie am Tag oder in der Nacht ab?«
»Ich habe keine Ahnung. Erst als der Doktor sie abmeldete, erfuhren wir, daß sie weg war.«
Sie bedankten sich und traten hinaus in die glühende Hitze.
»Na, das war ja eine große Hilfe«, beschwerte sich Clarence und

wischte sich mit einem zerknüllten Taschentuch über die Stirn.

»Nun, immerhin stand ihre Autonummer auf der Anmeldung. Wir werden die Vermißtenabteilung veranlassen, eine Suchmeldung für das Auto herauszugeben und ein paar Kopien von ihrem Foto mit ihren Daten zu machen. Irgend etwas muß dabei herauskommen.«

»Es ist fünf Tage her, Harriet. Warum hat sie so lange gewartet? Mrs. Jenning, meine ich.«

»Sie war verreist.«

Die Luft war schwül und drückend, verstopfte ihnen die Nase und machte das Atmen schwer. Es würde jeden Augenblick anfangen zu regnen. »Sie hatten sich ein Postkartensystem ausgedacht. Sable sollte jeden Tag von jedem Ort, den sie besuchten, eine schicken.« Sie beschleunigte ihren Schritt und beeilte sich, den Mietwagen zu erreichen, bevor der Regen einsetzte.

»Wie Hänsel und Gretel mit den Kieselsteinen.«

»Richtig. Die Idee war die, daß Sylvia bei ihrer Rückkehr eine Fahrtroute vorfinden würde.« Ein dicker Regentropfen fiel auf ihren Kopf und lief am Kragen hinunter. »Glücklicherweise hatte sie eine Vorahnung und kam früher als geplant zurück. Wir glaubten einfach nicht, daß er es so schnell wieder versuchen würde.«

Sie stiegen in den Wagen, bevor der Regen richtig anfing. Ein Sommergewitter. Als sie das Polizeirevier erreichten, schien die Sonne wieder, aber die Luft war sauberer und frischer.

Clarence fand, daß sie zu lange gewartet hätten. Der Beamte in der Vermißtenabteilung, Arnie Teska, fand, daß sie nicht lange genug gewartet hätten. Eine erwachsene Frau. Ein Streit unter Geliebten. Kein Hinweis auf eine Straftat. Nur ein »Gefühl«, daß irgend etwas nicht stimmte …

»Der Mann, mit dem sie zusammen war, ist ein Mörder«, unterbrach ihn Clarence. »Er hat seine Frau vor einem Dutzend anderer Menschen erschossen und wurde freigesprochen, weil er den besten Anwalt hatte, den seine Familie kaufen konnte. Er ist eine Zeitbombe.«

»Wir wollen doch nur, daß Sie eine Beschreibung veröffentlichen. Von ihr. Und vom Wagen«, sagte Harriet so vernünftig, wie sie nur konnte. »Und daß Sie sich mit Houston in Verbindung setzen. Sie muß irgendwo zwischen hier und dort sein.«
Tot oder lebendig. Worte, die nicht gesagt wurden. Es war zu offensichtlich, als daß sie ausgesprochen werden mußten.
»Er denkt, daß wir irgendwie paranoid sind«, sagte Harriet auf dem Weg zu ihrem Wagen. »Er wird alles Notwendige veranlassen, aber mehr auch nicht.«
Harriet täuschte sich. Arnie Teska tat mehr, als nur das Notwendige zu veranlassen. Er fand, daß die Vereinigten Staaten schon zu viele eigene Mörder hatten, die frei herumliefen, um einen importierten auch noch mit einem roten Teppich zu empfangen. Außerdem konnte man diese Frau nicht einfach ignorieren. Diese unbeugsame Intelligenz, die aus ihren grünen Augen sprach, forderte Aufmerksamkeit. Und Respekt.
Die Suchmeldung ging sofort raus. Clarence und Harriet waren gerade auf halbem Wege zwischen Dallas und Houston, als sie von einer Polizeistreife gestoppt und benachrichtigt wurden, daß man Sables Auto gefunden habe. Es stand auf dem Parkplatz eines Einkaufszentrums am Rande von Dallas.
Der Schlüssel steckte im Zündschloß. Der Wagen war verschlossen. An der Tür fand man einen kleinen Blutfleck und auf dem Boden ein zerknülltes, blutiges Taschentuch.
Im Kofferraum befanden sich ein Koffer, Sables Handtasche mit über fünfhundert Dollar, vier Dosen Hundefutter und eine schmutzige Reisetasche.
Der Fall Sable Smythe wurde von der Vermißtenabteilung an die Mordkommission weitergeleitet.

20

Ohne Harriet war das Haus wie ausgestorben. Auch wenn Rosemary, die zwei Hunde und eine Familie schwarzer Eichhörnchen, die draußen im Ahornbaum lebten, noch da waren.

Harriet war in der Hoffnung gefahren, eine Spur von Sable zu finden. Aber Leslie war überzeugt, daß sie, wenn überhaupt, nur eine Leiche finden würden. Obwohl immer häufiger nicht einmal mehr Leichen gefunden wurden.

Sicherlich lag es an Harriets Abwesenheit, daß sie schon den ganzen Tag nervös war. Jetzt fuhr sie sehr schnell, da sie unbedingt vor Einbruch der Dunkelheit zu Hause sein wollte.

Um sieben war sie mit ihrer Sendung fertig gewesen. Doch es war bereits halb acht, als sie endlich vom Parkplatz des Senders herunterfuhr. Bis Caledon brauchte man eine dreiviertel Stunde. Also würde sie vor neun zu Hause sein.

Dann würde die Dämmerung einsetzen.

Rosemary würde mit dem Essen auf sie warten. Wenn sie Glück hatte, würde Harriet im Laufe des Abends anrufen.

Normalerweise freute sie sich immer auf die Heimfahrt. Sobald man die Autobahn hinter sich hatte, fuhr man über Landstraßen, die von uralten schattigen Bäumen gesäumt wurden, unter denen kleine Tiere hastig Schutz suchten. Es herrschte wenig Verkehr. Die Häuser standen weitab von der Straße. Es war eine angenehme, malerische Strecke.

Aber heute abend war ihr nicht zum Trödeln zumute. Sie fuhr so schnell, daß der Kies zur Seite stob, und als sie für ein vorbeiwatschelndes Murmeltier heftig bremsen mußte, schlitterte der Wagen zur Seite und rutschte beinahe in den Graben.

Sie erreichte die Einfahrt, und als sie sah, daß das Tor offenstand, lief ihr ein Schauer über den Rücken. Sie sagte sich, daß sie albern sei. Rosemary hatte jemanden reingelassen – der Gärtner sollte doch kommen, oder? – und vergessen, wieder abzuschließen. Sie würde mit ihr darüber reden, damit das nicht noch mal vorkäme.

Duchess wartete auf sie beim Haus. Die Hündin, die die Lebensrettungsgesellschaft damals bereits aufgegeben hatte, war schlanker geworden, seit sie Dobe zum Spielgefährten hatte, war glücklich und hatte sich so gut eingelebt, als hätte sie niemals auf der Todesliste der Gesellschaft gestanden. Gemeinsam gingen sie ins Haus, wo Rosemary in der Küche mit einem Suppentopf auf dem Herd beschäftigt war. Dobe lag in der Ecke. Alle Lampen im Parterre waren ausgeschaltet.
Überrascht drehte sich Rosemary um und sagte: »Ich habe Ihren Wagen gar nicht gehört.«
Kein Wunder. Das Radio war aufgedreht, und im Wohnzimmer redete das Fernsehgerät in voller Lautstärke mit sich selbst.
Das Telefon klingelte. Rosemary ließ den Löffel fallen und schlang die Hände ineinander, um das Zittern aufzuhalten. »Gehen Sie nicht ran!« sagte sie. »Das ist das dritte Mal. Es muß eine falsche Verbindung sein oder so was. Man hört jemanden atmen, und dann wird aufgelegt.«
»Es könnte Harriet sein.« Leslie nahm den Hörer ab. Hörte Sylvias Stimme, die wissen wollte, ob sie etwas erfahren hätten. Dann ließ sie die Bombe platzen. »Wußten Sie«, fragte sie, »daß Sable eine Versicherung zu seinen Gunsten abgeschlossen hat? Ich habe ihr gesagt, daß sie es nicht tun soll, aber ohne Erfolg.«
»Nein«, sagte Leslie erschüttert, »das wußte ich nicht. Und Harriet auch nicht. Sie hätten das erwähnen sollen.«
Sie legte den Hörer wieder auf. Dachte an Sable. Und den kleinen Hund. Und daß sie sich immer nur gewünscht hatte, glücklich zu sein und andere glücklich zu machen.
Und sie dachte an die Frauen, denen sie geholfen hatten – wie Britt, die jetzt ihr eigenes Leben führte. Und Eili, die den Mann mit der dunklen Sonnenbrille seit dem Sonntagnachmittag in Caledon nicht mehr gesehen hatte. Und dann dachte sie traurig an die Frauen, denen sie nicht helfen konnten.
Donner grollte in der Ferne, und ein paar Regentropfen klatschten auf die Terrasse. »Ich glaube, wir bekommen einen Sturm. Sind die Fenster oben geschlossen?«
»Ich bin nicht sicher.«

Dobe erhob sich und schritt auf und ab. Duchess beobachtete ihn eine Weile, dann stieß sie ein leises Knurren aus. Leslie betrachtete die beiden. Die Hunde waren nervös. Genauso wie Rosemary und sie selbst.
»Ich gehe nach oben und sehe nach.« Sie betrat die Treppe. Blieb stehen. Ging zurück und rief den Dobermann. Sein Wachhundinstinkt war zwar etwas verkümmert, aber manches verlernte er nie. Er würde einen Eindringling wittern.
Sie stellte fest, daß alle Fenster geschlossen und verriegelt waren, außer einem in ihrem Schlafzimmer, das zwar geschlossen, aber entriegelt war. Sie schloß es und ging mit Dobe auf den Fersen die Treppe hinunter.
Das Fernsehgerät lief so laut, daß sie jedes Wort hörte. Sie ging ins Wohnzimmer und stellte es ab. Blieb einen Moment stehen und beobachtete das Spiel der Blitze über den Bäumen. Zuckte beim nächsten Donnerschlag zusammen, der laut wie ein Kanonenschuß direkt über ihnen losknallte.
Dobe drückte sich zitternd an sie, und sie streckte die Hand aus, um ihn zu trösten. Manche Tiere zitterten vor Angst und versteckten sich, wenn die Natur launisch wurde. Andere, wie Pollywog, drehten dann erst richtig auf. Bei jedem Grollen raste sie kläffend durch die Gegend und versuchte verzweifelt, den Donner zu verscheuchen.
Pollywog. Warum mußte sie jetzt an diese arme, kleine Seele denken? Es war schon Wochen her, daß Sable von ihrer Unerschrockenheit erzählt hatte – wie sie selbst dann noch die Stellung hielt, wenn größere Hunde längst das Weite gesucht hatten. Wo war sie jetzt? Wo waren die beiden? Hatten sie einander weiterhin beschützt wie in der Vergangenheit?
Traurig beobachtete sie, wie der Regen gegen die Glastür prasselte. Es war jetzt völlig dunkel, die Wolken nachtschwarz, außer wenn ein Blitzstrahl den Himmel wie ein zuckendes Stroboskop erhellte.
Ein langes, tiefes Grollen ließ die Luft erzittern.
Dobe verkroch sich hinter dem Sofa.
Ein Blitz so hell wie ein Spotlight zuckte über den Himmel.

Ein dunkler Schatten huschte an den Bäumen vorbei.
War es ein Schatten? Ein menschlicher Schatten? Oder war es der eines Astes gewesen, der sich im Wind bog? Leslie bemühte sich, etwas zu erkennen. Schaltete das Licht aus und wartete auf den nächsten Blitz, der den Garten erhellen würde.
Es blitzte und wurde wieder dunkel. Und sie sah nichts. Nur die regennassen Bäume, die schweren, durchtränkten Blätter und den Pool unterhalb der Terrasse, der in einem unheimlichen Grün leuchtete. Sie dachte wieder an das offene Tor. Am besten sagte sie es Rosemary gleich, bevor sie es erneut vergaß.
Der Mann im Fernsehen redete lauter als zuvor. Sie drehte sich um. Der Bildschirm war dunkel, und sie erinnerte sich, daß sie ihn abgeschaltet hatte. Sie fühlte, wie ihr das Herz bis zum Halse schlug, eine Klammer legte sich um ihre Brust, und ein eiskalter Schauer lief ihr über die Arme und den Rücken.
Auf Zehenspitzen schlich sie zur Küche. Er hörte sie nicht kommen. Der Mann war groß. So groß, daß er die ganze Tür versperrte. Der Bauch hing ihm über den Hosenbund. Er hatte eine breite Brust und massive Oberarme.
Auf einen Arm war ein Spinnennetz tätowiert und auf den anderen ein von einem Pfeil durchbohrtes Herz mit dem Namen Marie darunter.
Albernerweise überlegte Leslie, wie Rosemary sich wohl gefühlt haben mußte, ständig den Namen einer anderen Frau auf dem Arm ihres Mannes eingebrannt zu sehen.
Rosemary stand vor ihm, bleich vor Schreck, aber mit erhobenem Haupt und gerecktem Kinn. Er trat ganz dicht vor sie hin. Blickte auf sie herab. Seine schmalen Augen waren blutunterlaufen, und die fleischige Hand holte zum Schlag aus.
Leslie löste sich aus ihrer Erstarrung und betrat den Raum. »Wer sind Sie?« Dumme Frage. »Was wollen Sie hier?«
»Das geht Sie einen Dreck an. Das geht nur uns beide was an.« Mit der Hand schlug er Rosemary ins Gesicht. »Meine verdammte Frau denkt, daß sie einfach abhauen kann, aber da hat sie, verdammt noch mal, falsch gedacht.«
Zornentbrannt – viel zu zornig, um Angst zu haben, trat Leslie

zwischen die beiden. »Ich will, daß Sie sofort verschwinden. Rosemary wird nirgendwo mit Ihnen hingehen. Und wenn Sie nicht verschwinden, werden Sie auch nirgendwo hingehen. Außer ins Gefängnis.«

Sonst wagte es niemand, Henry Jones zu widersprechen. Vor Überraschung hielt er lange genug inne, damit Leslie Rosemary beiseite schieben konnte. Sie fühlte Duchess neben sich. Hörte ihr tiefes, warnendes Knurren. Spürte, wie Dobe lautlos aus dem Wohnzimmer getapst kam.

Rosemary war hinter ihr, die Hunde neben ihr und Henry Jones vor ihr, und seine hinterhältigen kleinen Schlitzaugen funkelten vor Wut.

»Es ist schon gut«, sagte Rosemary, und aus ihrer Stimme klang die stille Resignation aller hilflos Gejagten, die nirgendwohin flüchten und sich nirgendwo verstecken konnten. »Ich habe keine Angst.« Und das hörte man auch aus ihrer Stimme. Resignation, aber mit einer Spur von Stolz. Und von stiller Würde.

»Du verdammte Hure!« Als er einen Schritt vortrat, sprangen auch die Hunde auf, und plötzlich hatte er eine Pistole in der Hand und seinen Finger auf dem Abzug.

»Nein«, schrie Leslie, packte Dobe am Halsband und riß ihn von der riesigen Mündung weg, die jeden Augenblick Feuer spucken würde.

Die Zeit schien plötzlich stillzustehen, und die Geräusche wurden immer lauter. Das Ticken der Uhr. Das Brummen des Kühlschranks. Das bedeutungslose Plärren des Radios. Dann hörte sie Rosemarys Stimme, die sich laut und deutlich erhob.

»Ich gehe mit dir. Leg die Waffe weg, ehe du jemanden verletzt.«

Und eine andere Stimme, die atemlos durcheinander Worte rief: »Nein. Das darfst du nicht. Er ist verrückt. Du kannst nicht zurückgehen. Er wird dich umbringen.« Eine Stimme, die sie als ihre eigene erkannte. Die sich an Rosemary richtete und Henry Jones noch mehr in Wut brachte.

Sie versuchte, Rosemary den Weg zu versperren, als sie sich an ihr vorbeidrängen wollte. Dobes Schultern spannten sich, bereit

zum Sprung, und dann ging die Zeit wieder weiter – so schnell, daß ihre Augen zwar sahen, was passierte, aber ihr Verstand nicht begriff.
Sie sah, wie sich das aufgeschwemmte Gesicht vor Wut verzerrte.
Sah, wie sich der Finger am Abzug krümmte.
Sah einen Blitz, der von einem Knall begleitet wurde, und dachte an Donner und Blitz und daß sich das Gewitter direkt über einem befand, wenn beides gleichzeitig kam.
Und dann fiel sie und fiel und fiel – und noch ein Blitz flammte und noch einer, dann nichts mehr.
Kein Schmerz.
Kein Laut.
Kein Licht.
Keine Empfindung.

Als Harriet und Clarence in Dallas eintrafen, erwartete sie eine dringende Nachricht von der Caledoner Zweigstelle der Landespolizei von Ontario.
In Harriets Haus habe es eine Schießerei mit Todesfolge gegeben. Einen Mord. Es sei dringend notwendig, daß sie sofort zurückkehre.

21

Sylvia wartete am Flughafen. Gefaßt. Perfekt gestylt. Eine behütete Ehefrau, die aussah, als hätte sie nichts anderes im Kopf als die neueste Mode oder die heißeste Szenekneipe.
»Was ist passiert?« fragte Harriet, die Clarence voraneilte. Sie hatte während des Fluges nicht geschlafen, an nichts anderes als an Leslie und das Blutbad in Caledon denken können. Und an Rosemary. Rosemary, die vielleicht noch leben würde, wenn sie in der Stadt geblieben wäre.
»Es war Rosemarys Mann …«

»Ja.« Ungeduldig. »Aber wie hat er sie gefunden?«
»Anscheinend hat sie ihrem Sohn geschrieben, der hat es einem Freund erzählt, und der Freund hielt nicht dicht, und so sprach es sich rum.«
»Ich hätte hierbleiben sollen.« Sie warf einen Blick auf Clarence. »Wir hätten nicht einfach losfliegen dürfen. Das werde ich mir nie verzeihen.« Die eisige Gelassenheit, die Harriet Crofts Markenzeichen war, hatte einer nervösen Spannung Platz gemacht, die sie kaum unter Kontrolle hatte.
»Das hätte nichts geändert. Außer daß Sie vielleicht auch erschossen worden wären«, antwortete Sylvia mit kühler Selbstverständlichkeit. »Dodie, Britt und Henny sind im Haus und machen sauber. Wir wollten nicht, daß Sie in dieses Chaos heimkehren. Sie können gern ein paar Tage bei David und mir wohnen. Ich denke, Sie sollten nicht allein dort draußen sein.«
»Jemand muß sich um die Hunde kümmern.« Harriet wirkte geistesabwesend, als wäre sie auf Automatikbetrieb geschaltet. »Wo sind die Leichen?«
»Beim Leichenbestatter in der Stadt. Sie werden nicht obduziert und darum heute nach Hause geschickt.«
»O Gott, ich hätte hierbleiben sollen«, wiederholte sie. »Vielleicht wäre es dann nicht passiert.«
»Hör auf, Harriet.« Clarences Stimme klang hart. Scharf. »Was passiert ist, mußte passieren. Du hast das Beste getan, was du konntest. Ihr alle.«
»Und wenn das Beste nicht reicht – was dann?«
»Dann zählen Sie Ihre Erfolge und versuchen es weiterhin.« Sylvia hätte genausogut über eine gescheiterte Wohltätigkeitsveranstaltung reden können. »Warten Sie hier, während ich den Wagen hole. Er steht auf einem Kurzzeitparkplatz.«
Sie waren schon fast im Krankenhaus, ehe Harriet die Frage stellte, die sie am meisten beschäftigte. »Wie geht es ihr?«
»Sie ist bei Bewußtsein. Sie wird es schaffen. Außer den Familienangehörigen sind keine Besucher erlaubt. Sie müssen sich eine Ausrede einfallen lassen.«
Clarence lachte kurz auf. Der Gedanke, man könnte Harriet von

irgend etwas abhalten, kam ihm witzig vor. Als sie vor dem Torontoer Allgemeinkrankenhaus vorfuhren, wollte er aussteigen, doch er änderte seine Meinung und beschloß, mit Sylvia nach Caledon zu fahren und alles für Harriets Heimkehr wiederherzurichten.

Harriet ging allein. Im Wartezimmer im dritten Stock traf sie Emily und Adam Taylor. Adam, dieser verdrießliche Bär von einem Mann, war außer sich vor Sorge. Die zierliche Emily, Stütze und Seele der Familie Taylor, gab sich dagegen gewollt fröhlich.

»Harriet, Gott sei Dank bist du da. Sie hat schon nach dir gefragt.« Sie warf ihr zerknülltes Papiertaschentuch weg und nahm sich ein neues. »Diese arme, arme Frau. Wenn sie nicht gewesen wäre, dann wäre Leslie auch nicht mehr bei uns. Und jetzt ist sie tot, und unsere Kleine lebt noch, Gott sei Dank.«

Harriet ließ die beiden allein. Ging den Flur hinunter. Fand das Zimmer der Patientin. Trat ein. Leise. Hielt den Atem an.

Die Gestalt auf dem Bett lag still wie eine Tote da. Angeschlossen an einen Tropf. Von Verbänden verhüllt. Die Augen geschlossen. Das tintenschwarze kurze Haar bildete einen scharfen Kontrast zu dem gestärkten weißen Bettzeug. Langsam öffneten sich die Augen. Konzentrierten sich. Sie versuchte ein Lächeln. Sagte: »Liebling, du bist da.«

Harriet bückte sich und küßte die blassen Lippen. Strich das dunkle Haar aus der Stirn. »Wann hörst du auf, Räuber und Gendarm zu spielen? Ich sollte dich einsperren und den Schlüssel wegwerfen.«

Das Lächeln verschwand und wich einem Ausdruck der Trauer.

»Dieses Schwein hat sie erschossen, Harriet. Er wollte auf mich schießen, aber sie ging dazwischen. Die Polizei sagt, wenn sie das nicht getan hätte, dann hätte er uns alle getötet. Auch die Hunde.« Tränen traten in ihre Augen, rollten über ihre Wangen.

»Die Kugel hat sie regelrecht durchschlagen. Sie hat sie mit voller Wucht abbekommen. Ich habe versucht, sie zu retten. Aber es ging zu schnell. Sie war hinter mir, und dann war sie plötzlich vor mir und hat ihn gestoßen. Sein Arm muß dazwischen gewesen sein. Und dann ging der Revolver los. Immer wieder ...«

»Liebling, denke nicht daran. Du mußt dich ausruhen.«
»Ausruhen«, erwiderte sie sarkastisch, als wäre das das letzte, was sie brauchte. »Habt ihr Sable gefunden?«
»Ich erzähle es dir später. Emily möchte dich sehen. Und dein Vater. Ich gehe jetzt besser. Aber ich komme heute abend noch mal.«
Als sie das Krankenhaus verließ, ging ihr der Satz durch den Kopf, der bei dem ersten Treffen im Pit Stop gefallen war. Eine von uns wird sterben. So, als habe alles seinen Preis.
Wer hätte gedacht, daß es Rosemary sein würde? Die stille, mütterliche Rosemary, die meilenweit entfernt von ihrem Mann ein neues Leben begonnen hatte, das er schließlich wieder beendete.
Und wer hätte gedacht, daß die Dinge so aus den Fugen geraten würden? Daß nicht nur eine, sondern vielleicht sogar zwei von ihnen sterben würden.
Sylvia hatte sie zusammengeführt, um ihnen zu helfen. Wäre es besser gewesen, gar nichts zu tun?
Nein, dachte Harriet. Jeder Versuch, sich selbst oder anderen zu helfen, verändert etwas. Als wenn man einen Stein ins Wasser wirft und die Ringe immer größere Kreise ziehen.
Im ganzen Land forderten die Frauen Taten. Längere Haftstrafen. Mehr Öffentlichkeit über Verstöße gegen Bewährungsauflagen und frühzeitige Entlassungen. Eine gerechtere Behandlung vor dem Gesetz. Und vor allem: ein Ende der offiziellen Duldung von Gewalt gegen Frauen und Mißbrauch in der Familie.
Die Regierungen horchten auf. Gerichte reagierten. Richter wurden zum ersten Mal aufgefordert, ihre Urteile zu rechtfertigen. Man bemühte sich, die geschlechtsspezifische Parteilichkeit vor Gericht zu beenden, damit das juristische System Frauen in gleicher Weise diente wie Männern.
Die Frauen, die bisher immer untereinander zerstritten gewesen waren, kämpften jetzt endlich an einer Front. Vielleicht würden sie eines Tages sogar die besten Freundinnen werden.

22

Dodie und Henny Clamp kümmerten sich um Harriets und Leslies Haus, während die beiden in Dallas dem Prozeß gegen Andrew Roberts beiwohnten, der wegen vorsätzlichen Mordes an Sable Smythe angeklagt war.

Im Gerichtssaal stand ein Fernsehteam, und es herrschte, ganz anders als in Kanada üblich, eine informelle Atmosphäre.

Der Staatsanwalt stammte von einer der angesehensten Universitäten in den Staaten und sprach mit gesenkter Stimme.

Der Strafverteidiger sah mit seinen Stiefeln, dem Stetson und dem Lederhalsband wie ein aufgetakelter Cowboy aus. Seine Assistentin, eine langbeinige Blondine, bevorzugte kurze Röcke, Bolerojacken und dunkelroten Lippenstift.

Mama und Papa Roberts ließen sich für die Zeit des Verfahrens in Dallas nieder. Leslie und Harriet nahmen so oft wie möglich teil. Zu den weiteren regelmäßigen Zuschauern aus Kanada zählten zwei Journalisten und ein Krimiautor, der ein Buch mit eventuellen Filmrechten plante, wenn der Prozeß vorbei wäre.

Bei seiner Eröffnungsrede kam der Staatsanwalt sofort auf den schwächsten Punkt des bevorstehenden Prozesses zu sprechen. Es gäbe keine Leiche, räumte er ein. Und jemanden des Mordes ohne Leiche anzuklagen schien in mancher Hinsicht ein Widerspruch zu sein. Aber das sei nicht der Fall. Es sei nicht das erste Mal, daß ein Mordprozeß ohne Leiche zum Beweis geführt werde. »Sie denken vielleicht«, sagte er, »daß sich der Begriff Corpus delicti auf den tatsächlichen Körper des Opfers bezieht. Das stimmt nicht. Das Corpus delicti beschreibt das Verbrechen an sich. Den Tatort. Den Beweis. Alle Bestandteile einer Straftat. Jedes Verbrechen«, erklärte er, »besteht aus einem anderen ›Corpus‹. Ob es nun um Raub, Überfall oder Vergewaltigung geht. Darum haben wir, obwohl es keine Leiche gibt, ein Corpus delicti, und aufgrund von Indizien werden wir den Mord beweisen, und zwar über jeden Zweifel hinaus und mit absoluter moralischer Gewißheit.«

Der erste Zeuge, der aufgerufen wurde, war ein Gerichtsmediziner vom FBI-Labor in Quantico in Virginia. Dieser Zeuge, ein Experte für genetische Fingerabdrücke, gab eine kurze Einführung in die beweiserhebliche Bedeutung der DNS und der genetischen Identifikation.
DNS – Desoxyribonukleinsäure – sei ein chemischer Informationsträger und genauso einmalig wie der Fingerabdruck. Die Wahrscheinlichkeit, daß zwei Menschen, abgesehen von eineiigen Zwillingen, dieselbe DNS-Information hätten, sagte er, liege irgendwo bei eins zu einhundert Milliarden.
Die Dias, die er zur Illustration auf die Leinwand projizierte, ähnelten den Strichen und Streifen der Preiscodes aus dem Supermarkt. Uneingeweihte, so der Mediziner, könnten mit diesen Informationen nichts anfangen, für Fachleute enthielten sie jedoch eindeutige Hinweise. Genau dasselbe Muster existiere in jeder Zelle des menschlichen Körpers – im Blut, im Samen, in den Haarwurzeln, im Urin, im Speichel und in der Haut.
Das Blut in dem Taschentuch, das man in Sables verlassenem Wagen gefunden habe, entspreche genau dem DNS-Bauplan von Andrew Roberts.
Das Blut an der Tür stamme nicht von Andrew. Da eine Vergleichsprobe fehle, könne es nicht identifiziert werden. Es entspreche allerdings der Blutgruppe, die auf Sables ärztlichen Krankenunterlagen angegeben war.
»In Kanada hätten sie große Schwierigkeiten gehabt, Andrews Blut zu untersuchen, wenn er nicht dazu bereit gewesen wäre«, sagte Harriet während der morgendlichen Pause.
Leslie sah sie verständnislos an.
»Wir haben härtere Bestimmungen«, erklärte Harriet. »Die einzigen Menschen, die man zu einer Blutuntersuchung zwingen kann, sind betrunkene Autofahrer. Hier in den Staaten ist das anders.«
»Ich erinnere mich. Da gab es diese Frau, die vergewaltigt worden war und furchtbare Angst hatte, daß sie sich mit Aids infiziert haben könnte. Sie verlangte vom Gericht, daß eine Blutuntersuchung bei dem Kerl angeordnet werden solle – nachdem er

seine Strafe abgesessen hatte –, und es wurde abgelehnt.« Leslie hatte in einer Dokumentation über Vergewaltigungsopfer von diesem Fall berichtet. Genauso wie die Zuschauerinnen war sie empört gewesen, daß die Intimsphäre des Täters durch das Gericht geschützt wurde, obwohl die des Opfers verletzt worden war.
Die Rechte der Gesetzesbrecher wurden besser geschützt als die der Opfer. Ein empörendes Beispiel für ein verdrehtes Rechtssystem.

Die Beweislast durch die DNS-Untersuchung, die belegte, daß Andrew die Blutspuren ungefähr zu der Zeit, als Sable verschwand, im Wagen hinterlassen hatte, war überwältigend gewesen. Als die Sitzung fortgesetzt wurde, bekam der Verteidiger die Gelegenheit, diesen Beweis bei einem Kreuzverhör zu widerlegen. Normalerweise wurden wissenschaftliche Ergebnisse, die weißbekittelte Assistenten in sterilen Laboren erzielten und ernst auftretende Männer in dunklen Anzügen vortrugen, eher selten angezweifelt.
Doch nicht in diesem Fall. Mr. Cowboy trat auf den Zeugen zu und fragte in einer Lautstärke, die bis auf den Flur drang: »Die DNS-Identifikation wurde Anfang der achtziger Jahre in Großbritannien entwickelt, nicht wahr?«
Zeuge: Ja.
Verteidiger: Trotzdem wurde sie bis 1987 von keinem amerikanischen Gericht anerkannt?
Zeuge: So ungefähr. Ich kenne das genaue Datum nicht.
Verteidiger: Aber es dauerte ein paar Jahre?
Zeuge: Ich glaube, ja.
Verteidiger: Wird die Untersuchung des genetischen Codes bei der Verbrechensaufklärung als eine der wichtigsten gerichtsmedizinischen Entwicklungen des Jahrhunderts betrachtet?
Zeuge: Das würde ich so sagen. Ja.
Verteidiger: Warum wurde dann so lange mit der Anwendung gewartet, Doktor?
Zeuge: Bei einer so revolutionären Erfindung ziehen wir es vor,

lieber vorsichtig zu sein. Erst mußten Untersuchungen durchgeführt werden. Ergebnisse ausgewertet werden. Wenn ein Leben auf dem Spiel steht, ist es wichtig, absolut sicher zu sein.
Verteidiger: Das stimmt. Dann hat es also eigentlich nicht so lange gedauert, oder?
Zeuge: (Defensiv) Lange genug.
Verteidiger: Ich verstehe. Wissen Sie, daß es fast ein Jahrhundert gedauert hat, bis die Gerichte Fingerabdrücke als Beweismittel anerkannten?
Zeuge: (Verschnupft) Auf dem Gebiet bin ich kein Experte.
Verteidiger: Sie können mich beim Wort nehmen, Doktor. Es dauerte von Anfang 1800 bis zur Jahrhundertwende – doch für eine weitaus kompliziertere Analyse von Fäden und Ketten läßt man sich weniger als ein Jahrzehnt Zeit zur Anwendung.
Staatsanwalt: Einspruch. Die Verteidigung versucht, den Zeugen einzuschüchtern.
Gericht: Einspruch stattgegeben.
Verteidiger: Für den Polygraphen, für den Lügendetektor, brauchte man nicht annähernd so lange. Stimmt das nicht?
Zeuge: Ich glaube, das ist richtig.
(Nicht in Kanada, murmelte Harriet. Bei uns ist er immer noch nicht zugelassen. Genauso wie in vielen anderen Bundesstaaten.)
Verteidiger: Eine Erfindung, die sich ein Comiczeichner ausgedacht hat. Der Mann, der die Wonderwoman erfunden hat. Eine Maschine, die durch eine Reißzwecke in der Socke oder einen Biß auf die Zunge oder den Gedanken an etwas anderes beeinflußt werden kann. Je besser man lügen kann, desto weniger nützt der Lügendetektor, oder stimmt das etwa nicht, Doktor?
Staatsanwalt: Einspruch, Euer Ehren.
Gericht: Einspruch stattgegeben. Der Zeuge ist nicht hier, um die Geschichte der Gerichtsmedizin zu erörtern.
Verteidiger: Ich habe nur versucht, deutlich zu machen …
Gericht: Das reicht, Herr Anwalt. Fahren Sie fort.
Verteidiger: Ja, Euer Ehren. (Zum Zeugen) Stimmt es, daß die

DNS-Untersuchung ein langes und kompliziertes Verfahren ist?
Zeuge: (Wieder auf festem Boden) Ja. Für ein Muster kann man bis zu drei Monate brauchen.
Verteidiger: Das ist extrem diffizil. Können dabei viele Probleme auftauchen?
Zeuge: (Herablassend) Das kommt darauf an.
Verteidiger: Worauf, Doktor? Das Wetter vielleicht? Ist es möglich, daß sich Materialien aufgrund der Hitze – oder Bakterien – oder anderen Formen der Kontamination zersetzen? Wenn ich Sie richtig verstehe, können die Bestandteile der DNS durch eine Reihe von Fremdeinflüssen beeinträchtigt werden.
Zeuge: (Aufgeregt) Das ist nicht ganz richtig ...
Verteidiger: Na, na ... so etwas wie ganz richtig gibt es nicht. Entweder ist es richtig oder nicht.
Staatsanwalt: Einspruch. Das ist eine Streitfrage.
Gericht: Einspruch stattgegeben.
Verteidiger: Doktor, ist es richtig, daß die DNS-Untersuchung so wie andere Untersuchungen auch nur so akkurat sein kann wie die Person, die sie durchführt? Wie die alte Computerweisheit sagt: Wo Müll reinkommt, kann auch nur Müll rauskommen?
Zeuge: (Verliert die Geduld) Das ist eine Frechheit, Sir. Ich ...
Staatsanwalt: Euer Ehren, ich beantrage, daß diese letzten Fragen abgelehnt werden. Aber eigentlich ist das eine falsche Bezeichnung, Euer Ehren. Mein gelehrter Freund stellt keine Fragen, sondern hält Reden. Ich beantrage, daß seine Bemerkungen gestrichen werden.
Gericht: Stattgegeben.
Der Hammer klopfte. Die Sitzung wurde für den Tag geschlossen.

»Das habe ich noch nie verstanden.« Leslie gabelte eine Krabbe auf und tunkte sie in die heiße Soße. »Man kann doch nicht so tun, als hätte man nichts gehört, wenn man es gehört hat. Was nützt es, die Fragen aus dem Protokoll zu streichen?«

»Meinst du die Zeugenbefragung heute nachmittag? Der Staatsanwalt mußte etwas unternehmen, da das Ansehen seines Hauptzeugen geschädigt wurde.«
»Der Verteidiger war nahe dran, es zu vernichten. Der Zeuge fing schon an, die Nerven zu verlieren. Unser Cowboyheld hat ziemlich gute Arbeit geleistet, findest du nicht?«
»Ja. Es war hauptsächlich Schall und Rauch, aber ich denke, daß er bei den Geschworenen angekommen ist. Wenn man tagelang in dieser Box sitzt ...«
»Dann schlafen die Glieder und auch das Gehirn ein.«
»Und das, meine Süße, ist mehr wahr als witzig. Es ist mühsam, wissenschaftlichen Reden lange zuzuhören, da kann die Verteidigung Punkte gewinnen, indem sie den Kreislauf unterbricht.«
»Ich mache mir Sorgen, Harriet. Er ist schon einmal damit durchgekommen. Glaubst du, daß er es wieder schafft?«
»Es ist zu früh, um das zu sagen.« Harriet versuchte, ermutigend zu klingen. »Ohne Leiche ist es nicht einfach. Aber sie hätten das Verfahren nicht eröffnet, wenn sie nicht überzeugt wären, daß sie etwas in der Hand haben. Am besten warten wir ab, was der morgige Tag bringt.«

Der »morgige« Tag brachte eine Serologin, die den Gebrauch von Luminol bei der Feststellung von unsichtbaren Blutspuren erklärte. Es handelte sich um ein chemisches Spray, das in einem absolut dunklen Raum auf Flächen, die mit Blut kontaminiert waren, grün leuchete. Die Fotos, die zum Beweis aufgenommen worden waren, zeigten Spuren auf dem Wagensitz und im Kofferraum.
Der »Blutexpertin« folgte ein Versicherungsvertreter, der Sable die Versicherung, die Andrew begünstigte, verkauft hatte, und die Polizisten und Kripobeamten, die in dem Fall ermittelt hatten.
Das Verfahren ging in die zweite Woche. Der Prozeß ging seinem Ende entgegen. Leslie hatte das Gefühl, daß sich die Waage der Justitia zugunsten des Angeklagten neigte. Harriet tendierte

auch zu ihrer Meinung. »Außer«, sagte sie, »wenn Andrew in den Zeugenstand tritt und einen Fehler macht.«

»So wie Charles?« Der Mann, der den Mord begangen hatte, der Leslie vor fünf Jahren in ihrer Heimatstadt Spruce Falls zur Last gelegt worden war. Aufgrund von Harriets geschickten Fragen war Charles auf dem Zeugenstand zusammengebrochen und hatte den Mord an seiner Frau gestanden. »Wenn du glaubst, daß die Geschichte sich wiederholt, kann ich dir nur raten, dir nicht zu große Hoffnungen zu machen. Der Staatsanwalt mag gut sein, aber er ist nicht Harriet Fordham Croft.«

»Du bist so gut für das Ego.« Ihr smaragdgrüner Ring funkelte, als sie ein Muster auf Leslies Handgelenk malte. »Aber er weiß über Sophie Bescheid. Sylvia hat ihm einen Stapel Zeitungsausschnitte gesandt.«

»Doch das wird überhaupt nichts nützen. Richtig?«

»Nur wenn die Verteidigung die Tür dafür öffnet. Und das kann nur passieren, wenn Andrew in den Zeugenstand tritt.«

»Glaubst du, daß er das tut?«

Harriet lächelte, als sie sich zurückerinnerte. »Du hast damals ausgesagt.«

»Weil du mich dazu gebracht hast.«

»Ich wußte, daß du unschuldig warst. Bei einem Mandanten, der schuldig ist, hat das einen Haken. Ein Angeklagter kann nicht zu einer Aussage gezwungen werden. Und wenn er es ablehnt, dürfen daraus keine Schußfolgerungen gezogen werden. Aber es macht einen Unterschied. Die Geschworenen sind auch nur Menschen. Sie wollen direkt vom Angeklagten hören, daß er unschuldig ist, und wenn das nicht passiert, sind sie natürlich voreingenommen.«

»Dann laß uns darauf hoffen.«

»Er wird es schon tun. Er ist total von sich selbst überzeugt. Alles ist wie ein Spiel für ihn. Wenn er so klug ist, wie er glaubt, wird es sich bezahlt machen. Wenn nicht, verliert er.«

Harriet hatte recht. Andrew Roberts trat in den Zeugenstand. An dem Tag, an dem sein Auftritt stattfand, warteten die ersten

Zuschauer schon um sechs Uhr morgens auf den Einlaß. Aus Gefälligkeit hatten Leslie und Harriet von einem kanadischen Reporter zwei Presseausweise erhalten, und es blieb ihnen erspart, sich anzustellen.
Im Gerichtssaal herrschte eine angespannte Stimmung. Andrew war locker. Genauso wie Ted Bundy, der gutaussehende Serienmörder, der sich selbst verteidigte und im Gerichtssaal auftrat, als wäre es ein Theater.
Das Blut im Taschentuch? Ja, das war von ihm. Er hatte keine Ahnung, wie das Taschentuch in den Wagen kam, konnte aber das Blut im Taschentuch erklären. Sable hatte ein Glas fallengelassen. Es zerbrach. Sie hob die Scherben auf und reichte sie ihm, wobei sie ihn mit einer Scherbe verletzte. Er blutete. Aber es war nichts Ernstes. Nur ein kleiner Zwischenfall.
Er war charmant und ungezwungen bei der direkten Befragung. Blieb zuversichtlich, als er dem Staatsanwalt zum Kreuzverhör übergeben wurde.
Staatsanwalt: Sie haben das Blut im Taschentuch erklärt. Was ist mit dem Blut an der Wagentür? Blutgruppe 0. Dieselbe wie die des Opfers.
Verteidiger: Einspruch gegen das Wort Opfer, Euer Ehren.
Gericht: Formulieren Sie die Frage anders, Herr Staatsanwalt.
Staatsanwalt: Das Blut an der Tür hatte dieselbe Blutgruppe wie Sable Smythe. Wie ist es dort hingekommen?
Angeklagter: Ich habe keine Ahnung.
Staatsanwalt: Und die Flecken auf dem Vordersitz und im Kofferraum? Die zu entfernen sich jemand große Mühe gemacht hat?
Angeklagter: Ich weiß es nicht. Als ich Sable Smythe das letzte Mal sah, war sie bei bester Gesundheit. Sie war wütend auf mich, weil sie nach Houston weiterfahren und ich nach Hause zurückkehren und auf dem Weg ein paar Tage in New York verbringen wollte. Das letzte Mal sah ich sie, als sie ihre Taschen in den Wagen packte und abfuhr.
Staatsanwalt: Um welche Uhrzeit war das? Morgens? Nachmittags?

Angeklagter: Es war abends. Um sieben oder halb acht. Ich sagte ihr, daß es albern sei, um diese Zeit wegzufahren. Gefährlich. Ich wollte, daß sie bis zum Morgen wartete. Aber sie hatte beschlossen abzufahren, und so fuhr sie.
Staatsanwalt: Und da haben Sie sie das letzte Mal gesehen?
Angeklagter: Ja. Soweit ich wußte, war sie in Houston, und das war kein Problem.
Staatsanwalt: Wann erfuhren Sie, daß sie vermißt wurde?
Angeklagter: Ich erfuhr, daß man sie für vermißt hielt, als eine Freundin aus Toronto anrief, aber ich habe nicht daran geglaubt, daß sie wirklich verschwunden ist, und das glaube ich immer noch nicht.
Staatsanwalt: Was geschah mit dem Geld?
Angeklagter: Welches Geld?
Staatsanwalt: Das Geld, das das Opfer …
Verteidiger: Einspruch.
Staatsanwalt: Das Geld, das Ms Smythe bei sich hatte. Sie hatte ihr Bankkonto aufgelöst und trug eine beträchtliche Geldsumme bei sich. Davon ist kaum etwas gefunden worden. Was ist damit passiert?
Angeklagter: (Irritiert) Ich weiß nichts von dem Geld. Ich habe es nie gesehen.
Staatsanwalt: Und vermutlich wissen Sie auch nichts über die Lebensversicherung, die sie abgeschlossen hat, nachdem Sie sich kennenlernten? Eine Versicherung im Wert von fünfhunderttausend Dollar plus einer Unfallzusatzversicherung, die die Summe auf eine Million verdoppelte. In der Sie als Bezugsberechtigter genannt werden. Das zeigt sehr viel Wohlwollen für eine flüchtige Bekanntschaft.
Angeklagter: Davon wußte ich auch nichts. Ich habe erst davon gehört, als …
Staatsanwalt: Als was, Doktor?
Angeklagter: Als … ich weiß nicht, wann. Als alle davon redeten.
Staatsanwalt: Alle wußten vor Ihnen darüber Bescheid? Hat sie das ohne Sie gemacht? Ohne von Ihnen dazu gedrängt zu werden?

Angeklagter: Warum sollte ich so etwas von ihr verlangen? Ich hatte sie gerade erst kennengelernt.
Staatsanwalt: Das ist eine gute Frage, Doktor. Eine Million Dollar. Warum in der Tat?
Angeklagter: Ich kannte sie kaum.
Harriet erstarrte. Leslie hielt den Atem an. Die Tür war noch verschlossen, aber der Schlüssel steckte im Schloß. Wenn es passierte, dann jetzt.
Die Sekunden tickten. Die Zeit tickte immer langsamer. Füße scharrten. Andrews Anwalt rutschte nervös hin und her. Der Staatsanwalt drehte sich zu den Geschworenen um. Wirkte verwirrt. Ziellos. Plötzlich fuhr er herum, und die Frage kam wie ein Pistolenschuß: »Wie lange haben Sie sie denn gekannt, Doktor?«
Angeklagter: (Er wußte, daß er sich auf gefährlichem Terrain bewegte, und die Frage traf ihn unvorbereitet.) Ach … ungefähr … vielleicht sechs Monate.
Verteidiger: Einspruch. Die Frage ist irrelevant.
Staatsanwalt: Euer Ehren, die Beziehung zwischen Doktor Andrews und Ms Smythe ist sogar sehr relevant. Sie führt zum Kern der ganzen Angelegenheit.
Gericht: Einspruch abgelehnt.
Staatsanwalt: Und wo haben Sie sich kennengelernt?
Verteidiger: Einspruch.
Gericht: Abgelehnt. Setzen Sie sich, Herr Anwalt.
Staatsanwalt: Beantworten Sie die Frage, Doktor. Wo haben Sie sich kennengelernt?
Andrew drehte sich hilflos um. Sah seinen Anwalt an. Den Richter. Räusperte sich. Unfähig, sich selbst zu helfen, erwartete er Unterstützung von außen. Aber es war zu spät. Die Tür stand weit offen. Der Staatsanwalt stürmte hinein.
Staatsanwalt: Ich wiederhole nochmals die Frage an Sie, Dr. Roberts. Wo haben Sie und das Opfer sich kennengelernt?
Das Wort »Opfer« durfte stehenbleiben. Das Verteidigerteam hatte im Augenblick mehr zu bedenken als die Semantik. Die Geschworenen beugten sich vor und spürten, daß eine Enthül-

lung bevorstand. Andrew räusperte sich wieder verlegen und gab schließlich zu, daß er Sable Smythe während seiner Haft kennengelernt hatte, als er wegen des Mordes an seiner Frau angeklagt war.
Eine Anklage, von der er freigesprochen wurde.
Für nicht schuldig befunden wurde.
Sable Smythe hatte Kontakt mit ihm aufgenommen, als er eingesperrt war.
Staatsanwalt: Wäre es korrekt zu sagen, daß Zurückweisungen Ihnen Probleme bereiten?
Angeklagter: (Entmutigt) Ich weiß nicht, was Sie damit meinen.
Staatsanwalt: Ihre erste Frau hat Sie verlassen, oder nicht?
Angeklagter: Ich weiß nicht, was das zu tun hat mit …
Staatsanwalt: Ms Smythe hat sie auch verlassen, oder nicht?
Verteidiger: Einspruch.
Gericht: Abgelehnt.
Staatsanwalt: Oder nicht?
Angeklagter: Ja, aber …
Staatsanwalt: Danke, Dr. Roberts. (Zum Gericht) Ich habe keine weiteren Fragen.

Die Indizienbeweise hätten vielleicht schon gereicht, aber der Mord an Sophie gab den endgültigen Anstoß. Die Geschworenen brauchten diesmal nur einen Tag, um Andrew Roberts des Mordes für schuldig zu befinden – ein Urteil, das die Todesstrafe durch eine tödliche Spritze zur Folge hatte. Da die kanadische Regierung die Todesstrafe für eine grausame und ungewöhnliche Bestrafung hielt, beantragte sie, das Urteil in eine lebenslängliche Gefängnisstrafe umzuwandeln.
Als Harriet erfuhr, daß der Antrag abgelehnt worden war, sagte sie: »Wie dumm für ihn, daß er in Sophies Fall nicht für schuldig befunden wurde. Bei guter Führung hätte er in fünfzehn Jahren frei sein können.«
»Und wenn Sable nicht auf eine Reise nach Texas statt nach New York bestanden hätte, wäre er auch der Todesstrafe entkommen.

Aber zufällig geriet er in einen Staat, der nicht nur an die Todesstrafe glaubt, sondern sie auch ausführt.«

»Weißt du was«, sagte Harriet nachdenklich, »am Ende ist er doch nicht damit durchgekommen. Er war zwar wegen Sable angeklagt, aber verurteilt wurde er wegen Sophie. Da soll niemand sagen, daß es nicht so etwas wie eine göttliche Gerechtigkeit gibt.«

Epilog

Als das Flugzeug über dem kleinen Flugplatz am Fuße der Rocky Mountains kreiste, dachte Sylvia Jenning an den zurückliegenden Sommer und die Frauen, die so eine wichtige Rolle darin gespielt hatten.

Leslie hatte sich vollständig erholt und ging wieder arbeiten.

Harriet führte weiter den Kampf um die Rechte der Frauen vor dem Gesetz an.

Eili wurde von Eaton's als Einkäuferin für das Ausland geschult.

Kim bereitete sich auf die Universität und eine Karriere als Juristin vor.

Britt dachte daran, sich als Kandidatin auf einer Liste aufstellen zu lassen, die sich für eine umfassende Gleichberechtigung von gleichgeschlechtlichen Paaren einsetzte.

Dodie war zur Abendschule zurückgekehrt und leitete mit Harriets Hilfe eine alternative, paralegale Frauenklinik.

Henny Clamp gehörte jetzt zum Haushalt in Caledon und übernahm die Aufgaben, die Rosemary einst erledigt hatte.

Und Rosemary …

Sylvias graue Augen verdunkelten sich. Sie dachte an den allerersten Abend – den Abend, als sie sich im Pit Stop trafen. Sah sie vor sich – das irische Gesicht mit der Stupsnase und den Ringen unter den Augen. Wie sie ihnen, ohne sich bitten zu lassen, geholfen hatte, die Stühle umzustellen und den Raum vorzubereiten.

Rosemary hätte etwas Besseres verdient. So wie sie alle.

Das Flugzeug setzte auf dem Boden auf. Sie entspannte ihr Gesicht und setzte den ernsten Nichts-kann-mich-berühren-Ausdruck auf, der ein Teil ihrer Persönlichkeit war.

Ihr Gepäck befand sich im Hotel in Vancouver. Auf diesen Ausflug hatte sie nur einen Attachékoffer mitgenommen, der oben im Handgepäckfach lag. Als das Flugzeug jetzt zum Halt kam, holte sie ihn heraus und begab sich zum Ausgang.

Die große, sonnengebräunte junge Frau wartete am Rande des Flugfeldes. Das kurze schwarze Haar trug sie in einem Kleopatra-Schnitt. Das Denimhemd hatte sie in die abgetragene Jeans gestopft. Sie wirkte locker und entspannt, so als wäre sie zufrieden mit sich und ihrem Leben.

»Ich habe dir etwas mitgebracht«, sagte Sylvia und reichte ihr den Koffer. »Ich möchte, daß du es gleich zählst, um dich zu vergewissern, daß alles drin ist. Einhunderttausend. Ich hatte eine Todesangst, daß etwas passieren könnte. Keine schlechte Ersparnis für eine berufstätige Frau.«

»Das Leben als Model ist vielleicht nicht leicht, aber sehr lukrativ.« Die junge Frau nahm den Koffer. Umarmte Sylvia. Stieß einen langen, leisen Pfiff aus. »Polly.« Ein kleines struppiges Bündel kam aus dem Jeep am Rande der Rollbahn gesprungen und raste auf seinen kurzen, krummen Beinen auf Sylvia zu.

»Sie erinnert sich an mich«, sagte Sylvia. Plötzlich war die schmerzliche Trauer um Rosemary verschwunden, und sie wußte, daß das Leben trotz aller Defizite wirklich lebenswert war.

Shirley Shea

Jagdtrieb

Ein Kriminalroman

Aus dem kanadischen Englisch von
Helga Bilitewski

Band 12824

Die Menschen, die in der Elm Avenue in einem gutbürgerlichen Viertel von Toronto wohnen, bilden eine große, nachbarschaftlich zusammenlebende Familie. Sie feiern Feste miteinander und kümmern sich wechselseitig um ihre Kinder und Häuser. Dies wird anders, als ein neuer Nachbar auftaucht und von nun an jedes Wochenende mit den Männern der Straße zum Überlebenstraining in die kanadische Wildnis zieht. Wenig später verschwindet ein Mädchen und wird schließlich ermordet und entsetzlich verstümmelt aufgefunden. Police Sergeant Martha Nemis übernimmt die Ermittlungen. Besteht ein Zusammenhang zwischen den »Helden« der Elm Avenue mit ihrer Jagdbegeisterung und der Serie von brutalen Morden an Mädchen und Frauen, die nach und nach aufgedeckt wird? Martha folgt ihrer eigenen Theorie – gegen den Widerstand ihrer Kollegen und Vorgesetzten.

Fischer Taschenbuch Verlag

fi 237 / 7

Shirley Shea

Katzensprung

Ein Kriminalroman

Aus dem kanadischen Englisch von
Helga Bilitewski

Band 11021

Eine mysteriöse Mordserie schreckt die Bewohner Torontos auf. Die Opfer haben zwei Merkmale gemeinsam: Sie sind alle männlichen Geschlechts, und ihre Leichen sind sorgfältig numeriert. Es muß eine Verbindung zwischen den Morden geben, aber es lassen sich keine weiteren Hinweise finden. Es gibt keine Zeugen, keine Fingerabdrücke und kein erkennbares Motiv: Die Polizei steht vor einem Rätsel. Die Männer in der Stadt bekommen es mit der Angst zu tun. Die Polizei empfiehlt, dunkle Straßen, Aufzüge und Tiefgaragen zu meiden. Die Angst steigert sich bald zur Hysterie. In den Fall verwickelt werden auch der erfolgreiche junge Strafverteidiger David Jenning und seine Frau Sylvia, die in einem Ort in der Nähe Torontos leben. Sylvia ist eine kluge und attraktive junge Frau mit feministischen Überzeugungen und einem ausgeprägten Sinn für Gerechtigkeit. Eines Tages läuft Sylvia ein schwarzer Kater zu, von dessen instinktiver Schläue und Unabhängigkeit sie einiges lernen kann und der ihr schließlich das Leben rettet...

Fischer Taschenbuch Verlag

fi 239 / 7

Sabine Deitmer

Auch brave Mädchen tun's

Mordgeschichten

Band 10507

Auf den ersten Blick haben die Frauen, die Sabine Deitmer in den Mittelpunkt ihrer Geschichten stellt, wenig gemeinsam: Da ist zum Beispiel die Kindergärtnerin mit den üppigen Formen, die ihr Leben mit Champagnertrüffeln und verheirateten Liebhabern versüßt. Die Karrierefrau mit dem Topjob, die zu sehr liebt. Die Friseuse im Ledermini, die nach Feierabend ihre rollende Disco aufbaut. Die Hausfrau, die mit Vierzig schwimmen lernt und eine Schwäche für Goldfische entwickelt. Oder die Witwe, die mit einem dreißig Jahre jüngeren Mann die Liebe entdeckt. Es sind ganz normale Frauen. Brave Frauen. Und doch entsprechen sie nicht so recht dem Bild, das man(n) sich von Frauen macht. Sie sind eine Spur zu eigenwillig, zu aufmüpfig, zu stolz und zu störrisch. Sie wollen sich nicht bescheiden. Eigensinnig beharren sie darauf, von ihrem Leben alles zu erwarten. Sie wollen lieben und lachen, spinnen und Spaß haben. Ihre Talente lustvoll ausleben und ihren ganz eigenen Weg zum Glück gehen. Für dieses Ziel tun sie alles. Wenn es sein muß, morden sie sogar. Männer, die sich ihnen in den Weg stellen.
Einfach so.

Fischer Taschenbuch Verlag

fi 1999 / 3

Alexandra von Grote

Die unbekannte Dritte

Roman

Band 13958

Eine Deutsche wird in der Provence erschossen. Die Berliner Kommissarin Florence Labelle fährt aufgrund eines Amtshilfeersuchens ihrer französischen Kollegen an den Ort des Geschehens. Die Aufklärung des Falles erweist sich als schwierig und delikat, denn als ehemalige Geliebte der Ermordeten gehört die bekannte Schlagersängerin Cathérine Volet, Nichte des französischen Präsidenten, zu den Hauptverdächtigen. Doch auch andere hätten ein Motiv gehabt, den Mord zu begehen: Die Tote hatte viele Geheimnisse und eine dunkle Vergangenheit. Als eine unbekannte Dritte auftaucht, fällt es Florence wie Schuppen von den Augen.

Fischer Taschenbuch Verlag

fi 4002 / 7